Die unheimlichen Fälle des Lucius Adler

Bernd Perplies und **Christian Humberg** schreiben Bücher für große und kleine Leser – mal solo und seit 2008 auch immer wieder im Duo. Gemeinsam erschufen und schreiben sie bereits die Fantasyserie DRACHENGASSE 13, die in verschiedene Sprachen übersetzt und mehrfach fürs Theater adaptiert wurde. Wenn sie mal nicht neue Geschichten erfinden, sieht man die beiden Autoren oft in Schulen und Büchereien, auf Conventions und Buchmessen, wo sie Lesungen abhalten und aus dem beruflichen Nähkästchen plaudern.
Wer mehr über Bernd und Christian wissen möchte, erfährt es unter www.bernd-perplies.de und www.christian-humberg.de.

Mehr über unsere Bücher, Autoren und Illustratoren auf:
www.thienemann.de

Perplies, Bernd und Humberg, Christian:
Die unheimlichen Fälle des Lucius Adler – Der Goldene Machtkristall
ISBN 978 3 522 18400 7

Einbandgestaltung: Max Meinzold
Innentypografie: Eva Mokhlis, Swabianmedia, Stuttgart
Reproduktion: Medienfabrik GmbH, Stuttgart
Druck und Bindung: GGP Media GmbH, Pößneck

© 2016 Thienemann in der Thienemann-Esslinger Verlag GmbH, Stuttgart
Printed in Germany. Alle Rechte vorbehalten.

Bernd Perplies
Christian Humberg

Der Goldene
Machtkristall

Thienemann

FÜR LUKAS MAXIMILIAN

Auf ins Abenteuer!

PROLOG:

Der große Verschwindetrick

»Meine Damen und Herren, hochverehrtes Publikum: Jetzt wird es spannend!«

Lucius Adler atmete tief ein und aus. Sein Herz pochte wie wild in der Brust. Gleich kam sein Einsatz. Er hatte diesen Trick schon viele Male mit vorgeführt. Trotzdem war er immer wieder aufs Neue nervös, wenn er vor großen Menschenmengen auftrat.

Im Augenblick stand er noch hinter dem schweren, roten Vorhang seitlich der hell erleuchteten Bühne. Durch einen Spalt spähte er zu der schlanken, anmutigen Frau in dem glänzenden Kleid hinüber, die dort auf den Holzbrettern stand und mit dem Publikum sprach: Irene Adler, die bekannte Zauberkünstlerin, die heimliche Meisterdiebin und obendrein seine Mutter!

Das Licht auf der Bühne änderte sich. Es nahm eine unheilvoll rote Farbe an, als Mitarbeiter des prächtigen Pariser Theaters, in dem die Vorstellung stattfand, glühende Flammenschalen und Kulissen nach draußen schoben. Die Musiker im Orchestergraben stimmten Klänge an, die an Länder im fernen Osten erinnerten.

»Wir reisen nach Indien«, verriet seine Mutter dem Publikum. Dabei beugte sie sich vor, und ihr Tonfall wurde verschwörerisch, um die Spannung zu erhöhen. Sie sprach fließend Französisch, genau wie Lucius auch – neben Englisch, Deutsch und ein paar Brocken Italienisch, Chinesisch und Arabisch. Sie waren viel herumgekommen seit seiner Geburt.

»Noch bis vor wenigen Jahren«, fuhr seine Mutter draußen fort, »trieben in Indien die gefährlichen Thuggee ihr Unwesen. Es waren Räuber und Mörder, die der grausamen Todesgöttin Kali dienten.« Seine Mutter war jetzt voll in ihrem Element. Sie schlich über die Bühne und ließ ihre Arme langsam durch die Luft gleiten. Lucius konnte sich gut vorstellen, dass alle Zuschauer – und vor allem die in seinem Alter, die mit ihren Eltern die Vorstellung besuchten – wie gebannt an ihren Lippen hingen.

»Die Thuggee waren ein geheimer Orden aus Verbrechern und Wahnsinnigen, die ihren Opfern keine Gnade gewährten. Sie töteten aus Habgier und aus Lust.«

Lucius blies eine Strähne seines dunkelbraunen Haars aus dem Gesicht. An diesem Abend trug seine Mutter wieder besonders dick auf. Vermutlich wollte sie irgendeinem vorwitzigen Dreikäsehoch in der ersten Reihe Angst machen.

»Manchmal«, sprach Irene weiter, »brachten sie ihre Opfer, oft Reisende aus dem Ausland, aus England oder Frankreich, nicht sofort um. Stattdessen verschleppten die Räuber sie, um sie ihrer bösen, vierarmigen Göttin in einem unterirdischen Altarraum zu opfern. Und wie das aussieht ...«, sie legte eine dramatische Pause ein, »... werden Sie jetzt miterleben. Bühne frei für die schreckenerregenden Thuggee!«

Lucius warf einen Blick über die Schulter zu den beiden Theatermitarbeitern, die seine Mutter für diese Zaubernummer eingespannt hatte. Beides waren kräftige Kerle, die mit ihren falschen Bärten, den dunkel geschminkten Augen und ihren mächtigen, nackten Oberkörpern ziemlich eindrucksvoll aussahen – und gefährlich. Unwillkürlich lief Lucius ein Schauer über den Rücken. Doch dann zwinkerte einer der beiden ihm zu, und der Junge entspannte sich wieder. Es war ja alles nur Show. »Los geht's«, flüsterte er.

Taumelnd, als sei er kräftig geschubst worden, lief er auf die Bühne hinaus. Wo die Zuschauer saßen, war es ziemlich dunkel. Außerdem blendete ihn einen Moment lang das Licht der Feuerschalen und der knisternden Bogenlampen, sodass er vom Publikum kaum etwas sehen konnte. Aber das machte nichts. Im Moment zählte nur, dass er eine gute Vorstellung ablieferte.

Hinter ihm kamen die falschen Thuggee auf die Bühne. Sie knurrten und warfen sich in die Brust, um noch bedrohlicher zu wirken. Mit wilden Augen funkelten sie das Publikum und Lucius an. Der spielte hier den armen, in seinem Matrosenkostüm fast lächerlich britisch aussehenden Knaben, der den Mördern in die Hände gefallen war.

Offensichtlich machte der Auftritt Eindruck. Aus der ersten Reihe vernahm Lucius erschrockenes Luftholen. Er grinste in sich hinein. Am liebsten hätte er noch laut gejammert und um Hilfe gerufen. Aber die Darbietung verlangte, dass die Musik des Orchesters die Stimmung erzeugte.

Mit unheilvoll klingenden Geigen und exotischen Trommeln begleitete sie Lucius, als er, von den Thuggee erneut geschubst, auf eine an schweren Ketten aufgehängte, dicke Steinplatte zustolperte. Auf der Platte stand eine sargähnliche Kiste aus dunklem, poliertem Edelholz. Ein Mitarbeiter des Theaters hatte sie von der Decke heruntergelassen, während Lucius' Mutter noch mit dem Publikum gesprochen hatte.

Irene hatte sich inzwischen von der Bühne zurückgezogen. Sie wurde, wie Lucius wusste, hinter dem Vorhang von zwei Assistentinnen in Windeseile in eine Priesterin der Kali verwandelt.

Mit einem Ausdruck von Todesangst auf dem Gesicht ließ sich Lucius gegen die Kiste sinken. Als die falschen Thuggee auf ihn zutraten, streckte er abwehrend die Hände aus, riss die Augen auf und öffnete den Mund zu einem stummen Schrei. Er liebte es einfach, Theater zu spielen!

Der eine Riesenkerl packte ihn, der andere klappte den Deckel der Kiste auf. Lucius wehrte sich einen Moment zappelnd. Dann ließ er zu, dass der kräftige Theatermitarbeiter ihn in die Luft hob und schwungvoll in die Kiste verfrachtete. Angstvoll in dem dunklen Kasten hockend blickte er daraus hervor.

Mit einem Beckenschlag wurde die Aufmerksamkeit des Publikums auf die linke Seite der Bühne gerichtet. Dort war jetzt Lucius' Mutter wieder aufgetaucht. Die Assistentinnen hatten die Ärmel ihres Kleides entfernt und ihr rote Bänder um die nackten Arme geschlungen. Außerdem trug sie eine grausige Kette aus Schrumpfköpfen – die natürlich aus Holz bestanden und zum Teil von Lucius selbst geschnitzt worden waren. Ihrem Gesicht war in aller Eile mit etwas Schminke ein fremdartiger Zug verliehen worden. Hinter ihr kam ein dritter Thuggee auf die Bühne, der einen Holzständer mit fünf unterschiedlich langen Schwertern vor sich her schob.

»Ein armer Knabe, aus gutem britischem Hause«, rief Irene und deutete auf Lucius, »ist in die Hände der Mörder gefallen. Grausam werden sie ihn nun ihrer finsteren Göttin Kali opfern.«

Mit einem erneuten Scheppern der Becken ging hinter der Bühne ein weiteres Licht an. Der Schattenriss einer riesigen, vierarmigen Gestalt wurde sichtbar, die jenseits des hinteren Vorhangs zu hocken schien. Langsam, von unsichtbaren Seilen gezogen, bewegten sich ihre Arme auf und ab.

Lucius' Mutter nickte ihren Begleitern zu. Mit kräftigen Armen zwangen die falschen Thuggee ihn tiefer in die Kiste hinein, bis er ganz darin verschwunden war. Dann klappten sie den Deckel zu. Es wurde dunkel um Lucius, da nur noch durch ein paar Schlitze rötliches Licht ins Innere fiel. Aber das machte nichts. Er beherrschte die Nummer im Schlaf.

Flach legte er sich in den Leerraum der Steinplatte unterhalb der Holzkiste. Die scheinbar massive Platte war natürlich nicht echt. Sie bestand aus einem nicht sehr geräumigen, hohlen Kasten, auf den außen Steine geklebt worden waren. In diesem Versteck würde Lucius abwarten, während seine Mutter ihre Darbietung fortsetzte.

Er hörte, wie sie unter dramatischer Musik etwas davon erzählte, dass der »arme Knabe« nun einen fürchterlichen Tod erleiden würde. Daraufhin zog Lucius ein Holzbrett neben sich hervor und legte es sich auf die Brust. Notwendig war das nicht. Die eine Theaterklinge, die ihn überhaupt hier in seinem Versteck erreichte, war gefedert und schob sich weit genug in den Griff zurück, um ihn nicht zu verletzen. Aber Lucius war lieber vorsichtig. Manchmal gingen Tricks schief. Das erzählte man sich in jedem Theater und in jedem Zirkus, in dem seine Mutter und er bislang aufgetreten waren. Und dann war es ihm lieber, wenn das Thuggee-Schwert in einem Holzbrett steckte, statt in seiner Brust.

Mit einem Schaben fuhr das erste Schwert quer über seinem Hals einmal mitten durch die Sargkiste hindurch. Gleich darauf rammte seine Mutter ein zweites über seinen Knien durch die Schlitze. Im Zuschauerraum hielt das Publikum bestimmt den Atem an. Die Fantasie der Leute redete ihnen ein, dass Lucius gerade bei lebendigem Leib aufgespießt wurde.

Einmal hatte er sich einen Scherz erlaubt und einen kleinen Topf rote Farbe mit in die Kiste geschmuggelt. Mit der hatte er die Schwerter heimlich bemalt, während sie über ihm in der Luft hingen. Als seine Mutter sie wieder herausgezogen hatte, waren die Klingen scheinbar rot vor Blut gewesen. Mehrere Frauen im Zuschauerraum waren in Ohnmacht gefallen, und Lucius hatte sich später eine Standpauke seiner Mutter anhören müssen. Danach aber hatte sie gelächelt und ihn einen prächtigen kleinen Schurken genannt.

Mit grausiger Langsamkeit wurde das besonders lange Schwert einmal längs durch die Kiste geschoben, danach kamen die vorletzte und die letzte Klinge von oben und schlugen mit einem sanften Pochen gegen das Brett auf seiner Brust. Lucius überlegte, ob er schrille Schmerzensschreie ausstoßen sollte, entschied sich dann aber, die Aufführung diesmal nicht eigenmächtig »nachzuwürzen«.

Die Musik wurde dramatischer, während sich die Steinplatte mit der Kiste an ihren Ketten langsam einmal im Kreis drehte, damit jeder sehen konnte, dass sie mehrfach durchbohrt worden war. Dann setzte ein Trommelwirbel ein. Seine Mutter zog ein Schwert nach dem anderen wieder aus der Kiste. »Der Knabe ist tot, sein Körper von Klingen zerfleischt«, rief sie dabei. »Die Thuggee und ihre Göttin feiern. Doch zu Recht? Oder konnte er womöglich entkommen?«

Rasch legte Lucius das Brett zur Seite und wappnete sich. Jetzt kam das große Finale: der Verschwindetrick. Er atmete aus und machte sich ganz flach.

Mit einem Schlag krachten die Wände der Kiste in sich zusammen und landeten auf der Steinplatte. Jetzt war es vollständig dunkel um den Jungen. Durch die vier Bretterlagen, die sich an Scharnieren über ihm zusammengefaltet hatten, konnte er auch kaum noch etwas hören. Das Rauschen aus dem Zuschauerraum vernahm er trotzdem. Das Publikum applaudierte.

Im nächsten Moment wurden die Bretter rasch wieder aufgestellt und befestigt. Der Deckel öffnete sich, und kräftige

Arme griffen in die Kiste. Mit einem Sprung schnellte Lucius in die Höhe. Er wurde von dem falschen Thuggee durch die Luft gewirbelt und landete neben seiner Mutter auf den Bühnenbrettern. Der Applaus wurde lauter und einige Leute riefen: »Bravo!«

Ein breites Grinsen trat auf sein Gesicht. Er blickte zu seiner Mutter hoch, die ihn stolz anlächelte.

»Die furchtbaren Thuggee«, Irene deutete auf die Theatermitarbeiter und nahm Lucius' Hand, »und mein mutiger Sohn, der sogar zulässt, dass seine Mutter ihn mit Schwertern pikt!«

Die Leute lachten, und der Beifall wurde noch lauter. Lucius verneigte sich. Sein Herz klopfte wilder als vor dem Auftritt, und er spürte seine Ohren heiß werden. Dafür lebte er! Für den Zauber und den Rausch des Bühnenlebens!

Auf einmal spürte er, wie seine Mutter seine Hand dreimal rasch drückte. Sofort merkte Lucius auf. Dieser Teil gehörte nicht zur Show. Dieses Zeichen gehörte zu Irene Adlers anderem Leben: dem der Abenteurerin und Diebin. Und es bedeutete Gefahr.

Ohne das breite Lächeln aus dem Gesicht zu nehmen, sah Lucius zu ihr auf. Mit Blicken bedeutete sie ihm, zum hinteren Teil des Zuschauerraums zu schauen. Gleichzeitig zog sie ihn sanft und wie spielerisch ganz in die Mitte der Bühne, zu einer bestimmten Stelle, die eigentlich zu einer anderen Nummer gehörte. »Ich danke Ihnen!«, rief seine Mutter überschwänglich.

Wie beiläufig nahm Lucius wahr, dass die Bühnenarbeiter die Kulissen zur Seite schoben. Die Kiste mit der Steinplatte schwebte wieder zur Decke hinauf. Doch seine Aufmerksamkeit galt den zwei Eingängen in dem Besucherraum. Nun, da er schon eine Weile auf der Bühne stand und sich an das Licht gewöhnt hatte, konnte er sie besser erkennen.

Dort, bei den Vorhängen, die nach draußen führten, standen mehrere Männer. Es waren mindestens zwei an jedem Ausgang. Normalerweise wären sie in der Menge kaum aufgefallen. Da sie aber alle die gleichen dunklen Mäntel trugen, wirkten sie verdächtig.

»Vielen Dank«, rief seine Mutter den Zuschauern zu und verbeugte sich ein weiteres Mal tief. »Wir nehmen den Notausgang«, raunte sie Lucius zu und nickte leicht nach unten.

Lucius verstand. Mit raschen Blicken überprüfte er die Bühnenbretter zu ihren Füßen. Dann trat er vor seine Mutter, ging in die Hocke und breitete strahlend die Arme aus. Ein Zeitungsreporter in der ersten Reihe nahm die gelungene Pose zum Anlass, um mit Fauchen und Blitzen seinen Fotoapparat auszulösen, der neben ihm auf einem Dreibein stand.

Lucius schaute erneut zu den Männern in den Mänteln hinüber. Sie steckten die Köpfe zusammen und schienen sich abzusprechen. Er wusste nicht, wer sie waren. Vielleicht gehörten sie zur Gendarmerie, der französischen Polizei. Oder es waren Schergen von jemandem, den Irene Adler in den letzten Jahren verärgert hatte. In welche Angelegenheiten seine Mutter verwickelt war, hatte sie Lucius nie verraten.

Aber dass sie gejagt wurde und manchmal rasch untertauchen musste, hatte er inzwischen gelernt. Ebenso hatte er gelernt, in so einem Fall keine Fragen zu stellen, sondern einfach mitzuspielen. In Momenten wie diesem musste alles schnell und glatt über die Bühne gehen. Das war jedoch kein Problem. Sie waren ein eingespieltes Team.

»Haben Sie noch einmal vielen Dank, meine Damen und Herren, hochverehrtes Publikum«, sagte seine Mutter, als der Applaus abebbte. »Jetzt geht es weiter mit Musik. Wir sehen uns nach der Pause wieder – mit noch mehr Magie!«

Der Dirigent warf ihnen aus dem Orchestergraben einen verwirrten Blick zu. Eigentlich kamen zwei weitere Nummern, bevor die Pause folgte. Dennoch reagierte er schnell, hob den Taktstock und ließ seine Musiker einen schmissigen Auszugsmarsch anstimmen.

Lucius hob den Blick zu seiner Mutter. Der Zeigefinger seiner rechten Hand legte sich auf einen Knopf im Boden. Irene zwinkerte ihm von oben zu, und in ihrer Hand lag, wie herbeigezaubert, auf einmal eine silberne Kugel. Er nickte. Irene nickte. Lucius schloss die Augen.

Zwei Dinge geschahen praktisch gleichzeitig. Es gab einen lauten Knall und einen so hellen Blitz, dass der Junge ihn sogar durch die geschlossenen Augenlider sehen konnte. Der Geruch von Rauch stieg in seine Nase. Doch nur einen Herzschlag lang. Dann öffnete sich unter ihren Füßen die Falltür, die er mit einem Fingerdruck ausgelöst hatte, und sie fielen in die Tiefe. Mit einem Ächzen landeten sie auf einem Bett aus

Strohsäcken unter dem Bühnenboden. Über ihnen schwang die Falltür wieder zu. Wenn sich der Rauch verzog, musste es für die Zuschauer aussehen, als hätten seine Mutter und er sich buchstäblich in Luft aufgelöst.

Noch so ein toller Verschwindetrick, dachte Lucius. Im kunstvollen Verschwinden war Irene Adler eine Meisterin.

Seine Mutter sprang auf und entledigte sich im Laufen bereits ihres glitzernden Bühnenkleides. Lucius eilte ihr nach und zog dabei seine Matrosenjacke aus. Im Theater mochte solche Kleidung angemessen sein. Auf den Straßen von Paris war sie zu auffällig.

»Wer waren diese Leute?«, fragte er seine Mutter, als sie ihren persönlichen Umkleideraum im Keller des Theaters erreichten.

»Das spielt jetzt keine Rolle«, antwortete Irene. »Sie waren keine Freunde, und wir müssen hier schnell weg.«

Lucius verzog das Gesicht. Das bedeutete, dass sie nicht ins Hotel zurückkehren würden. Alles, was dort noch lag, würden sie dalassen müssen. Sie waren erst zweimal in seinem Leben so überstürzt aus einer Stadt abgereist. Beide Male waren die Wochen danach, ohne Gepäck und Geld, nicht sehr schön gewesen.

In aller Hast zogen sie sich um. Während Lucius seine braune Jacke zuknöpfte und seine Schiebermütze aufsetzte, wischte seine Mutter sich die Schminke aus dem Gesicht. »Geh mal an den Schrank, Schatz. Darin befindet sich unser Reisegepäck.«

Lucius tat, wie ihm geheißen, und stellte erstaunt fest, dass tatsächlich zwei prall gefüllte Lederkoffer zwischen den aufgehängten Bühnenkleidern standen. »Wo kommen die denn her?«

»Ich habe sie hier abgestellt, als wir die Stelle beim Theater annahmen«, sagte Irene. »Wir wollen doch nicht noch einmal so enden, wie vor zwei Jahren in Schanghai, als wir aus dem Club Obi-Wan fliehen mussten.«

Das wollte Lucius durchaus nicht. Sie hatten tagelang wie Bettler gelebt, bevor seine Mutter einen ihrer vielen, überall auf der Welt verstreuten Freunde erreichte, der ihnen eine Schiffsreise nach Europa bezahlte.

Irene griff an Lucius vorbei und hob den Größeren der beiden Koffer hoch. Sie hatte jetzt einfache, unauffällige Kleidung an, und ein Hut mit Halbschleier verdeckte ihr Gesicht. Kaum jemand würde sich auf der Straße nach ihr umdrehen. »Komm, mein Schatz«, sagte sie.

Lucius nickte und nahm seinen Koffer an sich. Dann eilten sie durch die Gänge unter dem Theater zu einem Hinterausgang fürs Personal. »Wohin gehen wir diesmal?«, wollte Lucius wissen, als seine Mutter die schmale Holztür zur Straße öffnete.

Sie drehte sich kurz zu ihm um. »Nach London.«

»Warum gerade London?«, fragte Lucius.

Seine Mutter schenkte ihm ein seltsames Lächeln. »Wir besuchen einen alten Freund.« Mit diesen Worten huschte sie hinaus in die verregnete Pariser Nacht. Lucius folgte ihr.

KAPITEL 1:

Gestatten, Mister Holmes

Als Lucius Adler am 27. März 1895 mit seiner Mutter an Bord eines Fährschiffs den Flusshafen von London erreichte, herrschte dort große Aufregung. Eine Blaskapelle spielte. Menschen drängten sich dicht an dicht und reckten die Hälse, um besser sehen zu können. Reporter von allen großen Zeitungen der Stadt waren vor Ort.

Leider nicht wegen ihm.

Stattdessen sammelten sie sich alle einen Pier weiter. Dort hatte kurz zuvor ein eindrucksvolles, dreimastiges Segelschiff angelegt, das Lucius und seine Mutter auf der Fahrt die Themse hinauf sogar in der Ferne vor sich gesehen hatten. Einige Matrosen winkten vom Bug herunter. Andere waren damit beschäftigt, das Schiff mit dicken Tauen am Pier festzumachen. An einer Stelle in der Schiffsmitte wurde eine hölzerne Planke mit einem verzierten Tau als Geländer angelegt. Mehrere Männer, die trotz ihrer ordentlichen Kleidung ziemlich verwegen wirkten, standen oben und warteten darauf.

Ein paar von ihnen hatten eine so dunkle Hautfarbe, dass sie aus Afrika stammen mussten. Lucius fand das sehr aufregend, denn auf diesem Kontinent war er noch nie gewesen. Vor allem interessierte ihn ein entschlossen wirkender

Mann in der Mitte der Gruppe. Er hatte ein braun gebranntes Gesicht mit gepflegtem Bart und – das war das Besondere – trug einen erstaunlich zerknautschten Filzhut mit Hutband und breiter Krempe auf dem Kopf. Der Hut passte überhaupt nicht zu dem feinen Anzug des Mannes. Oder vielleicht passte der feine Anzug nicht zu dem Mann, der auf Lucius den Eindruck eines weit gereisten Abenteurers machte. *Womöglich ein Archäologe oder ein Großwildjäger*, dachte der Junge begeistert.

Er selbst zog das Stadtleben mit all seinen Annehmlichkeiten vor. Er war in Amerika, in der Nähe von New York zur Welt gekommen, genau wie seine Mutter siebenunddreißig Jahre früher. Seitdem hatte er Großstädte wie Rom, Paris, Damaskus und Schanghai besucht, schillernde Orte der Zivilisation. Die Wildnis war ihm fremd.

Trotzdem fand er es immer wieder spannend, in Magazinen die Geschichten von mutigen Männern zu lesen, die sich am Ende der Welt mit Löwen, Tigern und wilden Eingeborenen herumschlugen, während sie die letzten unbekannten Flecken auf der Erde erkundeten.

»Weißt du, wer diese Leute sind?«, fragte Lucius seine Mutter, als er hinter ihr die Planke ihres eigenen Schiffes hinunterstieg, zusammen mit all den anderen Passagieren.

»Nein«, antwortete Irene. »Wahrscheinlich die Mitglieder einer der vielen Expeditionen, die von Königin Victoria und ihren wissenschaftlichen Beratern rund um den Globus geschickt werden, damit auch am Südpol und in der Saharawüste die englische Flagge weht.« Sie sagte es ein wenig abfällig, als hielte sie nicht viel davon – ob von den Expeditionen oder den Engländern, konnte Lucius nicht sagen.

»Quatermain!«, schrie ihm ein Junge, kaum dass Lucius den ersten Fuß auf englischen Boden gesetzt hatte, ins Ohr. »Allan Quatermain junior ist wieder da. Der berühmte Abenteurer und seine aufregende Reise durch Afrika. Lesen Sie alle Einzelheiten im Extrablatt der *Times*! Jetzt. Hier. Für nur zwei Pennies!«

Quatermain, dachte Lucius. Von dem Mann hatte er noch nie gehört, aber der Name gefiel ihm. Er hatte Klang. Dieser wettergegerbte Kerl mit dem Filzhut, das musste Quatermain sein. Der Name passte jedenfalls zu ihm.

Mit dem leicht breitbeinigen Gang von jemandem, der lange Zeit auf See verbracht hatte, kam der Abenteurer die Planke hinunter. Dabei winkte er höflich den Reportern und Schaulustigen zu. Er schien sich bei all dem Trubel aber nicht ganz wohlzufühlen.

»Extrablatt!«, schrie der Junge neben Lucius unterdessen weiter. »Allan Quatermain ist wieder da. Lesen Sie alles über seinen Wettlauf mit der Bell-Expedition und wie er die sagenhafte Stadt Kongarama fand. Extrablatt! Nur zwei Pennies!«

»He, Junge«, meldete sich ein Mann neben Lucius zu Wort. Er blickte auf, aber der rundliche Gentleman hatte nicht mit ihm, sondern mit dem jugendlichen Zeitungsverkäufer gesprochen. »Steht da auch etwas über die Ausstellung nächsten Monat im Britischen Museum drin?«

»Alles, Sir, alles«, versicherte der Junge mit dem Stapel Zeitungen unterm Arm. »Wir haben sämtliche Neuigkeiten über die Fundstücke, und einige sind auch illustriert.«

»Na schön«, meinte der Mann. »Ich nehme eine Ausgabe.«

»Sehr gut, Sir. Vielen Dank, Sir.« Der Junge reichte ihm eine Zeitung und steckte das Geld ein. Dann schlenderte er einige Schritte weiter und hob aufs Neue an. »Extrablatt! Extrablatt!«

»Lucius!«

Diesmal meinte die Stimme, die in seinem Rücken zu hören war, eindeutig ihn. Schuldbewusst drehte er sich zu seiner Mutter um.

»Nicht trödeln!«, tadelte sie ihn. »Du musst bei mir bleiben, sonst verlieren wir uns in diesem Durcheinander.« Sie nahm ihn am Arm. »Komm, wir suchen uns eine Mietdroschke.«

»In Ordnung«, sagte Lucius widerwillig. Er warf einen letzten Blick zu den Weltreisenden hinüber. Hinter Quatermain kamen nun mehrere Expeditionsteilnehmer die Planke hinunter, alles erwachsene Männer. Dann stutzte Lucius auf einmal. Ein Junge erschien oben an der Schiffsreling. Er trug eine helle, ordentlich geknöpfte Jacke. Auf seinem Blondschopf saß ein Tropenhelm. Er war so sauber, als hätte er Afrika nicht einmal aus der Ferne gesehen. Beides schien dem fremden Jungen nicht zu gefallen.

Missmutig ließ er seinen Blick über die Schaulustigen schweifen – und plötzlich schaute er Lucius direkt an. Es musste in der versammelten Menge unmöglich sein, aber Lucius war sich sicher, dass der fremde Junge niemand anderen als ihn meinte. Eine Sekunde lang regte sich keiner von beiden. Dann spürte Lucius, wie seine Mutter ihn am Arm zog. »Lucius! Du hast noch alle Zeit der Welt, den Hafen zu bestaunen. Aber jetzt müssen wir weiter.«

»Ja, ja, ich komme schon«, erwiderte Lucius leicht gereizt.

Er wandte den Blick von dem Jungen ab. Hinter seiner Mutter zwängte er sich durch die Leute, die Allan Quatermain zujubelten und vielleicht hofften, dass er ein paar der Funde zeigte, die er aus Kongarama mitgebracht hatte. *Du hast noch alle Zeit der Welt, den Hafen zu bestaunen*, klangen die Worte seiner Mutter in Lucius' Kopf nach. Hieß das, sie würden eine Weile in London bleiben?

»Wohin fahren wir eigentlich, Mom?«

Seine Mutter drehte sich nur kurz zu ihm um. Sie hatte wieder diesen seltsamen Ausdruck im Gesicht, wie schon ein paar Tage zuvor in Paris. »In die Baker Street«, sagte sie, »221b.«

London mochte die Hauptstadt Englands sein, für Lucius hätte sie aber ebenso gut auf dem Mond liegen können. Schweigend sah der Junge aus dem Fenster der dampfbetriebenen Droschke, die ihn und seine Mutter durch die halbe Stadt in Richtung Baker Street brachte. Die Häuser waren viel schmaler als in den meisten Städten, die er kannte. Außerdem wirkten sie bedeutend grauer. Obwohl es Ende März war, trugen die Passanten auf den Gehsteigen lange Mäntel und hatten die Kragen hochgeschlagen. Überhaupt kam Lucius dieses London so ungemütlich vor, als habe jemand einen großen Eimer Schmutzwasser über sämtlichen Gassen und Gebäuden ausgeschüttet, der einfach nicht trocknen wollte. Die Luft roch salzig und modrig wie die Themse. Selbst die zwei Luftschiffe am diesigen Himmel, deren Außenhüllen im Schein der blassen Sonne glänzten, wirkten bloß wie ein netter Versuch der Stadt, an *echte* Größe heranzugelangen.

Lucius sah die Parlamentsgebäude am Flussufer und den langen Uhrturm von Big Ben, der früher ein Gefängnis für Politiker gewesen war. Er kannte sie aus Büchern, doch in echt wirkten sie deutlich weniger schön. Auch die erst im letzten Jahr fertiggestellte Tower Bridge hatte ihm wenig mehr als ihre imposante Größe zu bieten. Lucius wusste nämlich längst, dass sich die Brücke automatisch öffnete, wann immer ein besonders hohes Schiff unter ihr hindurch wollte. Irgendwo in ihrem Inneren sorgte ein ausgeklügelter Mechanismus aus Zahnrädern und pneumatischen Pumpen dafür. Na und?

Was sollen wir denn hier?, fragte sich der Junge und sah zu seiner Mutter. *Wie besonders kann dieser alte Freund schon sein, wenn er sich in so einer langweiligen und hässlichen Stadt verkriecht?*

Doch er sagte nichts. Seine Mutter wirkte nämlich immer besorgter, je näher sie ihrem Ziel kamen. Stumm schaute auch sie aus dem Droschkenfenster, aber ihr Blick schien ins Leere zu gehen.

Eine halbe Stunde später kamen sie an.

»Unfassbar!« Der stämmige Mann mit dem buschigen Schnurrbart sagte das Wort nicht zum ersten Mal. »Absolut unfassbar.«

Lucius schwieg. Was sollte er auch sagen – hier in einem ihm völlig fremden Haus, umgeben von fremden Menschen? Nummer 221b der Baker Street war ein Gebäude mit drei Stockwerken, weißer Fassade und ziemlich schmaler Treppe. Im Erdgeschoss wohnte eine gewisse Mrs Hudson, die genauso aussah, wie er sich eine britische Großmutter vorstellte: faltig und freundlich. Ihr Lächeln war warm, ihr Blick gütig und der selbst gebackene Schokoladenkuchen, den sie Lucius nun schon seit zwanzig Minuten aufdrängte, schmeckte hervorragend. Der Tee, den sie dazu servierte, wirkte allerdings, als habe sie nur mal schnell das Gras aus ihrem Garten mit heißem Wasser übergossen.

Die dritte und letzte Person an Mrs Hudsons gedecktem Küchentisch war der Mann mit dem Schnurrbart. Lucius kannte seinen Namen nicht, er schien aber kaum jünger als Mrs Hudson zu sein. Handelte es sich vielleicht um *Mister* Hudson? Er trug einen schmutzig grauen Anzug und ein weißes Hemd mit gestärktem Kragen. Seiner Miene nach zu urteilen, wusste er gerade nicht, ob er leise staunen oder laut loslachen sollte.

»Nun nimm doch noch ein Stück, Junge«, sagte Mrs Hudson. Genau wie der Mann, konnte auch sie den Blick kaum von Lucius abwenden. »Nicht so schüchtern. Du bist doch noch im Wachstum.«

»So wie Sie ihn mästen«, wandte sich der Mann an sie, »wächst er aber eher bald in die Breite. Dieser ganze Zucker ist nicht gerade gesund.«

»Also wirklich, Doktor«, schimpfte sie. »Wenn Ihnen mein Kuchen nicht gefällt, dann lassen Sie ihn eben stehen.«

Der Mann lachte und beeilte sich, ein weiteres Stück auf seinen Teller zu hieven. Es war sein drittes. »Lucius, ja?«

Lucius blinzelte. Er begriff erst verspätet, dass der Mann ihn angesprochen hatte. »Wie bitte, Sir?«

»Dein Name. Er lautet Lucius.«

»Äh, ja?« Das hatte seine Mutter doch längst erklärt. Bevor sie im ersten Stock verschwunden war, aus dem sie seitdem nicht wiederkam. »Und?«

»Lucius Adler.« Der Mann gluckste und schüttelte den Kopf. »Unfassbar.«

Mrs Hudson warf ihm einen strafenden Blick zu. »Doktor, ich bitte Sie. Verunsichern Sie den armen Jungen nicht noch mehr. Er weiß bestimmt ohnehin kaum, wie ihm geschieht.«

Das konnte sie laut sagen, fand Lucius. Seine Mutter und er waren aus der Kutsche gestiegen und in das Haus 221b der Baker Street getreten. Mrs Hudson hatte sie ein wenig überrumpelt empfangen und Lucius mit in ihre Wohnung genommen, damit sich seine Mutter in Ruhe mit einem gewissen Mister Holmes unterhalten konnte. Keine fünf Minuten später war der schnurrbärtige Doktor erschienen.

»Das muss man sich mal vorstellen«, murmelte dieser genussvoll mampfend. »Irene Adlers Sohn.«

»Wir freuen uns jedenfalls *sehr*, dich bei uns zu haben«, sagte Mrs Hudson in einem Ton, der keinen Widerspruch duldete.

»Wir ja«, brummte der Mann. Dann sah er zur Küchendecke. »Aber ob *er* sich freut?«

Lucius ahnte, dass damit der geheimnisvolle Mister Holmes aus dem ersten Stock gemeint sein musste. Was war an dem bloß so besonderes? Warum schleppte seine Mutter ihn extra aus Paris nach London, um diesen Holmes zu besuchen?

Mrs Hudson winkte ab. »Er soll sich nicht so anstellen!«

»Er?« Der Doktor schnaubte. »Sie kennen ihn doch. Er stellt sich *immer* an.«

Wie um den Satz zu unterstreichen, drang plötzlich lauter Lärm aus dem Treppenhaus. Lucius hörte eine zuschlagende Tür, dann schnelle Schritte auf den knarrenden Stufen. Einen Moment später stand seine Mutter auf der Schwelle zu Mrs Hudsons Küche. Ihre Wangen waren rot vor Wut, aber in ihren Augen schwammen Tränen. »Lucius, komm«, sagte sie fest. »Wir gehen.«

»Mom, was ist ...«

»Komm, habe ich gesagt!«, fiel sie ihm ins Wort und streckte auffordernd die Hand nach ihm aus. »Sofort!«

Lucius sah, dass sie um ihre Beherrschung kämpfte und langsam verlor. So hatte er sie noch nicht oft erlebt, und der Anblick erschreckte ihn sehr. Langsam stand er von Mrs Hudsons Tisch auf. »Danke für den Kuchen«, murmelte er leise.

»Aber, aber«, protestierte Mrs Hudson sanft und erhob sich

ebenfalls. »Liebe Miss Adler, nun warten Sie doch. Was immer er Ihnen gesagt hat, er hat es bestimmt nicht so gemeint.«

Der Doktor schnaubte wieder. Er beobachtete das Geschehen mit fast schon wissenschaftlichem Interesse.

»Doch, das hat er, Mrs Hudson«, erwiderte Lucius' Mutter. »Das wissen Sie so gut wie ich. Ein Sherlock Holmes hält mit seiner Meinung *nie* hinterm Berg.«

»Aber er kann sie ändern«, erklang plötzlich eine Männerstimme in ihrem Rücken – ruhig und gefasst.

Irene trat zur Seite und drehte sich verblüfft um. Hinter ihr war – vollkommen lautlos! – ein Mann erschienen. Er war recht groß, dünn wie eine Bohnenstange und hatte ein schmales, knochiges Gesicht. Sein streng zurückgekämmtes Haar war so schwarz wie sein Anzug. Eine silberne Uhrenkette endete in der Tasche seiner Weste. Sein Blick war streng.

»Sherlock ...«, murmelte Lucius' Mutter.

»Sag nichts, Irene.« Der schlanke Mann sah an ihr vorbei in die Küche. »Du musst Lucius sein. Ich ... Ich habe schon viel von dir gehört. Allerdings erst gerade eben.« Der letzte Satz klang wie eine Beschwerde, auch wenn Lucius den Grund dafür nicht verstand.

»Lucius Adler, Sir. Freut mich, Sie kennenzulernen.«

Die Mundwinkel des Mannes zuckten kurz. »Wohlerzogen ist er schon mal«, bemerkte er. »Und lügt fast so gut wie seine Mutter.«

Irene schüttelte den Kopf. »Nein«, sagte sie mehr zu sich selbst als zu ihm. »Vergiss es, Sherlock. Komm, Lucius. Wir brauchen keine Hilfe von Leuten, die sie uns nicht geben möchten. Wir kommen auch allein zurecht.« Sie zog Lucius an ihm vorbei hinaus in den Flur.

»Kommt ihr nicht«, erwiderte der, den sie Sherlock Holmes genannt hatte, tadelnd und kam ihr langsam nach. »Ihr wärt nicht hier, wenn es so wäre.«

Ratlos sah Lucius von einem zur anderen. Er verstand kaum etwas von dem, was die Erwachsenen sagten. Aber er begriff, dass sie stritten – auch um ihn –, und das gefiel ihm nicht.

Irene funkelte Sherlock Holmes wütend an. »Du hast gesagt ...«

»Dass ich meine Meinung geändert habe«, fiel ihr der Mann ins Wort. »Reicht das nicht?«

»Es muss reichen«, sagte nun der Doktor. Er stand auf, umrundete den Küchentisch und trat zu den Streitenden in den Flur. Ruhig legte er Lucius eine Hand auf die Schulter. »Und es *wird* reichen. Richtig, Holmes?«

Sherlock Holmes sah ihn schweigend an. Er wirkte, als wolle er sich vor einer Antwort drücken.

»Richtig, Holmes?«, wiederholte der Doktor streng.

Dieser seufzte. »Natürlich«, sagte er leise.

Irene schluckte. Als sie wieder den Mund öffnete, war ihre Stimme deutlich gefasster als zuvor. »Du hast gesagt, du seiest ein Meister*detektiv*, kein Meister-Kindermädchen«, sagte sie vorwurfsvoll.

Lucius hob erstaunt die Brauen. Ein Detektiv? Das klang spannend. Das mit dem Kindermädchen allerdings ...

»Und du sagtest, du bräuchtest jemanden, dem du vertrauen kannst«, erwiderte Holmes. »Jemanden, der für eine Weile auf Lucius aufpasst. Nun, du hast gleich *drei* Jemands gefunden. Doktor Watson, Mrs Hudson und ich werden uns um den Jungen kümmern, bis du wieder in London bist.«

»Das kann aber dauern«, hauchte Irene und sah zu Boden. Holmes berührte sie kurz am Arm. »Ich weiß.«

Einen Moment lang schwiegen alle. Dann räusperte sich Mrs Hudson. »Kommen Sie, Mister Holmes«, sagte sie. »Und Sie auch, Doktor Watson. Lassen wir unseren Gästen einen kurzen Moment für sich, einverstanden?«

Holmes und der Doktor traten zu ihr in die Küche, und Mrs Hudson schloss die Tür hinter sich. Lucius und seine Mutter standen plötzlich allein im Hausflur.

»Mom, was ist denn los?«, fragte Lucius besorgt. Er ahnte es längst, wollte es aber nicht wahrhaben. »Wer sind diese Leute? Warum sind wir bei Ihnen, und ... und warum ... warum willst du weg ... ohne mich?« Seine Kehle war plötzlich wie zugeschnürt.

Irene ging vor ihm in die Knie und legte ihm die Hände auf die Schultern. »Schau mich an, Schatz«, bat sie. »Schau mich ganz genau an.«

Zögernd hob er den Blick.

»Sherlock und Doktor Watson sind alte Freunde von mir, verstehst du?«, sagte sie. »Sie und ihre Hauswirtin Mrs Hudson werden sich eine Weile um dich kümmern, denn ... ich muss untertauchen.«

»Und warum nimmst du mich nicht mit?«, fragte er. Er klang wie ein kleines, quengeliges Kind und hasste sich dafür, aber er konnte es nicht abstellen. »So wie sonst?«

»Weil es dieses Mal gefährlicher ist als sonst«, antwortete Irene. »Hier bei Sherlock findet dich niemand. Hier bist du sicher. Und in guten Händen, glaub mir.«

Lucius musste plötzlich an die Männer aus Paris denken. Daran, wie schnell seine Mutter und er ihretwegen aus der Stadt geflohen waren. Mit einem Mal machte er sich große Sorgen um sie. »Bist du ... denn auch sicher?«

Irene schmunzelte. Dann zog sie ihn an sich, drückte ihn ganz fest. Lucius roch den Duft ihres Haars und spürte die Wärme ihres Körpers.

»Ja«, flüsterte sie ihm ins Ohr wie ein großes Geheimnis, das nur er wissen durfte. »Ja, das bin ich. Sie werden mich nicht kriegen. Ich bin eine Meisterin im Verschwinden. Das weißt du doch.«

Nach ein paar Sekunden lösten sie sich voneinander. Irene tupfte sich eine Träne aus dem Augenwinkel, schniefte kurz und lachte dann leise. »Jetzt werden wir richtig sentimental. « Sie griff in ihre Jackentasche. »Ich habe noch etwas für dich«, sagte sie und zog ein kleines, in ein Taschentuch eingeschlagenes Bündel hervor. »Ein paar Verschwindetricks. Für den Notfall.« Sie öffnete das Bündel und zeigte Lucius die vier silbernen Kugeln, die darin lagen. Es waren die gleichen, wie die Kugel, die ihre Flucht von der Bühne des Pariser Theaters vor ein paar Tagen ermöglicht hatte.

Lucius' Herz schlug schneller. »Glaubst du, hinter mir ist auch jemand her?«

»Nein«, antwortete seine Mutter kopfschüttelnd. »Bestimmt nicht. Aber ich kenne dich doch. Du bist mein Sohn. Und wir Adlers bringen uns gern mal in irgendwelche Schwierigkeiten. Da schadet es nie, einen Verschwindetrick in der Tasche zu haben, nicht wahr?«

»Stimmt«, sagte Lucius leise, nahm das Bündel entgegen und steckte es in seine eigene Jackentasche. Er merkte, dass seine Hand dabei ganz leicht zitterte.

Ein weiteres Mal umarmten sie sich. Lucius drückte seine Mutter an sich, sog ihren Duft ein, damit er sich immer an sie erinnern konnte, solange er allein in London bleiben musste.

Schließlich schob Irene ihn auf Armeslänge von sich. Sanft strich sie Lucius über die Wange. Ihr Blick war klar und ihr Lächeln traurig. »Nun geh«, sagte sie. »Sie warten schon auf dich. Und benimm dich, verstanden? Mach mir keine Schande.«

Lucius schluckte. »W...Wann kommst du wieder?«

»Bald«, antwortete sie leise und küsste ihn auf die Stirn. »Ganz bald, Lucius. Versprochen.«

Danach stand sie auf und drehte sich um. Bis zur Haustür waren es nur fünf Schritte, doch Lucius kam die Strecke weiter vor als der Ärmelkanal. Auf der Schwelle angekommen, sah seine Mutter ein letztes Mal zu ihm. »Ganz bald«, flüsterte sie, als wolle sie es auch sich selbst versprechen. Einen Moment später war sie fort.

Lucius wusste nicht, wie lange er die Haustür der Baker Street 221b schon anstarrte, als Sherlock Holmes ihm plötzlich die Hand auf die Schulter legte. »Komm«, sagte der Meisterdetektiv überraschend sanft. »Das kriegen wir schon hin, Lucius. Es wird alles wieder gut.«

Bis vor zwanzig Minuten hätte Lucius Adler ihm da vorbehaltlos recht gegeben. Jetzt aber war ihm, als könne er nur noch hoffen.

KAPITEL 2:

Der Club der leisen Männer

Wenn Lucius auf seinen vielen Reisen eines gelernt hatte, dann dies: Die Welt war ein wahnsinnig bunter, schneller und aufregender Ort, an dem jeder Tag neue Abenteuer brachte. Das alte Jahrhundert neigte sich dem Ende zu. Überall herrschte Aufbruchstimmung. Fantastische technische Erfindungen veränderten das Leben. Luftschiffe glitten über den Himmel und Motordroschken eroberten die Straßen. Leitungen zogen sich quer durch den Ozean, sodass man von Europa aus mit Menschen in Amerika sprechen konnte – ohne jede Verzögerung! Und in mehr und mehr Familien hielten Automatenbutler Einzug, die den Menschen halfen, ihren Haushalt zu führen. Es ging alles so rasant, als säße man auf einem Jahrmarktskarussell, das sich wie wild drehte.

Nur nicht in der Baker Street 221b. Dort herrschten Stille und gähnende Langeweile – und strafende Blicke, wann immer Lucius daran etwas ändern wollte.

Knapp zwei Wochen lebte der Junge nun schon Tür an Tür mit dem Meisterdetektiv, und inzwischen war er überzeugt, noch nie einem steiferen und unleidigeren Menschen begegnet zu sein. Holmes mochte es nicht, wenn man mit seinen Sachen spielte. Er beschwerte sich, wenn man im Hausflur zu laut die Treppe hinunterlief. Und er hasste es geradezu, wenn man ihn in seinem Kaminzimmer störte – obwohl er dort doch meist nur herumsaß und Löcher in die Luft starrte.

Dieser Holmes, begriff Lucius, war einfach unfassbar launisch. Er lachte praktisch nie, redete nur das Nötigste und behandelte seine Haushälterin wahnsinnig unfreundlich. Selbst Doktor Watson wurde von Holmes oft angefahren, als sei er ein dummer Esel. Hätte Lucius ebenfalls einen besten Freund gehabt, er wäre niemals mit ihm umgegangen wie Holmes mit seinem Watson.

Doch der Doktor und Mrs Hudson ertrugen die mürrischen Kommentare des großen Detektivs gelassen. Sie schienen nichts anderes von ihm gewöhnt zu sein. Beim Abendessen, das er immer in Mrs Hudsons Küche einnahm, hatte Lucius es einmal gewagt, die Haushälterin auf Holmes' Launen anzusprechen. »Stör dich nicht an ihm«, hatte die freundliche Alte erwidert. »Er meint das nicht böse, weißt du? Wenn Mister Holmes keinen neuen Fall zu lösen hat, kann er sich vor lauter Langeweile selbst nicht leiden – und das lässt er dann an uns aus. Aber wenn er Arbeit hat, wenn er ermittelt und kombiniert, Fürsten hilft und Verbrecher fängt ... Dann kann es in ganz London niemand mit ihm aufnehmen. Wart's nur ab, Lucius: Sherlock Holmes ist der größte Held, dem du je begegnet bist. Das wirst du schon bald sehen.«

Das bezweifelte Lucius sehr. Der größte Held, den er kannte, hieß Giorgio und trat Abend für Abend als furchtloser Schwertschlucker auf. Lucius und seine Mutter waren vergangenes Jahr einige Wochen lang mit ihm durch Italien gereist. Konnte Holmes etwa Schwerter schlucken, ohne sich wehzutun? Bestimmt nicht. Giorgio schon! Auch dieser Allan Quatermain, den er vor zwei Wochen am Londoner Hafen gesehen hatte und von dem alle Zeitungen berichteten, lebte garantiert ein aufregenderes Leben als Holmes. Immerhin fand er versunkene Städte, barg legendäre Goldschätze und kämpfte gegen wilde Tiere.

Eines an Holmes gefiel dem Jungen allerdings sehr: Er spielte wundervoll Violine. Dumm nur, dass auch das die Zeit nicht schneller vergehen ließ. Ein Tag konnte echt lang werden, wenn nichts passierte und man nur Sachen machen durfte, die keinen Lärm machten. Lucius hätte sich ja liebend gern in London umgesehen, anstatt in der Baker Street zu versauern. Aber allein ließ Mrs Hudson ihn nicht vor die Tür, und begleiten konnte sie ihn auch nicht. Irgendjemand musste schließlich im Haus bleiben, um für Holmes zu kochen, Wäsche zu waschen und sich von »Detektiv Langeweile« beschimpfen zu lassen, wenn er mal wieder schlecht gelaunt war.

Erst dreizehn Tage, nachdem Lucius die Baker Street zum ersten Mal gesehen hatte, änderte sich etwas – da aber gründlich!

»Sein Bruder? Mister Holmes hat echt einen Bruder?«

Doktor Watson nickte. »Mycroft«, wiederholte er. »So heißt er. Mycroft Holmes ist ein paar Jahre älter als unser Herr Meisterdetektiv und arbeitet für die Regierung. Er ist sogar *noch* klüger als Sherlock Holmes. Zu Besuch kommt er allerdings nur selten. Meistens, wenn er einen Fall für Holmes hat.«

Lucius und Watson saßen einmal mehr in Mrs Hudsons gemütlicher Küche und plauderten. Die alte Haushälterin stand am Herd und kochte eines ihrer entsetzlich riechenden englischen Essen. Auf dem Tisch stand eine schmale Vase mit einer Blume, die Watson vom Markt mitgebracht hatte. Daneben hatte bis eben ein Teller mit Käsebroten gestanden, Reste vom Frühstück, doch um die Brote hatte sich Watson inzwischen »gekümmert«. Der Arzt mit dem buschigen Schnauzbart hatte einen unglaublichen Appetit.

»Und heute will dieser Mycroft vorbeikommen?«, fragte Lucius.

»Das wird auch Zeit!« Mrs Hudson seufzte. »Mister Holmes braucht unbedingt etwas Beschäftigung. Wirklich, Doktor Watson – noch einen Tag Langeweile übersteht der nicht.« Sie zwinkerte Lucius wissend zu. »Genauso wenig wie wir beide, was, mein Junge?«

Lucius staunte nicht schlecht. Seit Tagen hörte er von Hudson und dem freundlichen Arzt, wie toll Mister Holmes sei, wenn er als Detektiv arbeitete. Nun schien er es endlich beobachten zu können! Ein neuer Fall – das versprach Abenteuer und Gefahr, finstere Ganoven und riskante Rettungsaktionen ...

Schon der nächste Satz beendete Lucius' Begeisterung jedoch auf einen Schlag.

»Du wirst uns natürlich nicht begleiten können, wenn wir ermitteln«, sagte Doktor Watson. »Das wäre viel zu gefährlich. Aber ich verspreche dir: Ich werde dir höchstpersönlich von unseren Erlebnissen erzählen, wenn alles vorbei ist. Ehrenwort, Lucius.«

»Moment mal«, protestierte der Junge. »Soll das heißen, ich muss wieder hier herumsitzen und Däumchen drehen? Jetzt, wo endlich mal etwas passiert? Das ist total ungerecht!«

Doktor Watson schmunzelte. »Ich verstehe dich gut, Lucius. Wirklich. Ich an deiner Stelle würde mich auch ärgern. Aber glaub mir: Holmes und ich bekommen es in unseren Fällen mit ganz üblen Burschen zu tun. Das ist nichts für Kinder.«

Stille Zimmer in der Baker Street sind es aber auch nicht, so viel steht fest, dachte Lucius und ballte wütend die Fäuste unter Mrs Hudsons Küchentisch. Einmal mehr wünschte er sich, seine Mutter hätte ihn niemals hiergelassen. Wie es ihr wohl gerade ging? Wo mochte sie sich im Augenblick aufhalten? Er hoffte, dass sie in Sicherheit war. Und dass sie bald zurückkommen würde, um ihn zu holen.

Dann klopfte es an der Haustür. Mrs Hudson ließ ihren Herd Herd sein und eilte in den Flur hinaus. Wenige Augenblicke später kam sie zurück. Der Mann, den sie mitbrachte, hätte Mister Holmes nicht weniger ähnlich sehen können. Wo Holmes gertenschlank war, war Mycroft dick. Wo Holmes ein kantiges Gesicht besaß, sah Mycroft eher aus wie einer von Mrs Hudsons Pfannkuchen. Und wo sein jüngerer

Bruder das schwarze Haar streng zurückkämmte und keine lockere Strähne duldete, wucherte auf Mycrofts Haupt ein wilder Wust aus kastanienbraunen Locken.

»Du musst Lucius sein«, sagte der Mann und streckte ihm eine teigige Hand entgegen. »Freut mich, dich kennenzulernen. Doktor Watson hat mir schon viel von dir erzählt.«

Lucius nickte und schüttelte die Hand. Staunend betrachtete er Holmes' Bruder. Mycroft trug einen maßgeschneiderten Anzug und stützte sich auf einen schwarzen Regenschirm. Sein ganzer Körper schrie »gemütlicher Fettwanst«, doch in seinen Augen lag ein waches Funkeln. Unter dem linken Arm trug er eine aschgraue Mappe aus dickem Papier.

»Lucius langweilt sich«, sagte Doktor Watson. »Dem armen Jungen fällt hier die Decke auf den Kopf.«

Mycroft nickte. »Bei Sherlock? Das glaube ich gern. Mein kleiner Bruder ist nicht gerade ein Partylöwe.« Sein Lächeln wurde breiter, schelmischer. »Sollen wir ihn mal ärgern gehen? Das mache ich hin und wieder recht gern. Komm ruhig mit, Junge.«

Fragend sah Lucius zu Doktor Watson und der Haushälterin.

»Geh nur«, forderte Mrs Hudson ihn auf. »Das wird dir gefallen.«

Ratlos folgte Lucius dem stämmigen Besucher in den Flur und zur Treppe. Im ersten Stock angekommen, klopfte Mycroft an der Tür zu Mister Holmes' Kaminzimmer und trat anschließend einfach ein.

Sherlock Holmes saß mit geschlossenen Augen in einem der zwei abgewetzten Sessel, die vor der Feuerstelle standen. Neben ihm auf dem Boden waren einige Stapel Bücher, die Lucius fast bis zum Bauch reichten. Die Luft roch so abgestanden, als hätte der Detektiv seit Tagen kein Fenster geöffnet.

»Mycroft«, begrüßte Holmes sie unwillig, ohne die Augen zu öffnen oder aufzustehen. »Was verschafft mir die Qual deines Besuchs?«

»Ich freue mich auch, dich zu sehen«, sagte Mycroft. »Eigentlich bin ich ja hier, weil die Königin deine Hilfe braucht, kleiner Bruder.«

Nun öffnete Holmes die Augen. Von einem Moment zum anderen wirkte er höchst wachsam.

Doch Mycroft fuhr unbeeindruckt fort. »Aber wie ich sehe, kann ich hier in der Baker Street viel nützlicher sein, als du im Palast Ihrer Majestät.«

»Wie das?«, fragte Holmes grimmig. »Du redest Unfug, Bruder.«

»Und du bist blind«, erwiderte Mycroft. »Hast einen Zwölfjährigen im Haus und kannst ihn nicht sinnvoll beschäftigen. Typisch Sherlock! Merkst du denn nicht, dass dein kleiner Gast vor Langeweile fast stirbt?«

Der Detektiv winkte ab. »Nimm ihn mit. Zeig ihm London, wenn dir so viel daran liegt. Ich bin leider viel zu beschäftigt, um durch Parks oder am Themseufer entlangzuflanieren. Meine Ermittlungen erlauben es mir nicht, meine Zeit mit ...«

Mycroft hob abwehrend die Hand. Mit der anderen reichte er Holmes die Mappe, die er unter dem Arm getragen hatte. »Genau das wollte ich vorschlagen. Hier, das ist die Akte, die ich dir mitbringen wollte. Lies dich doch schon mal ein. Ich komme heute Abend wieder, und wir besprechen den Fall. Bis dahin zeige ich deinem jungen Gast die Stadt.«

Holmes öffnete die Mappe und begann, in den Blättern zu lesen, die darin lagen. »Und mit ›Stadt‹ meinst du deinen Club, richtig?«

»Bruder, Bruder.« Mycroft lachte. »Du kennst mich viel zu gut. Ja, ich hatte vor, zum Club zu fahren. Und ich glaube, unser guter Lucius hätte dort auch seinen Spaß.« Er sah zu Lucius, der dem Schauspiel bislang schweigend zugeschaut hatte. »Komm, Junge. Alles ist besser als die Baker Street, oder?«

Dem konnte Lucius nicht widersprechen.

Mycroft hatte sich schon halb zur Tür umgedreht, als sein Blick auf eine Zeitung fiel, die auf dem Tisch zwischen den zwei Sesseln lag. »Ah, ist das zufällig die heutige Ausgabe der *Times*? Ich habe sie bis jetzt nicht lesen können und wüsste gern, was sie Neues über Mister Quatermains fantastische Ausstellung im Britischen Museum schreiben. Die ganze Stadt spricht von nichts anderem. Sie wird doch in den nächsten Tagen eröffnet, wenn ich nicht irre.«

Holmes nahm die Zeitung und hielt sie ihm hin. »Nimm sie mit«, sagte er. »Nimm mit, was immer du möchtest. Hauptsache, du gehst. Ich habe – dank dir – zu tun, Bruder.«

Junge, Junge, dachte Lucius, als er mit dem lachenden

Mycroft zurück ins Treppenhaus ging. *Der geht mit seiner Verwandtschaft ja keinen Deut besser um als mit allen anderen ...*

Die Fahrt mit der Dampfdroschke dauerte gute zwanzig Minuten und schien durch die halbe Innenstadt zu führen. Mycroft saß Lucius in der Passagierkabine gegenüber, was auch notwendig war, weil er beinahe eine ganze Bank benötigte. Die Zeitung, die Holmes ihm gegeben hatte, klemmte unter seinem rechten Arm. Unterwegs plauderten sie über dies und das. Mycroft fragte Lucius nach seinem bisherigen Leben und gab seinerseits den Fremdenführer, indem er immer wieder auf bemerkenswerte Gebäude der Stadt hinwies. Holmes' Bruder schien ein netter Mann zu sein. Jedenfalls hatte er nach der Hälfte der Strecke bereits mehr Worte mit Lucius gewechselt, als der Meisterdetektiv in den letzten zwei Wochen.

Schließlich bog die Dampfdroschke in eine Seitenstraße ein, die hinunter zur Themse führte. Durch ein schmiedeeisernes Tor erreichten sie ein dreistöckiges Bauwerk, das in Hufeisenform um einen Innenhof errichtet worden war. Unmittelbar neben dem Haus verlief eine Promenade, dann kam schon der Fluss. Über dem Haupteingang erhob sich zwischen steilen, grauen Dachflächen ein dicker, quadratischer Turm. Er war vielleicht zwei Stockwerke höher als das Gebäude und wurde von einer Kuppel gekrönt. Das obere Turmzimmer besaß einen schmalen Balkon, der einmal um den Turm verlief. *Von dort muss man einen tollen Blick haben*, dachte Lucius.

Sie stiegen aus, und Mycroft bezahlte den Kutscher. Als sich die Dampfdroschke knallend und schnaufend wieder auf den Weg machte, deutete er auf die hohe Eingangstür. »Dies ist der Diogenes-Club, mein zweites Wohnzimmer«, sagte er. »Dort treffen sich die wichtigsten Männer Londons, um …« Er hielt kurz inne und grinste dann. »Um ihre Ruhe zu haben. Vor ihren Frauen. Vor ihren Mitarbeitern. Vor der Welt. Sie lesen dort Zeitung, trinken Cognac, rauchen Pfeife. Wie es ihnen eben beliebt.«

Lucius runzelte die Stirn. »Und was soll ich da? Ich rauche nicht, darf noch nicht trinken und lese lieber illustrierte Magazine.« Irgendwie hatte er sich etwas anderes von dem Club erhofft.

Holmes' Bruder schüttelte amüsiert den Kopf. »Keine Sorge. Ich habe nicht vor, dich zu zwingen, Lord Winterbottom, Professor Cavor oder – Gott bewahre – Magister Billingsley Gesellschaft zu leisten. Der Gute schläft immer ein und sägt dann wie ein ganzer Holzfällertrupp. Nein, dein Reich wird woanders sein. Komm. Ich zeige es dir.«

Sie erklommen die Stufen zur Eingangstür. Mycroft legte die Hand auf die Klinke und wollte sie schon herunterdrücken, als ihm etwas einzufallen schien. »Eine Sache noch, mein Junge. Es gibt eine Regel in diesem Haus, die von höchster Wichtigkeit ist: Im Diogenes-Club wird nicht gesprochen. Kein Mucks.«

»Hä?«, machte Lucius und vergaß vor Überraschung seine gute Kinderstube. »Das heißt, dort schweigen sich alle an?«

»So in etwa. ›Wir genießen die Stille‹, wäre wohl die richtige Umschreibung.«

»Wird dort nicht höflich gegrüßt?«

»Oh doch, absolut. Wir nicken einander respektvoll zu.«

»Und wenn jemand eine Frage hat?«

Mycroft schüttelte leutselig den Kopf. »Wir belasten uns nicht mit Fragen, solange wir im Club sind.«

»Und wenn jemand etwas zu trinken bestellen möchte?«

»Die Diener kennen die Vorlieben eines jeden von uns. Wir müssen nur die Hand heben.«

»Und wenn jemand niesen muss?«

Auf die Miene von Holmes' Bruder trat ein leicht genervter Ausdruck. »Dann reichen wir ihm ein Taschentuch und reden nicht weiter drüber. Das sollten wir jetzt auch nicht mehr tun. Komm endlich, mein Junge. Und denk dran: immer schön leise.« Er öffnete die Tür und sie gingen ins Innere.

Im Eingangsraum bereits herrschte eine Atmosphäre, wie Lucius sie sonst nur aus Bibliotheken kannte – einem Ort, an dem er sich nicht sehr gern und daher nicht sehr häufig aufhielt. Die Wände waren mit dunklem Holz getäfelt. Auf dem Boden lagen dicke Teppiche, die das Geräusch ihrer Schritte schluckten. Von der Decke hing ein Kronleuchter. Ein paar Stehpflanzen dienten der Zierde und von brusthohen Säulen starrten die Steinköpfe wichtig aussehender Männer Lucius an.

Hinter einem Empfangstresen saß ein dürrer, dunkelgrau gekleideter Pförtner, der steif wie ein Oberlehrer wirkte. Als er Mycroft sah, nickte er ihm würdevoll zu. Beim Anblick von Lucius rümpfte er kaum merklich die Nase. Doch er sagte nichts. Natürlich nicht. Durfte er ja nicht.

Lucius überlegte, ob er dem Mann die Zunge herausstrecken sollte, nur um zu schauen, ob er die Regel des Clubs brach, wenn er wütend wurde. Aber er entschied sich dagegen. Es war nicht nötig, schon am ersten Tag einen schlechten Eindruck zu hinterlassen. Er war Mister Holmes' Bruder ja dankbar dafür, dass der ihn aus der Langeweile der Baker Street 221b herausgeholt hatte. Also lächelte Lucius nur und nickte, genau wie Mycroft.

Durch eine Tür gelangten sie in einen kurzen Korridor, der genauso aussah wie der Eingangsraum. Ein paar Türen zweigten links und rechts vom Gang ab, aber Mycroft ging schnurstracks auf diejenige zu, die am Ende des Korridors lag. Er öffnete auch sie, und als Lucius hindurchtrat, befand er sich unvermittelt im Herzen des Diogenes-Clubs.

Der Raum, der ihn empfing, war größer als Mrs Hudsons komplette Wohnung. Auch hier bedeckte dunkles Holz die Wände, dicke Läufer zierten den Fußboden. Lucius sah Ohrensessel aus schwarzem Leder, breite lederbezogene Sofas und überall kleine, hölzerne Beistelltische. In den Sesseln und auf den Sofas saßen alte Männer in feinem Zwirn. Die meisten von ihnen hatten graues, weißes oder gar kein Haar; viele trugen stolze Bärte zur Schau. Dichter Pfeifenrauch hing in der Luft, und Diener in schwarzen Anzügen trugen Silbertabletts umher, auf denen Sherry-Gläser und dampfende Teetassen standen. Damit sie dabei auch ja kein Geräusch machten, hatten die Diener kleine Beutelchen aus dickem Stoff um die Schuhe geschnallt. So hörte man sogar ihre Schritte nicht.

Auch die alten Männer schwiegen. Sie waren in Bücher oder Zeitungen vertieft, manche starrten auch nur entspannt Löcher in die Luft oder sahen aus einem der Fenster – ganz ähnlich wie Sherlock Holmes daheim in der Baker Street. Dass Mycroft gekommen war und einen staunenden Zwölfjährigen mitbrachte, schien niemanden zu interessieren.

Holmes' Bruder führte Lucius wortlos zum anderen Ende des Raumes und durch eine Tür in ein quadratisches Treppenhaus, das nach oben führte.

Als sie die Treppe hinaufstiegen, merkte Lucius, wie seine Neugierde zunahm. Es hatte den Anschein, als befänden sie sich auf dem Weg in den Turm, der ihm von außen auf dem Dach des Gebäudes aufgefallen war. *Wo führt der mich nur hin?*, fragte er sich.

Am oberen Ende der Treppe gab es eine weitere Tür, nicht so schwer und würdevoll wie die im unteren Teil des Hauses. Mycroft drehte sich zu ihm um und lächelte verheißungsvoll. Dann drückte er die Klinke nach unten, ließ die Tür nach Innen aufschwingen und vollführte eine einladende Geste.

Mit langsamen Schritten folgte Lucius der Aufforderung. Als er den Raum sah, der hinter der Tür lag, wurden seine Augen groß.

Sie befanden sich offensichtlich im höchsten Zimmer des Turms. Durch Fenster an allen vier Wänden fiel Sonnenlicht herein. Wenn man in drei Richtungen – Osten, Westen und Norden – schaute, sah man benachbarte Häuser der Stadt. Nach Süden hin bot sich ein prächtiger Ausblick auf die Themse, die Schiffe, die dort fuhren, und die nahen Themsebrücken. Die Decke des Raums war hoch und gewölbt und wies ebenfalls kleine Fenster auf.

Viel spannender als die Architektur war allerdings die Einrichtung. Es handelte sich um ein Sammelsurium der tollsten Dinge. Sessel und Beistelltische, die offenbar aus dem Club stammten, dort aber aussortiert worden waren, standen kreuz und quer im Raum herum. Einige waren von bunten, exotisch bestickten Seidentüchern bedeckt. Vor einem der dicken Polstersessel lag tatsächlich ein Löwenfell, an den Wänden zwischen den Fenstern hingen seltsame Holzmasken und ein bunter, gefiederter Schild. Der dazu passende Speer baumelte im Kronleuchter, der von der Kuppeldecke hing.

Im hinteren Bereich waren mehrere Tische zu einer Art Werkbank zusammengeschoben worden. Dort herrschte sogar noch größeres Durcheinander. Drei Viertel der Werkzeuge und Apparaturen, der Glaskolben und Spulen und Zahnradmechanismen, die dort herumlagen und aufgebaut waren, hatte Lucius noch nie mit eigenen Augen gesehen. Vom letzten Viertel wusste er nicht einmal, dass so etwas überhaupt existierte. Dazu zählte beispielsweise eine ballgroße Eisenkugel, die an einem Seil befestigt war und zwei Fuß über der

Werkbank schwebte, während ein sanftes blaues Glühen aus Schlitzen an der Unterseite drang.

»Heiliges Kanonenrohr«, entfuhr es Lucius. Gleich darauf schlug er die Hand vor den Mund, als er merkte, dass er laut gesprochen hatte.

Er wandte sich zu Mycroft um, der ihm zuzwinkerte. »Keine Sorge. Hier darfst du sprechen. Hier oben gelten andere Regeln als im sonstigen Diogenes-Club.« Er warf einen Blick zu dem Speer im Kronleuchter und seufzte leise. Dann nickte er Lucius freundlich zu. »Viel Spaß.« Er trat zurück ins Treppenhaus und schloss die Tür hinter sich.

Mit vorsichtigen Schritten ging Lucius tiefer in den Raum hinein.

Staunend nahm er alles in Augenschein. Wer immer hier wohnte, musste ein ziemlich schräger Vogel sein. »Nur was soll ich jetzt hier?«, murmelte er leise.

Niemand gab ihm Antwort. Alles war still. Nur ein Geräusch, das an ein leises Grillenzirpen erinnerte, drang aus einer Ecke und irritierte ihn.

Plötzlich wurde hinter ihm eine Tür aufgestoßen. Ein kühler Luftzug wehte herein. *Der Balkon, der um den Turm verläuft*, erkannte Lucius. Jemand musste dort draußen gewesen sein. Er drehte sich um und sah zu seiner Überraschung zwei Jungen und ein Mädchen eintreten, die ungefähr in seinem Alter waren. Sie wurden von einem der heutzutage so beliebten Automatenbutler begleitet, einem künstlichen Mann aus Zahnrädern und Metall. Der hier hatte jedoch eindeutig schon bessere Tage gesehen. Seine Messingbrust wies Kratzer und Beulen auf, und die Arme und Beine schienen nicht richtig zusammenzupassen, sondern aus unterschiedlichen Automatenmodellen zusammengeschraubt zu sein. Wenn er sich bewegte, quietschte und rasselte er, und aus seinen trichterförmigen Ohren stiegen kleine Dampfwölkchen.

»He«, rief der erste Junge, ein kräftiger Blondschopf mit selbstbewusstem Auftreten. »Seht mal: ein Neuer!«

»Faszinierend«, bemerkte der zweite Junge. Er war eher schmächtig, hatte schwarzes, glattes Haar und trug eine Nickelbrille auf der schmalen Nase. Ihm schien der Automatenbutler zu gehören, denn beide gingen direkt nebeneinander her.

»Ich hoffe, endlich mal jemand, der *normal* ist«, verkündete das Mädchen. Zu Lucius' Überraschung war es in knallbunte, fließende Gewänder gekleidet. In seinen Augen machte sie das zur eindeutig Unnormalsten im ganzen Raum.

»Das sagt die Richtige«, gab der Blondschopf zurück, der ähnlich zu denken schien, und grinste. »Aber wir werden es ja sehen.« Er streckte Lucius die Hand hin. »Hallo, ich bin ...«

»Ich kenne dich!«, platzte es aus Lucius hervor. »Du warst vor zwei Wochen auf dem Schiff am Hafen, dem Schiff von Allan Quatermain, dem Abenteurer!«

Der Junge kniff die Augen zusammen und sah Lucius prüfend an. »Stimmt, du warst auch am Hafen. Neu in London?«

Lucius nickte.

»Und zum ersten Mal hier?«

Lucius nickte erneut. »Ich heiße Lucius. Lucius Adler.«

»Freut mich. Wenn ich vorstellen darf?« Der Blondschopf deutete auf seine Begleiter. »Das sind Theodosia Paddington, genannt Theo, Harold Cavor und seine wandelnde Automatenbibliothek James, und ich bin Sebastian Quatermain, Sohn von Allan Quatermain, den du am Hafen gesehen hast. Willkommen im Rabennest!«

KAPITEL 3:

Teestunde mit Schlange

»Rabennest?«, wiederholte Lucius ungläubig. »Was soll das denn heißen?«

»Hast du die Raben nicht gesehen?«, fragte ihn Theodosia. *Theo*, verbesserte Lucius sich in Gedanken. »Sie nisten hier oben echt überall. Manchmal kommt es mir vor, als wären sie die wahren Bewohner Londons und wir Menschen nur geduldete Gäste.«

Lucius verstand. Die schwarz gefiederten Gesellen, von denen in der großen Themsenstadt kein Mangel herrschte, waren auch ihm schon aufgefallen. Hieß es nicht sogar, sie wären die Wächter des Britischen Reiches? Solange es in London Raben gebe, so hatte er mal irgendwo gelesen, so lange sei das Reich in Sicherheit. Das war natürlich nur ein Aberglaube, aber er gefiel ihm.

»Ich hätte unser Hauptquartier ja ›Pulverfass‹ oder ›Löwenhöhle‹ genannt«, sagte Sebastian schulterzuckend, »aber Theo war die Erste hier oben, und sie hat entschieden, dass wir in einem Rabennest sitzen. Doch wo bleiben meine Manieren? Sag, hast du Durst? Willst du einen Tee?«

Lucius musste an das schrecklich fade schmeckende Gesöff denken, das in der Baker Street serviert wurde, und verzog das Gesicht. »Äh, ich weiß nicht. Danke.«

»Wir haben Tee aus Indien«, verriet ihm Theo. »Den besten, den man kriegen kann. Mein Vater hat ihn mitgebracht.«

»Und Rotbuschtee aus Afrika«, fügte Sebastian hinzu.

»Außerdem hat Harold noch ein paar Spezialmischungen erfunden, die man *unbedingt* probiert haben muss.« Er warf dem schmächtigen Jungen mit der Nickelbrille einen freundschaftlich spöttischen Blick zu.

»Muss man wirklich«, erwiderte dieser. »Zum Beispiel meine Apfel-Löwenzahn-Mischung. Oder den ›Flussschiffer Extraherb‹.«

»Flussschiffer Extraherb?«, wiederholte Lucius.

»Tee mit einem gehörigen Spritzer Themsewasser«, erklärte Sebastian. »Wenn man genug Zucker reinschüttet, schmeckt's wie Dreck mit Zucker.« Er schüttelte sich.

»Banause«, brummte Harold.

»Ich trinke nur indischen Tee«, verkündete Theo.

»Und ich bleibe bei meinem Rotbusch«, sagte Sebastian.

Harold richtete den Blick hoffnungsvoll auf Lucius. Er wirkte wie ein Hundewelpe, der gerade gelernt hatte, Stöckchen zu bringen und jetzt unbedingt spielen wollte. Eine leise Stimme in seinem Hinterkopf riet Lucius, es wie Theo und Sebastian zu machen und sich an eine Teesorte zu halten, die auch außerhalb dieser vier Wände getrunken wurde. Doch so viel war klar: Wenn er hier und jetzt einen Freund gewinnen wollte, musste er in den sauren Apfel beißen – sozusagen.

»Apfel-Löwenzahn klingt echt toll«, log Lucius und setzte dabei sein bestes Bühnenlächeln auf.

»Klasse!«, rief Harold. »Kommt sofort. Natürlich frisch gebrüht in meiner Spezialteemaschine!« Er deutete auf das Durcheinander aus Glaskolben und Leitungen, das auf der Werkbank aufgebaut war. »James«, wies er den Automatenbutler an. »Hol schon mal die Tassen.«

»Mit dem größten Vergnügen, Master Harold«, antwortete dieser blechern. Er wandte sich an Lucius: »Übrigens möchte auch ich meine Freude darüber zum Ausdruck bringen, Sie kennenzulernen, Master Lucius.«

»Äh, danke«, erwiderte Lucius. Er hatte bislang nicht viel Erfahrungen mit Automatenbutlern gemacht, daher wusste er nicht so ganz, wie er mit James umgehen sollte. *Vermutlich so, wie mit jedem menschlichen Diener auch*, dachte er.

Während James klappernd lostakste, lief Harold zu seinem Experimentierbereich hinüber und fing an, eifrig zu hantieren. Er entzündete einen kleinen Brenner und erhitzte damit Wasser in einem Kolben. Danach öffnete er ein Ventil und ließ Wasser durch ein Glasrohr in einen Mischer laufen. Gleichzeitig schien der Wasserdampf aus dem Kolben weitere Gefäße zu erwärmen, in denen verschiedenfarbige Flüssigkeiten von kräftiger rot- und goldbrauner Farbe ruhten.

Der Junge mit der Nickelbrille nahm die erste Tasse. Er stellte sie unter den Ausguss des Mischers, in den er nun einen Schluck goldbraune Flüssigkeit gab. »So, das wäre der indische Tee.« Er sah zu Theo hinüber. »Milch und Zucker?«

»Beides.«

Harold öffnete ein weiteres Ventil und gab Milch in den Mischer, bevor er einen Hebel an einem Kasten zweimal zog und damit zwei Teelöffelladungen Zucker hinzufügte. Schließlich wirbelte er den Mischer mit einer Kurbel dreimal im Kreis und füllte über einem Ausguss die erste Tasse. In gleicher Weise bereitete er auch die übrigen Getränkewünsche zu.

Lucius fand, dass der Junge ziemlich viel Aufwand für etwas so Alltägliches wie das Brühen von Tee veranstaltete. Aber er war klug genug, diese Meinung für sich zu behalten. »Ich hoffe nur, ich verderbe mir damit nicht den Magen«, murmelte er, als er die grünbraune Brühe namens Apfel-Löwenzahn von ferne betrachtete. »Mrs Hudson wird nicht glücklich sein, wenn ich zum Abendessen keinen Bissen herunterbekomme.«

»Mrs Hudson?«, fragte Theo.

»Die Hauswirtin von Mister Holmes und Doktor Watson«, antwortete Lucius.

»Du wohnst bei Sherlock Holmes, dem Meisterdetektiv?«, rief Harold von der Teemaschine aus. »Das ist ja irre.«

»Eigentlich ist es ziemlich trostlos«, meinte Lucius. »Man darf dort nicht laut sein, man darf nichts anfassen, und bei den Fällen darf ich auch nicht helfen. Zum Glück hat Mister Holmes' Bruder mich hierher mitgenommen. Hier gefällt's mir.« Grinsend ließ er sich auf einen der großen Polstersessel fallen, über dem eine bunte Wolldecke hing. Darunter schien sich eine Art Nierenkissen zu befinden.

Sebastian sog scharf die Luft ein und schnitt eine Grimasse. »*Da* würde ich mich nicht hinsetzen.«

»Was? Wieso?« Lucius sah ihn verwirrt an.

Das Nierenkissen unter Lucius regte sich.

»Weil das der Sessel von Miss Sophie ist«, belehrte Theo ihn. »Das sieht man doch.«

»Miss Sophie?«, wollte Lucius fragen. Er kam allerdings nur bis »Miss So...«. Dann tauchte plötzlich neben ihm ein handtellergroßer Schlangenkopf unter der Wolldecke auf. Das O zog sich angstvoll in die Länge, und Lucius' Augen weiteten sich.

Die Schlange richtete den Blick auf ihn.

Mit einem Aufschrei schoss der Junge vom Sessel empor. »Was ist das denn?«, entfuhr es ihm mit einer Stimme, die in seinen Ohren viel zu schrill klang.

Sebastian lachte. »Und ich sag noch: *Da* würde ich mich nicht hinsetzen.«

»Das«, sagte Theo, »ist Miss Sophie, mein Tigerpython.« Sie trat hinzu und zog die Wolldecke beiseite. Darunter kam der kräftige, glänzende, braunschwarz geschuppte Leib einer echten Würgeschlange zum Vorschein, gemütlich zusammengerollt auf dem Sessel. Die Schlange hob den Kopf und blickte zu dem Mädchen auf. Eine gespaltene Zunge züngelte vor und wieder zurück.

»Ist sie nicht wunderschön?« Lächelnd und völlig furchtlos nahm das Mädchen das bestimmt sieben Fuß lange Tier hoch und legte es sich um die Schultern. Miss Sophies Kopf ruhte nun auf ihrem rechten Arm. Dass der Python sie mühelos erwürgen konnte, schien Theo gar nicht in den Sinn zu kommen. Zugegeben wirkte die Schlange im Moment eher verschlafen. Widerstandslos ließ sie alles mit sich geschehen.

Lucius schluckte und stellte fest, dass er seine Meinung über Theodosia Paddington gründlich überdenken musste. Bis jetzt hatte er sie aufgrund ihrer knallbunten, fließenden Gewänder bloß für etwas eigenartig gehalten. Doch offenbar war sie obendrein verdammt mutig – oder vollkommen verrückt.

»Junge Herren, Lady Theodosia, der Tee«, verkündete der Automatenbutler James. In den Metallhänden hielt er ein Tablett mit drei Tassen. Die vierte Tasse hatte Harold bereits in der Hand.

Lucius, Sebastian und Theo griffen zu, und alle setzten sich. Diesmal achtete Lucius genau darauf, wo er sich niederließ. Wer wusste schon, welche exotischen Haustiere der Sohn des Afrikaforschers Quatermain besaß? Fette Wüstenspinnen und stechfreudige Skorpione kamen ihm in den Sinn.

»Keine Sorge«, sagte Sebastian und grinste über den Rand seiner Teetasse hinweg, als habe er Lucius' Gedanken gelesen. »Miss Sophie ist der einzige tierische Bewohner des Rabennests, der keine Federn hat.«

»Bis auf ein paar Käfer, die du aus Afrika eingeschleppt hast«, warf Theo ein. »Und diese Heuschrecke, die ständig Krach macht und sicher auch aus deinem Gepäck gekrochen ist.«

»Gut zu wissen«, antwortete Lucius. Also hatte er sich nicht geirrt: Es hatte wirklich vorhin eine Grille gezirpt.

»Also, Leute, lasst uns die Tassen heben«, rief Harold eifrig. »Auf unseren neuen Freund Lucius.«

»Auf Lucius!« Sebastian prostete ihm zu.

»Auf euch«, gab Lucius zurück.

»Hipp, hipp ...«, begann James laut, unterbrach sich aber, als ein kleines Dampfwölkchen aus seinem Kopf puffte, dem er dann verwirrt nachschaute. »Und, ähm, hurra!«

Sie tranken, und Lucius musste feststellen, dass sein Apfel-Löwenzahn-Tee auf kaum vorstellbare Weise gleichzeitig fruchtig und bitter schmeckte – und unterm Strich rundweg widerlich war. Dennoch zwang er sich zu einem Lächeln und nickte Harold zu. »Ganz ... außergewöhnlich.«

»Gut, nicht wahr?«, sagte Harold.

»Außergewöhnlich«, beharrte Lucius.

Sebastian schmunzelte kaum merklich. Er stellte seine Tasse ab. »Also erzähl mal: Was machst du in London?«

»Nichts Besonderes.« Lucius zuckte mit den Achseln. Einmal mehr musste er an diesem Tag an seine Mutter denken. Ein erneuter Anfall von Sehnsucht überkam ihn, aber das wollte er den anderen nicht zeigen. »Ich wohne bei Mister Holmes, solange meine Mutter auf Reisen ist«, versuchte er sich an einer kleinen Notlüge. »Sie ist Bühnenzauberin und tingelt gerade mit einem Varieté durch Europa. Normalerweise nimmt sie mich immer mit, aber diesmal ging es nicht. Deshalb hat sie mich bei Holmes und Watson abgeladen, die sie wohl von früher kennt. Ziemlich blöd.« Er verzog die Miene, doch zumindest Harolds Augen glänzten vor Aufregung.

»Eine reisende Bühnenzauberin? Das ist ja fantastisch. Da bist du sicher viel rumgekommen.«

»Schon, ja. New York, Rom, Paris. Wo man eine gute Zauberdarbietung eben zu schätzen weiß. Denn meine Mutter tritt schließlich nicht auf Jahrmärkten auf, sondern nur auf den großen Bühnen der Welt.« Genau genommen hatten sie auch schon in einigen ziemlich schäbigen Häusern ihr Geld verdienen müssen, aber das verschwieg Lucius lieber.

»Faszinierend«, sagte Harold staunend.

»Damit passt du ja perfekt in unseren Kreis«, meinte Sebastian. »Wir alle haben schon einiges von der Welt gesehen. Na ja, außer Harold, der hat London noch nie verlassen, glaube ich.«

»Gar nicht wahr«, verteidigte sich dieser. »Ich war vor zwei Jahren in Milford-on-Sea an der Südküste – zur Salzwasserkur.«

Lucius hob die Augenbrauen und auch Sebastian sah Harold fragend an. »Salzwasser*was*?«

»Kur«, murmelte Harold. »Meine Mutter hat mich da hingeschickt. Ich hab doch diese ganzen Allergien. War auch ziemlich öde da ...« Er rührte verschämt mit dem Löffel in seiner Teetasse herum. Einen Moment später hellte sich seine Miene wieder auf. »Aber *ein* Gutes hatte der Aufenthalt. In einem Trödelladen dort habe ich die verrosteten Überreste eines Automatenbutlers gefunden. Aus Langeweile habe ich sie mitgenommen und angefangen, daran herumzubasteln. Nach meiner Rückkehr habe ich in Vaters Labor noch ein paar Verbesserungen vorgenommen. Und so wurde James geboren, der mir als wandelndes Lexikon bei meinen Forschungen und Experimenten hilft. Ich habe ihn mit allen Informationen aus Vaters Wissenschaftsbibliothek gefüttert. Seitdem weiß er einfach alles und ist wirklich unersetzlich. Außerdem ist er auch viel mehr als eine einfache Maschine. Seit bei einem Ausflug vor eineinhalb Jahren der Blitz in ihn eingeschlagen ist, benimmt er sich gar nicht mehr wie ein Automat. Vater meint, es sei ein Schaden an seinem Steuerkern, aber ich schwöre euch, da steckt mehr dahinter. Er benimmt sich beinahe, als würde er leben. Und er ist mein treuster Begleiter.«

»Vielen Dank, Master Harold«, warf James scheppernd ein. Abermals stieg etwas Dampf aus seinem Kopf. Die Wölkchen ließen seine Wangen beschlagen. Fast sah er aus, als erröte er. »Das war sehr freundlich von Ihnen.«

Fassungslos schaute Lucius von dem blässlichen Jungen zu der Maschine und zurück. »Den hast du ganz allein gebaut?«

»Ja, so ziemlich«, bestätigte Harold. »Bei der Programmierung seines Steuerkerns hat mir Vater ein wenig geholfen. Er ist ein recht berühmter Automatenbauer, musst du wissen. Aber ansonsten ...«

»Harold ist unser kleines Genie«, erklärte Sebastian. »Einen schlaueren Denker wirst du in London nicht finden, da bin ich mir sicher. Der rechnet im Kopf, was du auf dem Papier nicht hinkriegen würdest. Und ständig erfindet er irgendwelche Sachen, so wie die Spezialteemaschine.«

»Demnächst wird die übrigens völlig automatisch funktionieren«, mischte Harold sich ein. Wenn es um Technik ging, schien er voll in seinem Element zu sein. »Ich habe schon alle Konstruktionspläne gezeichnet. Ich muss nur noch ein paar Zahnradmotoren und einen alten Steuerkern besorgen. Dann steche ich ein paar Lochkarten, und wir brauchen bloß die richtige einzuschieben, und schon kommt der Tee am anderen Ende der Maschine raus. Ganz von allein.«

»Du stichst *wen*?«, fragte Lucius verwirrt.

»Lochkarten«, wiederholte Harold. »Das sind Datenträger aus Spezialpapier. Man stanzt ein Muster aus Löchern in sie hinein, und wenn man sie dann in eine Maschine mit Steuerkern steckt, erkennt diese das Muster als Befehl und wird entsprechend handeln, indem sie zum Beispiel Tee zubereitet.«

»Ich verstehe zwar nur Bahnhof, aber es klingt spektakulär«, meinte Lucius.

»Seine ganze Familie ist so«, fuhr Sebastian fort. »Alles geniale Wissenschaftler. Oder verrückte Wissenschaftler. Je nach Standpunkt. Harolds Onkel arbeitet gerade an einem Gerät, das schweben können soll. Und zwar nicht wie ein Luftschiff, nein, es soll die Anziehungskraft der Erde ausschalten. Er will damit zum Mond.« Sein Tonfall verriet, dass er diesen Plan eher unter »verrückt« einordnete.

»He, seine Schwebekugel funktioniert!« Harold deutete mit dem Daumen über die Schulter auf die zwei Fuß über der Werkbank fliegende Kugel, die Lucius schon beim Eintreten aufgefallen war.

»Stimmt. Hoch kann man damit«, antwortete Sebastian trocken. »Nur nicht mehr runter. Tolles Flugvehikel.«

»Und was machen deine Eltern so?«, wandte sich Lucius an Theo. Er wollte damit das Gespräch in eine andere Richtung lenken, bevor sich seine beiden neuen Freunde zerstritten.

»Mein Vater ist Colonel in der Britischen Armee«, antwortete das Mädchen, während es die eindrucksvolle Schlange streichelte, als wäre diese ein Schoßkätzchen. »Wir haben bisher in Indien gelebt. Aber vor einem halben Jahr sind wir nach London gekommen. Mein Vater hat mir nicht verraten, warum genau wir hierher reisen mussten. Es hatte mit seinem Beruf zu tun. Aber wir bleiben höchstens ein Jahr, hat er gesagt. Das finde ich auch gut so. Das Wetter in London ist scheußlich. In Indien ist es viel schöner.«

Das glaubte Lucius ihr gern, obwohl er noch nie in Indien gewesen war. Es gab aber auch nicht viele Orte auf der Welt, die hässlicher waren als London bei Regen – und es regnete hier ständig. »Und deine Mutter?«, fragte er. »Ist sie auch hier oder ist sie in Indien geblieben?«

»Meine Mutter ist tot«, sagte Theo.

»Oh.« Lucius machte ein betroffenes Gesicht. »Das tut mir leid.«

»Ist nicht so schlimm. Sie starb schon bei meiner Geburt. Ich habe sie nie kennengelernt. Für mich gab es immer nur Vater und meine Kindermädchen Priya und Malati. Priya ist mit uns gekommen. Malati hütet unser Anwesen in Jaipur.

Ich vermisse sie. Ihre Mutter hat mir den Phyton geschenkt. Damals war Miss Sophie noch ganz klein. Keine zwanzig Zoll lang.«

Lucius grinste. »Darüber war dein Vater sicher begeistert.«

Theo zuckte mit den Achseln. »Er hat gelernt, mit Miss Sophie auszukommen. Mittlerweile mag er sie sogar. Aber man muss sie ja auch einfach mögen. Sie ist so lieb. Nicht wahr, Miss Sophie?« Das Mädchen hob den Arm, auf dem die Schlange lag, und rieb ihre Wange am Kopf des Python. Miss Sophie züngelte etwas unwillig.

»Tja, und was *mein* Vater so macht, weißt du ja schon«, mischte sich Sebastian ein. »Er reist kreuz und quer durch Afrika und findet versunkene Städte und verschollene Volksstämme, genau wie sein Vater vor ihm. Wir sind eine Familie von Großwildjägern und Forschern. Ein ganz schön aufregendes Leben, das kann ich dir sagen. Bist du schon mal morgens aufgewacht, und überall um dich herum lagen Tiger? Oder musstest du vor wild gewordenen Eingeborenen fliehen, weil sie dir den Kopf abschlagen und daraus Suppe kochen wollten?«

Harold gab ein würgendes Geräusch von sich. »Du bist echt eklig, Sebastian.«

»Kann ich ja nichts dafür«, verteidigte der sich. »Es war wirklich so.«

»Nein«, sagte Lucius. »Solche Sachen habe ich tatsächlich noch nicht erlebt.« *Allerdings andere*, dachte er und erinnerte sich an die hektische Flucht aus Paris.

»Nun, ich schon. Aber zum Glück ist ja nie was passiert. Und die vielen tollen Entdeckungen waren die Scherereien wert.« In die Augen des blonden Jungen trat ein abenteuerlustiges Funkeln. »So eine vergessene Stadt mitten in der Wüste oder einen uralten Tempel im tiefsten Dschungel zu finden, ist schon spannend. Man weiß nie, was einen erwartet. Sind es tödliche Fallen oder wunderbare Schätze – oder bloß eine Menge Staub und verfallene Ruinen? Mein Vater freut sich ja auch über Ruinen, aber ich finde, eine Expedition hat sich erst dann richtig gelohnt, wenn man am Ende einen Schatz entdeckt. So wie bei unserer letzten Reise. Kongarama ... Es war fantastisch dort. Weißt du, dass wir dort zahlreiche Skelette mit Speeren und Schilden gefunden haben?«

»Oh, Sebastian«, stöhnte Theo. »Das hast du uns alles schon vor zwei Wochen erzählt, als ihr wieder nach London gekommen seid. Miss Sophie möchte die Geschichte nicht noch mal hören.«

»Dann soll sie sich den Schwanz um den Kopf wickeln«, versetzte Sebastian, ein wenig verstimmt über die Unterbrechung. »Lucius kennt die Geschichte nämlich noch nicht. Er will meine Abenteuer bestimmt hören. Oder?«

»Irgendwann musst du mir auf jeden Fall davon erzählen«, antwortete Lucius. Er wollte Sebastian nicht kränken, fand jedoch, dass der sich ein bisschen zu sehr aufspielte. »Aber es muss ja nicht jetzt sein. Ich muss auch sagen, dass ich Städte voller Leben eigentlich interessanter finde als welche, die voller Toter sind.« Als er sah, wie enttäuscht sein neuer Freund auf einmal wirkte, schnippte er rasch mit den Fingern. »Aber weißt du was? Die Sachen, die ihr in Kongarama gefunden habt, die würde ich schon gern mal sehen. Meinst du, wir könnten sie uns im Museum anschauen, noch bevor die Ausstellung eröffnet wird?«

Sebastian nickte begeistert. Er wirkte wieder versöhnt. »Klar, warum nicht? Die zeige ich euch. Eigentlich dürfen Unbefugte nicht in die Kellerarchive des Museums, aber ich kenne einen Weg, wie wir ungesehen hineingelangen.«

»Werden uns dein Vater und die anderen Leute von der Expedition nicht erwischen?«, wandte Harold ein. »Immerhin sind sie damit beschäftigt, die Fundstücke für die Ausstellung vorzubereiten.«

»Nicht, wenn wir den richtigen Zeitpunkt abpassen«, erklärte Sebastian triumphierend. »Heute zum Beispiel halten mein Vater und die anderen eine Pressekonferenz für die Zeitungen von London ab. Wie viel Uhr haben wir?«

»James?«, wandte sich Harold an den Automatenbutler.

»Wie kann ich Ihnen helfen, Master Harold?«, fragte dieser höflich.

»Die Uhrzeit, bitte.«

»Genau vierzehn Minuten nach zehn, Master Harold.«

Sebastian schlug sich mit der Faust in die flache Hand. »Perfekt. Die Konferenz dauert bis zwölf Uhr. Wenn wir gleich losgehen, haben wir locker eine Stunde Zeit, um uns ungestört die Fundstücke anzuschauen.«

»Gegen halb eins sollten wir auch spätestens wieder hier sein«, warf Harold ein. »Dann kommt mein Vater und holt mich zum Mittagessen ab. Er sollte von dem kleinen Ausflug lieber nichts mitbekommen, sonst schimpft er nachher, weil wir allein durch London gezogen sind.«

»Das schaffen wir locker.« Sebastian sprang auf. Er blickte in die Runde. »Seid ihr dabei?«

»Klar.« Lucius nickte und stand ebenfalls auf. Die nur halbleere Tasse mit der Apfel-Löwenzahn-Mischung stellte er unauffällig auf einem Beistelltisch ab.

»Miss Sophie interessiert sich nicht für alte Statuen«, sagte Theo. »Aber ich habe das Gefühl, dass ich mitgehen sollte.« Anmutig erhob sie sich, nahm die Schlange von den Schultern und legte sie wieder auf den Sessel zurück. »Ruh dich noch ein bisschen aus«, sagte das Mädchen zu dem Python. »Das wird dir guttun.«

»Na schön, wenn alle gehen, bin ich natürlich auch dabei«, sagte Harold. Er wirkte noch immer ein bisschen zögerlich. Der Gedanke, sich in das Museum einzuschleichen, schien ihm keineswegs zu behagen. Andererseits wollte er wohl auch nicht als Spielverderber oder Feigling dastehen.

»Also los!« Voller Tatendrang eilte Sebastian auf den Ausgang des Turmzimmers zu. »Mir nach.«

»Einen Augenblick«, rief Harold und rannte zu seiner Werkbank hinüber. Dort lag ein prall gefüllter, brauner Lederrucksack, aus dem der Griff eines metallischen Gegenstands ragte. »Meine Überlebensausrüstung«, erklärte Harold auf Lucius' fragenden Blick hin. »Werkzeug, eine Lampe, ein paar kleinere Erfindungen von mir. Ich gehe nie ohne aus dem Haus. Wer weiß, wann man mal einen Rollgabelschlüssel braucht?«

Lucius gab sich Mühe, nicht loszulachen. »Da hast du recht«, antwortete er mit bierernster Miene. »Wer weiß das schon?«

Harold schlang den Rucksack über die Schulter und kam zu den anderen zurückgelaufen.

»Junge Herren, Lady Theodosia!«, rief James ihnen nach und wedelte dabei mit den Armen. »Angenommen, es kommt jemand zwischendurch vorbei und fragt nach Ihnen. Was soll ich ihm sagen?«

»Lass dir eine Ausrede einfallen«, schlug Sebastian vor.

»Eine Ausrede?« Der Automatenbutler klang entsetzt. »Aber was denn für eine Ausrede?«

Lucius legte ihm eine Hand auf den Messingarm und sah ihn verschmitzt an. »Sag einfach, wir haben Mister Cavors Schwebekugel genommen und sind damit zum Mond geflogen.«

Kurz darauf saßen sie in einer der Dampfdroschken, die stets vor dem Club parkten, um den Gästen des Hauses bei Bedarf zu Diensten zu sein. Während die Droschke sie durch die belebten Straßen von London zum Museum brachte, nutzte Lucius die Gelegenheit, um Harold noch mal ein wenig auf den Zahn zu fühlen.

»Das mit diesem Rucksack«, sagte er und deutete auf das Gepäckstück, »musst du mir noch mal genauer erklären.«

»Was gibt's da zu erklären?«, entgegnete Harold und schob seine Brille die Nase hoch. »Mein Vater hat mir beigebracht, dass ein kluger Mann stets gut vorbereitet das Haus verlässt. Also habe ich gründlich überlegt, mir die perfekte Überlebensausrüstung zusammengesucht und sie in diesen Rucksack gepackt.«

»Aber wieso hast du Werkzeug da drin?«, wollte Lucius wissen. »Da würden mir zehn andere Dinge einfallen, die wichtiger zum Überleben sind als ein ... Wie hieß das Ding? Rollschuhschlüssel?«

»Rollgabelschlüssel«, verbesserte Harold ihn ernst. »Es gibt nichts Besseres, um die Schrauben an James' Körper festzuziehen.« Er machte ein fragendes Gesicht. »Was würdest du denn in eine Überlebensausrüstung einpacken?«

Lucius zuckte mit den Schultern. »Notrationen.«

Harold grinste, öffnete den Rucksack und zog einen in Silberpapier verpackten Riegel heraus. »Habe ich.«

»Und Wasser – nein, besser Brause!«

»Wasser gibt es in London mehr als genug. Und Brause ...« Harold brachte ein paar Tütchen aus bedrucktem Papier zum Vorschein. »Habe ich.«

»Eine Waffe«, warf Sebastian vom Nachbarsitz ein. »Falls dir Eingeborene an den Kragen wollen.«

»Du meinst die alten Männer im Club?«, fragte Theo schmunzelnd.

»Eher die finsteren Gestalten in Limehouse.«

Theo runzelte die Stirn. »Warum sollte Harold sich je in einem so üblen Stadtviertel Londons herumtreiben?«

Sebastian schnitt eine Grimasse. »Es war ja nur ein Beispiel.«

»Ha, schaut und staunt«, ging Harold dazwischen. »Eine Waffe habe ich auch dabei.« Er beförderte ein eigenartiges Ding, das vage an einen Revolver erinnerte, aus dem Rucksack hervor. Statt einer Patronentrommel und eines gewöhnlichen Laufs wies der Apparat jedoch ein seltsames Konstrukt aus Glas und Metallfolie auf, das in einer Metallspitze endete. Am Holzgriff befand sich eine Kurbel. »Das ist mein Blitzschocker. Perfekt, um Leute auszuschalten.«

»Blitz*was*?« Argwöhnisch beäugt Lucius den Apparat.

»Blitzschocker«, erklärte Harold bereitwillig. »Mit der Kurbel im Griff, an der ein Dynamo angebracht ist, kann man diese Kondensator-Anordnung hier oben aufladen. Drückt man danach diesen Hebel, gibt es einen Mordsblitz, der einen erwachsenen Mann aus den Latschen kippen lässt.«

»Meine Güte. Weiß dein Vater, dass du solche Sachen baust?«

Harold grinste verschämt. »Hoffentlich nicht.«

»Du solltest dich ans Militär wenden«, meinte Sebastian, der nun neugieriger geworden war. »Die geben dir sicher gutes Geld für deinen Blitzschocker.«

»Das glaube ich kaum«, widersprach Harold. »Das Ding ist noch nicht ausgereift. Die Reichweite beträgt kaum mehr als einen Schritt. Und man kann mit der Kurbel immer nur einen Schuss in die Kondensatoren laden. Danach muss wieder neu gekurbelt werden, und das dauert.« Er zuckte mit den Schultern. »Aber mir gefällt er trotzdem. Vor allem der Name: Blitzschocker.« Behutsam verstaute er die Waffe wieder.

Während Lucius ihm dabei zuschaute, kam ihm auf einmal eine Idee. Er griff in seine Jackentasche und zog das Bündel hervor, das seine Mutter ihm am Tag ihrer Abreise im Flur der Baker Street 221b in die Hand gedrückt hatte. »Schau mal«, sagte er und präsentierte die silbernen Kugeln. »Ich habe hier etwas, das in deinem Überlebensrucksack noch fehlt.« Er nahm eine der Kugeln und hielt sie Harold hin.

»Was ist das?«, wollte der schmächtige Junge wissen.

»Meine Mutter nennt sie *Verschwindetricks*«, antwortete Lucius. »Irgendwas Chemisches, keine Ahnung. Wenn man sie auf den Boden wirft, knallt es, es gibt einen unglaublich hellen Lichtblitz, und eine Qualmwolke steigt auf. Großartig, um auf der Bühne den Eindruck zu erwecken, man hätte sich in Luft aufgelöst, wenn man gleichzeitig auf einer Falltür steht, die aufgeht, solange das Publikum geblendet ist.«

»Oh, famos.« Harold streckte die Hand aus. »Darf ich?«

»Klar, ich schenke dir eine«, sagte Lucius.

Der Junge zwinkerte aufgeregt und besah sich die Kugel von allen Seiten. »Sag mal, gibst du mir vielleicht noch eine zweite? Dann kann ich eine in meinen Überlebensrucksack stecken und die andere in meinem Labor analysieren. Vielleicht kann ich uns diese Verschwindetricks nachbauen.«

»Hm, das wäre gar nicht schlecht«, musste Lucius zugeben. Auch wenn er sich nicht gern von einer zweiten Kugel trennte – er hatte dann schließlich selbst nur noch zwei –, musste er zugeben, dass es sich in dem Fall lohnte.

»Danke«, sagte Harold, als er die silbernen Kugeln in seinem Rucksack verstaute. »Ich mache mich gleich heute Abend an die Arbeit.«

Sebastian schüttelte den Kopf. »Typisch Harold ... Gib ihm ein wissenschaftliches Rätsel, und er wird nicht ruhen, bis er es gelöst hat.« Aber er sagte es mit einem Grinsen auf den Lippen.

KAPITEL 4:

Mittags im Museum

Das Britische Museum war ein riesiges, quadratisch angelegtes Gebäude mitten im Herzen Londons. Mächtige weiße Säulen erhoben sich vor dem Haupteingang, zu dem eine Reihe breiter Stufen hinaufführte. Auf dem Dach wehte die blau-rot-weiße Nationalflagge Großbritanniens und verlieh dem Bauwerk zusätzliche Würde. Ernste Männer in schwarzen und braunen Anzügen spazierten auf dem Museumsgelände hin und her.

»Warst du schon mal in dem Museum?«, fragte Sebastian Lucius, als sie aus der Dampfdroschke stiegen.

Lucius schüttelte den Kopf. »Holmes und Watson haben nie Zeit für solche Ausflüge, und Mrs Hudson muss den Haushalt führen.«

»Ich war schon ganz oft hier«, warf Harold ein. »Das Museum ist faszinierend. Es gibt dort ägyptische Mumien und den Stein von Rosetta, der uns geholfen hat, die geheimnisvolle Zeichenschrift der alten Ägypter zu verstehen. Trotzdem finde ich das Technikmuseum drüben beim Hyde Park noch besser. Da gibt es richtig tolle Sachen zu sehen.«

Lucius wunderte sich nicht, dass der begeisterte Bastler Harold ganz besonders für alte Maschinen schwärmte. Er selbst interessierte sich eher für verbotene Bücher, geheimnisvolle Amulette und andere Gegenstände, über die man sich Gerüchte und Legenden erzählte. Wahrscheinlich lag das an seiner Vorliebe für Zauberei und Abenteuergeschichten.

»Hier gibt es auch ein paar *richtig tolle Sachen* zu sehen«, entgegnete Sebastian. »Wartet's nur ab. Aber erst mal müssen wir ins Gebäude gelangen. Und das geht nicht durch den Vordereingang. Die lassen nämlich keine Kinder ohne erwachsene Begleitung rein.«

Er wandte sich nach rechts und lief am Zaun des Museumsgeländes entlang. Lucius, Theo und Harold folgten ihm. Während die Jungs in ihrer normalen Kleidung und trotz Harolds Rucksack kaum auffielen, sorgte Theodosia mit ihren bunten indischen Gewändern immer wieder dafür, dass die Passanten auf dem Gehweg verwundert die Augenbrauen hoben. Lucius hoffte, dass niemand sie anhielt und fragte, wo denn ihre Eltern wären.

Doch sie gelangten unbehelligt bis auf die Rückseite, wo Sebastian sie über einen schmalen Weg bis zu einer Tür führte, die hinter einigen Ziersträuchern verborgen lag. Einige Treppenstufen führten zur Tür hinunter, die zum Untergeschoss des Museums zu gehören schien. »Dort geht es in die Archivkeller, wo auch die neue Ausstellung vorbereitet wird«, verriet Quatermains Sohn im Flüsterton.

»Ist die Tür nicht abgeschlossen?«, wollte Lucius wissen, als sie im Gänsemarsch die von einem gusseisernen Geländer flankierte Treppe hinunterstiegen.

»Doch, klar, aber das macht nichts, denn ich weiß, wo sie den Schlüssel verstecken.« Sebastian machte sich an einem Stein im gemauerten Treppenabgang zu schaffen, und gleich darauf hielt er einen silbernen Schlüssel in der Hand. »Tadaa! Hintereingang, öffne dich.« Er steckte den Schlüssel ins Schloss und öffnete leise die Tür. Dann schob er den Schlüssel in sein Versteck zurück. Vorsichtig drückte er die Klinke herunter und zog die Tür einen Spaltbreit auf. Er presste das Gesicht an den Spalt und spähte ins Innere. »Sieht gut aus«, verkündete er.

Nacheinander schlüpften sie in den Keller. Während Sebastian die Tür hinter ihnen mit einem zweiten, an der Wand hängenden Schlüssel wieder verschloss, spürte Lucius, wie sein Herz schneller schlug. Kein Wunder! Dies war die erste Unternehmung, die ihm etwas Aufregung bot, seit er in London lebte.

Neugierig sah er sich um. Durch ein kleines Fenster fiel zwar nur wenig Licht ins Innere, aber es genügte zur Orientierung. Die Tür führte in einen Raum mit grau verputzten Wänden und einer Decke, die für einen Keller erstaunlich hoch war. Überall entlang der Wände reihten sich Regale, in denen Kisten gestapelt waren. Fette schwarze Buchstaben und Zahlen standen darauf, die auf den ersten Blick keinen Sinn ergaben. Lucius nahm an, dass sie irgendeiner Ordnung folgten, die nur die Archivare des Museums begriffen.

Sebastian, der Lucius' Blicke bemerkt hatte, winkte ab. »Hier werden nur alte Bücher gelagert«, sagte er. »Kommt, weiter.« Auf Zehenspitzen durchquerte er den Raum, und die anderen folgten ihm. Dabei stieß Lucius im Dunkeln gegen eine Kiste, auf der mehrere alte Bücher lagen. Polternd fielen sie zu Boden. »Oh, Mist«, entfuhr es ihm.

Mucksmäuschenstill verharrten sie und horchten. Doch es waren keine näher kommenden Schritte zu hören. Rasch bückte Lucius sich und stapelte die Bücher wieder auf die Kiste.

Als sie die nächste Tür erreichten, erlebten sie eine Überraschung. Sie war verschlossen. »Welcher Blödmann schließt denn *diese* Tür ab?«, ereiferte sich Sebastian. »Die sollte immer offen sein. Da müssen doch Leute durch.«

»Tja, wie es aussieht, sind alle, die da heute durch müssen, schon drinnen«, sagte Lucius.

»Und was machen wir jetzt?«, fragte Harold.

»Hast du denn nichts Hilfreiches in deinem Rucksack?«, fragte Sebastian.

Harold schüttelte mit Nachdruck den Kopf. »Ich bin Ingenieur, kein Berufseinbrecher.«

Lucius grinste. »Vielleicht kann ich mit einem Zaubertrick aushelfen.«

»Wie das denn?«, wollte Sebastian wissen.

»Sieh zu und staune.« Er griff in seine Jackentasche und zückte ein paar schlanke Werkzeuge. Er schaute sich das Schlüsselloch genau an und wählte dann das passende. Gleich darauf gab es ein schabendes und ein klackendes Geräusch. Zufrieden steckte Lucius die Dietriche wieder ein, drückte die Klinke hinunter und zog die Tür auf. »Simsalabim.«

»Du hast die Tür aufgebrochen?« Sebastian staunte.

»Ich mag vielleicht nicht so schlau wie Harold sein«, gab Lucius zurück, »oder so gut mit Schlangen können wie Theo. Und in der Wildnis wäre ich ganz sicher verloren. Aber auch ich habe meine Talente, die gerade in der Stadt sehr nützlich sind.«

»Sieht so aus«, pflichtete Sebastian ihm bei. »Also, meine Herren, die Dame: hier entlang.«

Der Korridor, auf den die Tür hinausführte, war hoch und breit und wurde in regelmäßigem Abstand von elektrifizierten Wandleuchten erhellt. Lucius staunte, dass es hier im Museum bereits ein modernes Stromnetz gab. Der Großteil Londons wurde noch von Gaslaternen und Petroleumlampen erhellt.

Zahlreiche Türen zweigten von dem Korridor ab, der an beiden Enden ebenfalls in einer breiten Doppeltür mündete. Die zu ihrer Rechten stand offen und zeigte, dass der Korridor sich dort fortsetzte, bevor er nach links abzweigte. Die Türen, so nahm Lucius an, führten zu Werkstätten und Lagerräumen für die Schätze des Museums, die im Augenblick nicht ausgestellt wurden.

Doch auch der Korridor selbst war alles andere als leer. Lange Tische, auf denen halb ausgepackte Bücher, Gemälde und archäologische Fundstücke lagen, säumten die Wände. Daneben parkten Rollwagen, auf denen sich weitere Kisten stapelten. Der Geruch von Holzwolle und altem Papier lag in der Luft. Wie erhofft, war keine Menschenseele zu sehen.

Harold nieste unterdrückt. »Hier unten ist es ganz schön staubig«, beschwerte er sich.

»Das sind nicht die Fundstücke aus Kongarama«, stellte Theodosia fest, die an einen der Tische getreten war. Sie sah sich die Bruchstücke alter Steintafeln an, die darauf ruhten.

»Nein, das hier ist der normale Archivbereich«, sagte Sebastian. »Keine Ahnung, was das für Zeug ist. Die Ausstellung wird in der Nachbarhalle vorbereitet.« Er deutete auf eine der Türen ihnen gegenüber und ging dann schnurstracks darauf zu.

Diese Tür erwies sich als unverschlossen, was Lucius reichlich leichtsinnig fand. Andererseits gingen hier für gewöhnlich nur Museumsmitarbeiter ein und aus. Also gab es keinen Grund für zusätzliche Sicherheit.

Sebastian schlüpfte ins Innere des angrenzenden Raums, und die anderen kamen ihm nach. In der Halle war es so dunkel, dass man kaum etwas erkennen konnte. Nur durch zwei schmale Fenster unter der Decke fiel ein wenig Licht, sodass Lucius die schwarzen Schemen von Transportbehältern, Regale und ein paar unförmige Gebilde ausmachen konnte.

»Willkommen in Kongarama, Freunde«, sagte Sebastian und legte einen Hebel um, der in einem Kasten neben der Tür verborgen gewesen war. Sofort flammten mehrere elektrifizierte Lampen an der Decke auf und tauchten den Raum in goldgelbes Licht.

Lucius stockte der Atem. Die ganze Halle war voller Fundstücke. Der gesamte Frachtraum des großen Segelschiffes, mit dem Sebastian und sein Vater vor zwei Wochen am Hafen von London eingetroffen waren, musste voll damit gewesen sein. Hölzerne Kisten und Kästen standen überall herum, manche nur so groß wie ein Schuhkarton, andere größer als ein Schrankkoffer. Auf zahlreichen Tischen standen und lagen Tonfiguren, alte Waffen, exotische Gesichtsmasken, Töpfe, Werkzeuge und Tafeln mit seltsamen Schriftzeichen. Einige der Fundstücke waren bereits ordentlich gesäubert und katalogisiert worden. Andere lagen noch etwas chaotisch durcheinander und waren von rötlichem Staub bedeckt, der sich überhaupt überall im Raum in Ecken und Nischen sammelte, Reste der afrikanischen Steppe.

Das fantastischste Fundstück war in der Mitte des Raums auf hölzernen Stützen aufgebockt. Es handelte sich um eine mächtige Steinplatte, die über und über mit einfachen, aber kunstvoll eingemeißelten Bildern bedeckt war. Als Lucius näher trat, sah er halb nackte Männer mit Speeren und bizarren Gesichtsmasken gegen andere halb nackte Männer kämpfen. An anderer Stelle wurde offenbar jemand vor dem Eingang eines großen Tempelbaus zum König gekrönt. An wieder anderer Stelle trug man Leute zu Grabe.

»Faszinierend«, sagte Harold, der neben ihn getreten war. »Das sieht aus wie eine Geschichte der Bewohner von Kongarama. Man hat das Gefühl, dass es dort eine Hochkultur gab, die fast so prächtig war wie die der Inkas oder Azteken in Südamerika.«

Von solchen Dingen hatte Lucius wenig Ahnung, aber

trotzdem fand er das alles außerordentlich spannend. Die Menschen, die diese Bilder in den Stein gehauen hatten, die diese Waffen getragen und mit diesen Kochtöpfen ihr Mittagessen zubereitet hatten, waren seit vielen Hundert Jahren tot, vielleicht sogar seit einem Jahrtausend und mehr. Wie war das Leben damals wohl gewesen? Und welche uralten Geheimnisse bargen diese Fundstücke?

Einige Minuten lang sahen sie sich mit staunenden Augen alles an. Lucius gefielen besonders die verzierten Speerspitzen und die kunstvoll geschnitzten Elfenbeinmesser, die auf einem weichen Filztuch ausgebreitet lagen. Außerdem gab es tatsächlich zwei halb zerfallene Skelette verstorbener Krieger, die in sargähnlichen Holzkisten ruhten und echt schaurig aussahen.

»Guckt mal hier«, rief Theodosia plötzlich. Sie deutete auf eine Statue, die vor ihr auf einem Bett aus Holzwolle lag.

Lucius, Sebastian und Harold traten näher. Die Statue war etwa so lang wie der Unterarm eines Mannes, aus rötlichem Ton gefertigt und danach bemalt worden. Sie zeigte ein Geschöpf mit kräftigen Armen und Beinen und einem tonnenförmigen Körper. Das Wesen trug einen kurzen Rock um die Hüften, war aber ansonsten nackt. Krallen wuchsen aus den Zehen und Fingern. Die Arme waren wie beschwörend gespreizt. Das Unheimlichste war das Gesicht des Wesens. Es war wie eine der Kriegsmasken der Bewohner von Kongarama bemalt, mit rotblauen Wangen und grausigen, aus dem Mund hervorragenden Eckzähnen.

»Bemerkenswert«, warf Harold ein. »Das Geschöpf hat keine zwei Augen, sondern nur eins, wie ein Zyklop aus der griechischen Sagenwelt.« Er zeigte auf das übergroße Auge, das über einer rot und weiß bemalten Nase lag. Das Auge war kreisrund und rot, und Strahlen aus gelber Farbe gingen davon aus wie von einer Sonne. Sie zogen sich über den ganzen oberen Teil des Gesichts.

»Das ist Umbak der Beherrscher«, erklärte Sebastian. »Einer der wichtigsten Götter des Volks von Kongarama. Mein Vater hat mir von ihm erzählt. Es steht wohl einiges über ihn auf den Steintafeln, die hier überall herumliegen.«

»Ein gruseliger Bursche, so viel steht fest«, sagte Lucius. »Aber was genau ist an dem jetzt so spannend, Theo?«

»Seht ihr es denn nicht?« Das Mädchen wirkte ganz aufgeregt. »Da ist etwas in seinem Auge. Es funkelt und glitzert.«

»Wo?« Lucius sah genauer hin, aber ihm fiel nur ein goldener Punkt auf, der statt der für gewöhnlich schwarzen Pupille in der Mitte des gelbroten Auges zu erkennen war.

»Na, hier!« Theodosia nahm die Statue hoch und hielt sie Lucius vors Gesicht. Mit dem Zeigefinger deutete sie genau auf den goldenen Punkt.

»He, Vorsicht«, warnte Sebastian sie. »Der Kamerad ist verdammt wertvoll.«

Theo warf ihm einen abschätzigen Blick zu. »Keine Sorge, ich passe schon …« Auf einmal keuchte sie auf. Ihr Körper versteifte sich, die Augen weiteten sich, und ihre Finger krallten sich um die Figur von Umbak dem Beherrscher.

»Theo?«, fragte Harold besorgt. »Alles in Ordnung?«

Sie antwortete ihm mit einem Wimmern. Ihre Augenlider flatterten, und unvermittelt rollten die Augäpfel nach oben, sodass man fast nur noch das Weiße ihrer Augen sah. Es war ein verdammt unheimlicher Anblick.

»Sie stehen vor mir«, verkündete das Mädchen mit bebender, fremd klingender Stimme. »Wir haben sie besiegt, aber sie wollen sich nicht ergeben.« Ihr Körper fing an zu zittern.

»Was redest du da?«, fragte Sebastian.

Jetzt sah auch Lucius, dass von der goldenen Pupille im Auge Umbaks ein eigenartiges Funkeln ausging. »Irgendetwas stimmt nicht«, rief er. »Theo hat einen Zauber ausgelöst.«

»Einen Zauber?«, erwiderte Harold. »Du spinnst wohl. Es gibt keine Magie.«

»Und wie nennst du das?«

»Sie wehren sich«, fuhr Theodosia unterdessen fort. Ihr Atem ging hektisch. »Aber Umbak wird sie besiegen. Umbak hat die Macht.« Ihre Augäpfel rollten wieder zurück, und sie starrte entsetzt ins Leere. Es war, als sähe sie etwas, das außer ihr niemand wahrnahm. »Ich befehle Ihnen, sich ...« Sie fing wieder an zu wimmern, klang wieder wie sie selbst. »Nein! Nein, bitte nicht!«

»Jetzt reicht's«, meinte Sebastian grimmig. »Genug geglotzt. Wir müssen handeln. Theo scheint unter dem Bann der Statue zu stehen!«

»Und was machen wir dagegen?«, fragte Harold.

»Wir nehmen sie ihr weg«, antwortete Quatermains Sohn. »Hilf mir, Lucius. Halt Theo fest.«

Lucius tat, wie ihm geheißen. Er packte das Mädchen an den schmalen Schultern.

Theo fing an zu schreien. »Nein. Ich will nicht. Sie sollen nicht sterben!«

In diesem Moment griff Sebastian beherzt zu. Einen Moment lang wehrte sie sich, aber der Junge war zu stark für sie. Er riss ihr die Statue aus den Händen. Sofort stopfte er Umbak den Beherrscher in die nächstbeste Holzkiste und Harold klappte den Deckel zu.

Ein Zittern ging durch Theos Leib, dann sackte sie in sich zusammen. Lucius hielt sie fest, damit sie nicht zu Boden fiel. Ihr Blick klärte sich, und blinzelnd sah sie sich um. »Was ... Was ist passiert?«, fragte sie schwach.

»Tja, das wüssten wir auch gern«, antwortete Sebastian. »Du hast Umbak angefasst und bist auf einmal völlig ausgerastet. Als hättest du unter seinem Bann gestanden.«

Theo wirkte verwirrt. »Umbak?«

»Die Statue, die du uns eben gezeigt hast«, sagte Lucius. »Erinnerst du dich nicht mehr?«

»Ich ... ich weiß nicht genau.« Das Mädchen runzelte die Stirn. »Doch, da war diese grausliche Statue mit dem maskenhaften Gesicht. Ich erinnere mich an ein Funkeln. Und dann ... keine Ahnung. Darf ich die Statue noch mal sehen?«

»Besser nicht«, entgegnete Sebastian. »Das war eben verdammt unheimlich.«

»Ist dir das eigentlich schon mal passiert?«, wollte Harold wissen. »Ich meine, dass du ...«

Er kam nicht mehr dazu, den Satz zu beenden, denn in diesem Moment wurde die Tür geöffnet. »Donnerschlag und Kanonenrohr, was ist denn hier los?«, fragte der Mann, der im Türrahmen auftauchte. Es war ein vierschrötiger Kerl mit der Kinnpartie eines Preisboxers und kurzen, roten Haaren. »Na wartet, ihr Bälger. Euch ziehe ich die Ohren lang. Ihr habt hier unten nichts verloren.«

»Oh, verflixt!« Sebastian stöhnte. »Das ist Granger! Lauft, Freunde.« Er wirbelte herum und rannte auf die andere Seite der Halle zu. Dort gab es einen zweiten Ausgang.

Hoffentlich ebenso unverschlossen wie der erste, dachte Lucius. Er packte Theos Hand und stürmte ebenfalls los, wobei er das Mädchen einfach hinter sich herzog. Harold, der vor Schreck aufquietschte, flitzte ihnen eilig nach.

Sie rannten an den Tischen mit Fundstücken vorbei und schlugen Haken, um nicht über die Kisten zu fallen, die überall im Weg herumstanden. Lucius warf einen raschen Blick über die Schulter und sah, dass der Mann namens Granger zwar ein paar drohende Schritte in den Raum hinein gemacht hatte, aber nicht zur Verfolgung ansetzte. Trotzdem verlangsamte keiner von ihnen seine Schritte, als Sebastian die zum Glück unverschlossene Tür aufriss und sie hindurchflohen.

»Wie kommen wir jetzt wieder aus dem Museum?«, fragte Harold von hinten. »Dieser Granger treibt sich doch auf dem Korridor vor dem Keller herum.«

»Dann bleibt uns nur die Flucht durch den Haupteingang«, rief Sebastian über die Schulter. »Ab durch die Mitte.«

»Das ist doch irre!«, entgegnete Harold. »Wie soll das gehen? Sie werden uns schnappen.«

»Einfach laut schreien und immer weiterrennen«, gab Sebastian zurück. »Das hat in Afrika auch immer geholfen.«

Also fingen sie an zu schreien und rannten, als wäre der Teufel persönlich hinter ihnen her. Durch den Korridor, durch eine Tür, eine Kellertreppe hinauf, einen blitzblanken Flur hinunter und anschließend durch Zimmer voller Schaukästen, in denen alte Münzen, Bücher, Vasen und die Steinbüsten antiker Berühmtheiten ausgestellt waren.

Die Museumsbesucher, fast ausschließlich grauhaarige Männer mit steifen Hemdkrägen und gebügelten Taschentüchern, machten erschrocken Platz. Manche schüttelten die Fäuste und riefen den Freunden entrüstet nach, sie hätten kein Benehmen. Doch keiner versuchte, sie aufzuhalten.

Als sie den Haupteingang beinahe erreicht hatten, kam Lucius und den anderen auf einmal eine Gruppe entgegen, die angeregt in ein Gespräch vertieft war. Angeführt wurde sie von dem braun gebrannten Mann mit dem Filzhut, den Lucius am Tag seiner Ankunft im Londoner Hafen gesehen hatte.

Der Mann hob überrascht die Augenbrauen, als er die schreienden Freunde bemerkte. »Sebastian?«, fragte er verdutzt.

»Hallo, Dad«, rief der blonde Junge ihm zu, ohne auch nur im Mindesten langsamer zu werden.

»Ich dachte, du bist im Club.«

»Bin ich auch gleich wieder. Wir sind gerade auf dem Weg dorthin.« Er winkte und rannte nach draußen.

»Äh, na schön. Ich hole dich dann um fünf Uhr ab«, rief Allan Quatermain junior seinem Sohn nach. »Fünf Uhr, hörst du?«

Doch der hörte schon nicht mehr.

»Uff, das war ganz schön knapp«, fand Harold, als sie kurze Zeit später in einer gemieteten Droschke saßen und sich zurück zum Diogenes-Club kutschieren ließen. »Beinahe hätte uns dieser Schlägertyp erwischt. Wer war das eigentlich?«

»Das war Hubert Granger, der meinem Vater in Afrika als zweiter Expeditionsleiter diente«, erklärte Sebastian. »Ein ziemlich harter Kerl mit einem Humor, der nichts für feine Damen ist, so viel steht fest. Aber er hat keine Angst und behält auch in gefährlichen Lagen immer einen kühlen Kopf. So ein Talent ist viel wert in der Wildnis.«

»Kinder mag er jedenfalls nicht«, stellte Harold fest.

»Och, eigentlich kam ich in Afrika immer gut mit ihm klar«, sagte Sebastian. »Keine Ahnung, warum er auf einmal so wütend wurde. Vielleicht, weil die Ausstellung kurz bevorsteht, und noch so viel Arbeit vor ihm liegt. Mein Vater stöhnt auch jeden Abend im Hotel.«

»Ich fand den Ausflug ziemlich gut«, mischte sich Lucius ein. »Trotz unserer wilden Flucht am Schluss. Danke, dass du uns die Sachen gezeigt hast, Sebastian.«

»Keine Ursache«, erwiderte dieser.

»Eins wüsste ich jetzt aber doch noch gern«, sagte Harold. Er blickte zu Theo hinüber, die neben ihm auf der Bank saß. »Wie ist es nun: Hattest du schon mal so einen Anfall? Oder war das bei Umbak das erste Mal?«

»Wie kommst du darauf, mir könnte so etwas schon mal passiert sein?«, antwortete das Mädchen spitz mit einer Gegenfrage.

»Na ja, Sebastian hat Umbak auch angefasst. Aber er hat nicht die Augen verdreht und eigenartiges Zeug geredet.«

»Das geht dich gar nix an«, versetzte Theodosia und verschränkte die Arme vor der Brust.

»Theo, wir wollen dich damit doch nicht ärgern«, sagte Lucius. »Wir wollen nur verstehen, was da im Museum Seltsames geschehen ist.«

Das Mädchen schien einen Moment nachdenken zu müssen. Schließlich nickte sie. »Na schön, aber ihr dürft niemandem etwas darüber verraten. Sonst schickt mich mein Vater wieder zu irgendeinem doofen Nervenarzt – und der kann mir eh nicht helfen.«

»Großwildjägerehrenwort«, versprach Sebastian.

»Ingenieursehrenwort«, sagte Harold.

»Bühnenzaubererehren…«, begann Lucius, dann kam ihm in den Sinn, dass das Wort eines Berufstricksers vielleicht nicht viel wert war. »Na ja, du weißt, wie's gemeint ist«, fügte er hinzu.

Theodosia schenkte ihm ein kleines Lächeln, bevor sie wieder ernst wurde. »Es ist wahr«, gestand sie. »Ich habe irgendeine Art von Verbindung zu übernatürlichen Dingen. Ganz genau kann ich selbst nicht erklären, was mit mir los ist. Vielleicht hat es damit zu tun, dass mir eine indische Zauberin ... na ja, so nannte Priya sie zumindest ... also, dass mir diese Zauberin in der Nacht, als meine Mutter starb, das Leben rettete. Meine Geburt muss wohl ziemlich schlimm gewesen sein, und fast wäre ich auch gestorben. Aber die alte Frau hat mich überleben lassen. Es könnte ja sein, dass sie dabei Magie gewirkt hat – und diese Magie ist noch in mir.«

»Magie?«, murmelte Harold zweifelnd.

»Halt die Klappe, und lass sie erzählen«, sagte Sebastian.

»Ich kann es mir doch auch nicht erklären.« Theo seufzte. »Manchmal weiß ich einfach Dinge, die ich nicht wissen sollte. Ich habe Visionen, sehe Bilder, die nicht da sind, ferne Orte, andere Zeiten. Das kann Spaß machen, meistens ist es aber beängstigend. Außerdem habe ich gelegentlich ein Gefühl, so als wäre etwas nicht richtig oder als müsse unbedingt dies oder das gemacht werden, damit nichts Schlimmes passiert.«

»Du hast Vorahnungen?«, fragte Lucius.

Sie zuckte mit den schmalen Schultern. »Vielleicht. Mein Vater glaubt, ich hätte nur zu viel Fantasie. Manchmal schlafwandle ich auch. Er hat mich in Indien deswegen schon zu einem halben Dutzend Ärzten geschickt. Keiner hat etwas herausgefunden. Und die Heilmethoden, die sie an mir ausprobieren wollten, haben mir nicht gefallen. Deshalb sage ich es normalerweise niemandem mehr, wenn mir etwas Eigenartiges passiert. Alles ist besser, als wieder zum Arzt zu müssen.«

»Also, ich weiß nicht, ob ich an Magie glauben kann«, bemerkte Harold.

»Ich glaube dir sofort«, sagte Lucius zu Theo. »Ich dachte schon immer, dass es geheimnisvolle Kräfte auf der Welt gibt, die wir nicht verstehen.« Tatsächlich war ihm echte Magie noch nie begegnet, aber als Zauberer *wollte* er daran glauben. Wäre es nicht toll, wenn Magie mehr sein könnte als die Tricks, die seine Mutter und er auf der Bühne zum Besten gaben?

»Ich sehe das wie Lucius«, fügte Sebastian hinzu. »In London mag Magie selten sein. Aber in Afrika habe ich schon mehr als einmal Dinge erlebt, die ich mir nicht erklären konnte. Und wegen mir musst du deine Gaben auch nicht verstecken, Theo. Wenn du irgendwas fühlst oder siehst oder weißt, dann sag es uns. Man sollte Warnungen ernst nehmen. Selbst wenn sie von einem mit Knochen behängten Schamanen stammen, oder so.«

»Na danke«, murmelte Theo missmutig.

Sebastian wurde rot. »Nein, so meinte ich das nicht! Ich wollte damit nur sagen ...« Er brach ab, als das Mädchen lächelte.

»Ist schon gut. Ich verstehe dich ja.«

»Um noch mal zu Umbak zurückzukommen«, sagte Harold. »Was war nun mit ihm? Warum bist du so durchgedreht, als du ihn angefasst hast?«

Nachdenklich schürzte Theo die Lippen und starrte ins Leere. Dann schüttelte sie den Kopf. »Ich weiß es wirklich nicht. Mir war, als sei etwas *in* ihm drin, in der Statue. Etwas sehr Mächtiges. Aber mehr kann ich euch nicht sagen. Ich erinnere mich einfach nicht mehr.«

»Hm ...« Sebastian tippte sich mit dem Finger an die Lippen. »Klingt nach einem Geheimnis, dem wir nachgehen sollten. Was meint ihr, Freunde?«

»Heute bestimmt nicht mehr«, sagte Harold. »Gleich ist Mittagszeit und heute Nachmittag muss ich meine Werkstatt zu Hause aufräumen.«

»Aber morgen«, fügte Lucius hinzu, »sollten wir unbedingt versuchen, mehr über diesen Umbak und die Statue im Museum herauszufinden!«

KAPITEL 5:
Ein Frühstück mit Schrecken

»Also, wirklich, Doktor! Lassen Sie dem Jungen doch auch noch eine Scheibe übrig.«

Doktor John H. Watson zuckte zusammen, als habe man ihn beim Stehlen erwischt. Dann ließ er die Toastscheibe zurück in das Brotkörbchen fallen. Er hatte sie sich gerade nehmen wollen – die letzte, die noch übrig war. Nun sah er sich schuldbewusst um.

»Oh, verzeihen Sie bitte, Mrs Hudson. Und du auch, Lucius. Ich habe in meinem Heißhunger wohl nicht richtig aufgepasst. Wie unhöflich von mir.«

Lucius lachte. »Schon in Ordnung, Doktor. Nehmen Sie sie ruhig. Ich bin längst pappsatt.«

Sie saßen zu dritt in Mrs Hudsons kleiner Küche in der Baker Street und hatten ein weiteres fürstliches Frühstück hinter sich. Es hatte Würstchen und Speck gegeben, kleine Bohnen in Tomatensoße, Toast und hausgemachte Marmelade. Wie immer hatte Mister Holmes' mütterliche Vermieterin keine Ruhe gegeben, bis Lucius kräftig zulangte. Und nun fühlte sich der Junge, als müsse er gleich platzen.

Doktor Watson ging es da sichtlich anders. Der schnauzbärtige Arzt schien ständig essen zu können und tat dies mit einer Begeisterung, bei der er mitunter alles um sich herum vergaß. Nun strich er sich zufrieden über den Bauch, der die Knöpfe seiner grauen Weste allmählich in ernste Schwierigkeiten brachte, und sah zu Lucius hinüber. »Wirklich, Junge? Ich will dir nichts wegnehmen. Das würde unsere Wirtin mir nie verzeihen.« Dann zwinkerte er schelmisch.

»Ist schon gut«, sagte Lucius und reichte ihm die Weißbrotscheibe. »Lassen Sie es sich schmecken.«

Das musste man dem guten Doktor nicht zweimal sagen. Kaum hatte Lucius den Satz beendet, da tunkte Watson sein Messer schon wieder ins Marmeladenglas.

Mrs Hudson seufzte. »So wird der Junge nie groß und stark«, jammerte sie. Aber man merkte, dass sie den Doktor nur ein wenig ärgern wollte.

»Ich fürchte, das ist er schon«, erklang plötzlich eine neue Stimme. Lucius drehte überrascht den Kopf zur Seite. Sherlock Holmes war auf der Schwelle der offen stehenden Küchentür erschienen, ohne dass jemand sein Kommen bemerkt hatte. »Zumindest ist er groß im Flunkern.«

Holmes sah fast aus wie immer. Sein Hemd war makellos weiß, seine Hose makellos schwarz. Den rot-karierten Morgenmantel trug er im Haus nahezu ständig, wenn er keine Klienten hatte. Und sein Haar war streng zurückgekämmt und glänzte im Licht der Sonne, die durch Mrs Hudsons winziges Fenster fiel. In der Hand hielt Holmes eine Zeitung, die heutige Ausgabe der *Times*, und sein tadelnder Blick ruhte auf Lucius.

»Flunkern?«, wiederholte Mrs Hudson verblüfft. »Aber Mister Holmes, wovon in aller Welt sprechen Sie denn?«

»Hiervon«, antwortete der Meisterdetektiv und warf die Zeitung theatralisch auf den Küchentisch.

Das Geschirr schepperte und Doktor Watson hatte Mühe, seine Teetasse festzuhalten. »Einbruch im Britischen Museum«, las er die Schlagzeile auf der Titelseite. »Unbekannte Vandalen zerstören wertvolles Ausstellungsstück.« Dann hob er den Kopf und sah seinen alten Freund fragend an. »Ich fürchte, ich verstehe nicht, Holmes.«

Der Detektiv trat neben Mrs Hudson. Er sprach zu Watson, doch sein Blick blieb ganz allein bei Lucius. »Ich las den Artikel soeben im Kaminzimmer«, berichtete er. »In Allan Quatermains Ausstellung, die ganz London mit Spannung erwartet, kam es gestern am späten Abend zu einem schändlichen Verbrechen. Die Götzenstatue Umbaks des Beherrschers, eine der exotischsten Trophäen aus Quatermains Afrikareise, wurde unrettbar zerstört – und niemand weiß, von wem. Als wäre das noch nicht verblüffend genug, wurde laut der Zeitung nichts gestohlen. Absolut gar nichts. Ist das nicht eigenartig, Lucius?«

Unauffällig schielte der Junge zur *Times*. Tatsächlich: Unter der Schlagzeile prangte ein großes Foto. Es zeigte den Raum, den er am Vortag heimlich mit seinen neuen Freunden besuchen ging. Den, in dem Theo ihren gruseligen Anfall gehabt hatte.

Glaubt Holmes etwa, dass ich der Einbrecher bin?, erschrak er. *Aber nein. Wie sollte er? Er weiß ja nicht, dass wir im Museum waren. Das weiß kein Mensch, außer diesem unangenehmen Mister Granger.*

»Mister Holmes, das genügt.« Entrüstet stand Mrs Hudson auf und stellte sich vor den großen Detektiv. »Sie sprechen in Rätseln, und Sie machen unserem jungen Gast Angst. Entweder, Sie erklären endlich, was Sie meinen, oder ...«

Angst? Pah! Doch noch bevor Lucius widersprechen konnte, sprach Sherlock Holmes weiter.

»Unser ›junger Gast‹, den Sie so mütterlich beschützen, Mrs Hudson, war gestern heimlich im Museum. Noch dazu in der Halle, in der Allan Quatermain seine Fundstücke lagert. Er dürfte die Götzenstatue also aus nächster Nähe gesehen haben – und vielleicht ist ihm dabei das ein oder andere aufgefallen. Aber hat er uns dies gestanden? Nein. Er hat lediglich erzählt, wie viel Vergnügen ihm die Stunden im Club meines Bruders bereitet haben. Und sonst, so sagte er, sei nichts Bemerkenswertes passiert. Deswegen beschuldigte ich ihn vorhin des Flunkerns.«

Schamesröte schoss Lucius ins Gesicht. Er fühlte sich ertappt, konnte sich aber nicht erklären, woher der Detektiv von seinem Ausflug wusste. Ob er jetzt Ärger bekam? »Ich war gar nicht ...«, protestierte er.

Doch Holmes hob abwehrend die Hand. »Versuche es nicht einmal, Lucius. Dein Mund mag mich belügen, aber dein Aussehen sagt mir immer die Wahrheit.«

Watson seufzte. »Jetzt geht das wieder los ...«

»Ich bemerkte es bereits, als du gestern Abend heimkamst, Junge«, fuhr Holmes unbeeindruckt fort. »Aber ich beließ es dabei. Jungs sind eben Jungs, wie Mrs Hudson mir in den vergangenen Tagen so oft zu verstehen gab. Richtig? Aber nun«, hier deutete er auf die *Times*, »und unter diesen Umständen muss ich dich auf deine Lügen ansprechen. Du könntest schließlich wichtige Informationen über den Einbruch haben.«

Lucius schüttelte den Kopf. »Lügen? Mister Holmes, ich ...«

Der Detektiv wedelte mit der Hand. »Du brauchst es nicht abzustreiten, die Beweise waren eindeutig. Dein Mantel stank gestern Abend, als du nach Hause kamst, nach Porrafol. Das ist ein sehr spezielles Schwarzpulvergemisch aus China. Meines Wissens wird es in der Stadt nirgends verkauft und auch nirgends verwendet – außer im Dominion Theatre an der Tottenham Court Road, wo sie gerade ein chinesisches Stück aufführen. Die ganze Straßenecke, heißt es, stinke dort nach dem Zeug.«

»Er könnte doch auch auf dem Heimweg in die Baker Street über die Tottenham gekommen sein«, warf Doktor Watson ein.

Holmes nickte. »Sehr richtig, mein lieber Doktor. Aber es geht noch weiter.« Er wandte sich wieder an Lucius. »An deiner Hose hingen außerdem einige winzige Fetzen Papier. Ich habe mir erlaubt, einige von ihnen unter mein Mikroskop zu legen, und die Beschaffenheit lässt keinen Zweifel übrig: Das Papier ist mindestens zweihundert Jahre alt und stammt wahrscheinlich aus Italien. Ein Buch aus solchem Papier findet man in London also nur in einer Bibliothek, einem sehr exklusiven Antiquariat oder in einem Museum. Und zufälligerweise liegt das Britische Museum in direkter Nachbarschaft der Tottenham Court Road.«

Lucius machte große Augen.

Holmes war noch nicht fertig. »Zu guter Letzt klebte rötlicher Staub unter deinen Fingernägeln, mein Junge. Staub, wie man ihn wohl in den Steppen Zentralafrikas findet, sicher aber nicht am Themseufer oder im Club meines Bruders.« Er setzte sich auf Mrs Hudsons Stuhl, faltete die Hände auf dem Tisch. »Also liegt der Fall klar auf der Hand, Lucius: Du bist anscheinend mit einer offenen Dampfdroschke von Mycrofts Diogenes-Club aus nach Norden gefahren – heimlich, sonst hätte mein Bruder es mir berichtet. Du kamst über die Tottenham und bist am Museum ausgestiegen. Wenn du auch nur halb so talentiert bist wie deine Mutter, hast du das Schloss einer Kellertür geknackt und dich dann in die Halle mit Quatermains Ausstellungsstücken geschlichen. Denn die ist der perfekte Ort für einen jungen Burschen, der mir seit Tagen vorjammert, wie sehr er sich hier in der Baker Street doch langweilt!« Sichtlich mit sich zufrieden, lehnte sich der Detektiv zurück und verschränkte die Arme vor der Brust.

Lucius blieb die Spucke weg. Staunend sah er von Holmes zu den anderen beiden Erwachsenen und zurück. Er wusste nicht, was er sagen sollte. Und wie immer, wenn er nicht mehr weiter wusste, ging er zum Gegenangriff über. »Alles gar nicht wahr«, log er. »Diese Papierreste müssen von dem alten Buch stammen, das auf Harolds Werkbank im Rabennest lag. Irgendwelche Zeichnungen von einem Ingenieur, der da Vinci hieß.« In Wahrheit kannte er Leonardo da Vinci von einem Besuch mit seiner Mutter in Rom. Ein Freund von Irene Adler hatte ihm von dem berühmten Künstler und Gelehrten erzählt, der schon lange tot war.

»Da Vinci lebte vor vierhundert Jahren, nicht zweihundert«, warf Holmes ein.

»Es war ja auch kein Originalbuch«, entgegnete Lucius. »Das wäre doch viel zu kostbar. Und was den roten Staub angeht«, fuhr er fort, »stammt der wirklich aus Afrika, aber nicht von irgendwelchen Fundstücken, sondern aus dem Rucksack von Sebastian Quatermain, dem neuen Freund, von dem ich erzählt habe. Und dieses ... dieses Parrafil ...«

»Porrafol«, korrigierte Holmes ruhig.

»Genau. Das muss wohl wirklich auf der Heimfahrt in meinen Mantel geraten sein.« Triumphierend sah Lucius Holmes an.

Doktor Watson lachte leise. »Tja, was sagen Sie nun, Holmes? Der Junge ist Ihnen über. Sein Alibi ist hieb- und stichfest.«

Holmes' Mundwinkel zuckten amüsiert. Dann zuckte auch seine rechte Hand – nämlich vor zu Watsons Frühstücksteller. Als wolle er den Doktor bestrafen, schnappte sich Holmes die frisch mit Marmelade bestrichene letzte Toastscheibe.

Watson riss entsetzt die Augen auf.

»Zugegeben«, sagte Holmes, bevor sein Freund protestieren konnte. »Markieren Sie sich diesen Tag im Kalender, mein lieber Doktor. So oft kommt es schließlich nicht vor, dass jemand mich so gekonnt widerlegt. Lucius ist wirklich der Sohn seiner Mutter.«

Mrs Hudson wirkte hoffnungslos verwirrt. »Moment mal, meine Herren. Ich komme jetzt überhaupt nicht mehr mit. Lucius war also *doch* nicht heimlich im Museum?«

Der große Detektiv nahm sich seine Zeitung und faltete sie sorgsam zusammen. »War er wohl«, antwortete er kauend. »Oder glaubt hier jemand ernsthaft, meine Ermittlungsarbeit ende mit dem Sammeln von Hinweisen?«

»Was soll das heißen?«, fragte Lucius.

Holmes zuckte mit den Schultern. »Dass ich den Kutscher gefragt habe, der dich zum Museum brachte. Dich – und deine Freunde, zu denen auch ein gewisser Blondschopf zählt, dessen Beschreibung zu der von Allan Quatermains Sohn passt. Nachdem ich gestern den Staub und den Pulverduft an dir bemerkte, habe ich mich eben ein wenig erkundigt.«

Nun musste selbst Watson schmunzeln. »Holmes kennt in dieser Stadt fast jeden«, raunte er Lucius zu. »Wenn er etwas in Erfahrung bringen *möchte*, gelingt es ihm auch. Mach dir nichts draus.«

»Also?«, fragte der Detektiv. »Habt ihr Kinder irgendetwas beobachtet, was der Polizei helfen könnte, den Einbrecher zu fassen?«

Lucius schluckte. Abermals musste er an das unheimliche

Erlebnis denken. Was Theo im Museum widerfahren war, als sie die Statue von Umbak dem Beherrscher anfasste ... Und jetzt hatte jemand das hässliche Ding kaputt gemacht?

»Du brauchst keine Angst zu haben, Lucius«, sagte Doktor Watson. »Niemand will dich dafür schelten, dass du dich unerlaubt aus dem Club geschlichen hast.«

Mrs Hudson brummte ungehalten, als sähe sie das ganz anders.

»Wir wollen nur wissen«, fuhr Watson fort, »ob du und deine Freunde etwas gesehen oder gehört haben, was die Inspectors von Scotland Yard, der Londoner Polizei, erfahren sollten.«

Lucius' Gedanken überschlugen sich. Theos Anfall hatte sicher nichts mit der Zerstörung der Statue zu tun. Und er hatte das Museum am Tag besucht, nicht in der Nacht – viele, viele Stunden vor dem Einbruch.

Nein. Was er erlebt hatte, half der Polizei garantiert nicht weiter. Wie sollte es? Er brachte vermutlich nur seine neuen Freunde in Schwierigkeiten, wenn er Holmes jetzt mehr über ihren Ausflug berichtete. Außerdem musste er Theos Geheimnis bewahren, oder etwa nicht?

»Wir haben nichts gesehen, Sir«, sagte Lucius und sah dem Detektiv fest in die Augen. »Absolut nichts Auffälliges. Nur ... na ja ... Nur die ganzen Fundstücke aus Kongarama. Sie wissen schon: Schätze und Statuen und Waffen und so.«

Holmes erwiderte den Blick. Er schwieg sehr lange, und alle anderen schwiegen auch. Dann, nach einer gefühlten kleinen

Ewigkeit, nickte Holmes knapp. »In Ordnung. Mycroft wird gleich hier sein, Junge. Du machst dich besser ausgehfertig, falls du auch heute in den Club möchtest. Mein Bruder wartet genauso ungern wie ich.«

Falls du möchtest? Lucius hätte fast laut gelacht. Und ob er mochte! Er musste unbedingt mit Sebastian, Harold und Theo sprechen. Wenn die erst erfuhren, was im Museum geschehen war, würde es im Rabennest kein anderes Thema mehr geben.

Er bedankte sich bei der zerknirscht wirkenden Mrs Hudson für das Frühstück und trank sogar noch hastig seinen Tee aus, obwohl er ihn genauso wenig mochte wie Harolds eigenartiges Gemisch vom Vortag. Als Mycroft endlich eintraf, saß Lucius schon frisch gewaschen und gekämmt auf der untersten Treppenstufe, bereit zum Aufbruch.

Captain Archibald Scripps, ein pensionierter Soldat mit Vollglatze und buschig-weißem Backenbart, leerte sein Glas Sherry in einem Zug. Dann stellte er es zurück auf den Beistelltisch neben seinem schweren Ohrensessel.

Fast hätte er dabei Lucius' Hand getroffen!

Verflixt, ich muss besser aufpassen, dachte der Junge und zog sie schnell zurück.

Er schlich gerade unbemerkt durchs Erdgeschoss des Diogenes-Clubs. Bevor er ins Rabennest hochstieg, wollte er sich nämlich bei den stillen Männern eine Ausgabe der *Times* »ausleihen«. Dabei durfte ihn aber kein Erwachsener erwischen. Wer den ganzen Tag freiwillig keinen Mucks machte, der mochte bestimmt auch kein Kind um sich herum haben, oder? Diese Männer waren da sicher nicht anders als Mister Holmes. Also war Lucius auf Zehenspitzen und gebückt unterwegs, seit er sich vorhin unter Mycrofts Clubkollegen gemischt hatte. Heimlich war er von Sessel zu Sessel gehuscht, hatte sich hinter Rückenlehnen und mannsgroßen Topfpflanzen versteckt. Und mit jedem neuen Versteck war er seinem Ziel näher gekommen: der Zeitung auf Captain Scripps Tischchen.

Na schön, zweiter Versuch.

Vorsichtig lugte Lucius um die Rückenlehne des klobigen Ledersessels. Der nichts ahnende Captain seufzte wohlig und verschränkte die Hände vor dem Bauch. Er stank nach Pfeifentabak und Mottenkugeln – so sehr, dass Lucius beinahe laut gehustet hätte.

Ganz langsam.

Guckte auch niemand her? Verstohlen streckte der Junge die linke Hand aus, hielt auf die *Times* zu. Noch drei Handbreit, dann hatte er es geschafft. Noch zwei. Noch eine. Noch ...

Scripps entfaltete die Hände, griff zur Seite und nahm sich die Zeitung selbst. Dann schlug er sie auf und begann zu lesen.

Lucius wich schnell wieder zurück und stöhnte innerlich auf. Letzteres aber eher aus Schmerz als aus Frust, denn soeben hatte ihm jemand ganz schön fest auf den Fuß getreten!

Erschrocken sah der Junge hinter sich, hob den Kopf. Einer der schweigsamen Butler mit ihren lautlosen Schuhen hatte ihn entdeckt und war zu ihm geschlichen. Ach was, zu ihm. *Auf* ihn!

Der Mann war fast so groß wie Holmes, hatte aber rötliches Haar und eine Knollennase. Er trug einen schwarzen Frack und weiße Handschuhe. In seiner Rechten hielt er ein silbernes Tablett, das Lucius in seiner gebückten Haltung nur von unten sehen konnte. Sein tadelnder Blick und sein Kopfschütteln zeigten, wie wenig der Butler von herumschleichenden Kindern hielt.

Lucius verzog das Gesicht – halb entschuldigend, halb qualvoll. Dann deutete er ein wenig hilflos auf die Zeitung des Captains, der von dem ganzen Geschehen noch immer keine Notiz nahm, und hob die Schultern.

Der Butler hob eine Augenbraue. Er sah ungläubig aus, sogar ein wenig beleidigt. Plötzlich zog er einen Bleistift aus der Tasche seines Fracks und kritzelte auf dem Tablett herum. Besser gesagt auf der Zeitung, die auf diesem lag und die er Lucius danach reichte.

Im Diogenes-Club muss niemand stehlen, um die Neuigkeiten der Welt zu erfahren, las der Junge, was ihm der Mann handschriftlich mitteilen wollte. *Merk dir das, verstanden?*

Lucius nickte dankbar. Er klemmte sich die Ausgabe der *Times* unter den Arm, stand auf und verließ den Raum voller stiller Männer, so schnell – und so leise – er nur konnte. Er war ein geübter Bühnenzauberer, doch dieses London hatte ihn nun schon zweimal auf frischer Tat ertappt. So langsam, fürchtete er, kam er aus der Übung.

»Was hast du da?«, fragte Harold neugierig, kaum dass Lucius das Rabennest betreten hatte.

»Dir auch einen guten Morgen«, erwiderte Lucius ein bisschen gereizt. Dann sah er sich um. In dem Versteck im Turm des Clubhauses hatte sich seit gestern nichts verändert – vorausgesetzt, man betrachtete das Chaos aus technischen Geräten, die Harold ständig neu auf- und anders umbaute, als Normalzustand. Der schmächtige Junge mit der Nickelbrille stand abermals an seinem Arbeitstisch, Werkzeuge in beiden Händen. Theo lag auf dem Sofa und streichelte eine träge Miss Sophie. Und James, der Automatenbutler, ging zischend und quietschend seiner Lieblingsbeschäftigung nach, dem Abstauben von altem Krempel.

Einzig Sebastian trat auf Lucius zu. »Zeig mal«, bat er und streckte die Hand nach der *Times* aus.

Lucius gab sie ihm. »Ins Museum wurde eingebrochen«, platzte es aus ihm heraus. »Diese Statue von gestern ist ...«

»Wissen wir«, fiel Harold ihm ins Wort. Er klang gelangweilt – und ein wenig blechern, denn sein Kopf steckte schon wieder in einer seiner Gerätschaften. »Kaputt ist sie. Sebastians Vater ist wahnsinnig wütend.«

»Zu Recht.« Sebastian schnaubte und überflog den Artikel. »Umbak gehörte zu den schönsten Stücken, die Vater und ich unter großen Risiken aus Afrika herbrachten. Und dann kommt irgendjemand einfach so daher und zerschlägt ihn. Wo war der Nachtwächter des Museums? Wo der Hausmeister? Das ist ein Skandal!«

»Vor allem ist es ein Segen«, murmelte Theo.

Die drei Jungs hielten abrupt inne. Völlig gleichzeitig drehten sie die Köpfe nach dem eigenwilligen Mädchen um. »Wie bitte?«, fragte Sebastian bedrohlich leise. »Ich höre wohl nicht richtig. Weißt du, welche Entbehrungen wir auf uns nehmen mussten, um Umbak den Beherrscher in die zivilisierte Welt zu transportieren? Kannst du dir vorstellen, wie gefährlich das war?«

Theo sah zu ihm auf. Trotz lag auf ihren sonst so sanften Zügen. »Kann ich, denn du hast es uns ausführlich erzählt. Aber kannst *du* dir vorstellen, wie lange ich heute Nacht wach lag und mir Sorgen machte? Wegen dem, was gestern mit mir passiert ist?« Sie seufzte. »Ich habe keine zwei Stunden geschlafen. Wann immer ich an diesen Umbak denke, läuft mir ein kalter Schauer über den Rücken. Irgendetwas an der hässlichen Statue ... war *falsch*.«

»Falsch«, wiederholte Sebastian trocken.

»Ja, falsch.« Theo setzte sich auf dem Sofa auf, stemmte die Fäuste auf das Polster und funkelte den blonden Jungen an. »Ein passenderes Wort fällt mir eben nicht ein, na und? Wie soll ich beschreiben, was ich nicht einmal verstehe? Aber ich habe euch doch gesagt, dass ich hin und wieder eigenartige Ahnungen habe. Und meine Ahnung sagt mir, dass wir ohne Umbak besser dran sind.«

»Theo hat recht«, fand Harold, der sich mittlerweile auch zu ihnen gesellt hatte. Ein wenig nervös schob er sich die Brille die ölverschmierte Nase hoch. »Das da gestern ... Mir wird noch ganz mulmig, wenn ich daran denke. Das hat mir einen gehörigen Schrecken eingejagt. Wenn sich das nie mehr wiederholt, weil die Statue zerstört ist, ist das vielleicht tatsächlich ein Segen.«

»Ihr habt ja wohl alle einen Vogel«, schimpfte Sebastian. Wütend warf er die Zeitung neben Theo aufs Sofa. Miss Sophie zischte entrüstet. »Die westliche Welt verliert ein unschätzbar wertvolles Kunstwerk, und ihr denkt bloß an Theos Anfälle ...«

»›Bloß‹ ist gut«, sagte Lucius leise. Er verstand Sebastian, aber eben auch Theo.

Das Mädchen wandte sich derweil wieder ihrer Schlange zu. Plötzlich hielt sie inne. »Moment mal. Das ist seltsam.«

»Hm?« Lucius ging zu ihr.

»Na, das hier.« Theo deutete auf die Titelseite der neben ihr liegenden *Times*. Genauer gesagt auf das Foto mit den Tonscherben, das Bild der zerstörten Statue. »Ich glaube, da fehlt was.«

»Wo fehlt was?«, hakte Sebastian nach. Sofort griff er sich die Zeitung wieder und studierte das Bild genauer.

Theo deutete auf die untere rechte Ecke der Fotografie, wo die Scherben noch an die Form eines Gesichts erinnerten. »Siehst du das? Das muss Umbaks Kopf gewesen sein.«

»Na und?«, wollte Harold wissen. »Der ganze Bezwinger

ist hinüber. Schau, da liegen überall seine Reste auf dem Kellerboden verstreut. Natürlich auch die von seinem Kopf.«

Theo schüttelte den ihren. »Darum geht's mir nicht. Hier, seht euch diese eine Scherbe mal genau an. Fällt euch da wirklich nichts auf?«

Lucius kniff die Lider enger zusammen, konzentrierte sich. Das Foto zeigte den Kellerraum, wie er ihn in Erinnerung hatte. Der Fußboden war mit Tonscherben übersät. Und Umbaks Gesichtsreste ...

»Natürlich«, murmelte Sebastian auf einmal.

Dann sah es auch Lucius. »Das Auge. Leute, da ist ein Loch in der Mitte des Auges.«

»Ganz genau.« Theo nickte. »Dieses goldene Ding in seinem Kopf, diese funkelnde Pupille. Wisst ihr noch? Ich sah das elende Teil die ganze Nacht im Geiste vor mir. Gruselig war das. Aber hier auf dem Bild sehe ich es *nicht*! Es ist verschwunden.«

»Weil es jemand gestohlen hat«, vermutete Sebastian grimmig. »Deswegen der Einbruch, Freunde. Deswegen wurde die Götzenstatue zerstört. Wer immer hinter diesem Verbrechen steckt, hatte es auf Umbaks funkelndes Goldauge abgesehen.«

Lucius legte die Stirn in Falten. Lag Umbaks Magie etwa in diesem Auge verborgen? Das klang tatsächlich vorstellbar. Und es erklärte, warum sich jemand überhaupt die Mühe machte, in das Britische Museum einzusteigen. Mister Holmes hatte gesagt, es sei nichts gestohlen worden. Doch was, wenn sich der Detektiv da irrte? Was, wenn den Diebstahl bislang nur noch niemand bemerkt hatte?

Niemand ... außer uns!

»Wisst ihr, was wir tun sollten?«, fragte Lucius und sah zu seinen Freunden.

»Ins Museum zurückgehen«, antwortete Sebastian. »Uns die Sache noch mal aus der Nähe ansehen.«

Theo schluckte hörbar, nickte dann aber. »Finde ich auch.«

»James?«, rief Harold und drehte sich zu dem Automatenbutler um. »Bringst du mir bitte meine Jacke und meinen Überlebensrucksack?«

Dieser neigte ruckelnd seinen Oberkörper. Kleine Dampfwölkchen der Sorge stiegen aus seinen undichten Schweißnähten. »Oje, Master Harold, beabsichtigen Sie etwa, sich erneut in Schwierigkeiten zu bringen?«

»Wie kommst du denn darauf, James?«

»Erfahrung, Master Harold. Lange, leidvolle Erfahrung.«

»Keine Angst, alter Blechkamerad.« Sebastian klopfte dem Automatenmann auf den Arm. »Dieser Ausflug wird ganz harmlos.«

Wenige Minuten später schlichen sich die Freunde erneut aus dem Club und hinein ins Abenteuer.

KAPITEL 6:

Umbaks Geheimnis

Diesmal nahmen sie nicht den Kellereingang, als sie das Museum aufsuchten, sondern marschierten schnurstracks zum Haupteingang hinein. »He, Moment mal, wo wollt ihr hin?«, fragte sie der Museumswärter neben der Tür. Er sah in etwa so steif und verstaubt aus wie die ägyptischen Mumien, die in den Innenräumen ausgestellt wurden.

»Mein Name ist Sebastian Quatermain«, erklärte Lucius' neuer Freund selbstbewusst. »Ich bin der Sohn von Allan Quatermain, der hier eine Ausstellung vorbereitet. Es gab einen Diebstahl heute Nacht, und mein Vater braucht mich. Dies sind meine Freunde.« Er deutete auf Lucius, Harold und Theodosia.

»Ah. Soso. Hm. Na gut.« Der Wärter zwirbelte seinen braunen Schnauzbart und wirkte nicht sehr erfreut darüber, eine Bande Kinder in seine heiligen Hallen lassen zu müssen. Aber der Name Quatermain sagte ihm anscheinend etwas. Daher öffnete er widerwillig die Tür.

Noch gestern waren die Freunde aus dem Rabennest in wilder Flucht durch die Ausstellungsräume Richtung Ausgang gestürmt. Nun spazierten sie ganz gemütlich an den antiken Fundstücken vorbei, bis sie die Treppe in den Keller erreichten und den Stufen in die Tiefe folgten. Zweimal wurden sie auf ihrem Weg von Wärtern kritisch beäugt, zweimal nannte Sebastian bloß seinen Namen, und man ließ sie passieren.

»Sag mal, Sebastian«, wandte sich Lucius an den blonden Jungen. »Wenn wir so leicht ins Museum hineinkommen, warum haben wir uns dann gestern durch den Keller reingeschlichen, als wären wir Einbrecher?«

»Erstens wollte ich meinem Vater nicht begegnen, der sich in den Ausstellungsräumen irgendwo herumgetrieben hat. Und zweitens«, Sebastian grinste ihm über die Schulter hinweg zu, »war der Besuch doch so viel aufregender. Alles ist spannender, wenn man es eigentlich nicht darf, oder?«

Das konnte Lucius nicht leugnen.

Sie erreichten den Kellerkorridor, der zur Halle mit den Fundstücken aus Kongarama führte. Hier herrschte großes Durcheinander. Es schien, als hätte sich die gesamte Quatermain-Expedition und dazu die ganze Museumsbelegschaft, die nicht gerade Aufsicht in den Ausstellungsräumen hatte, hier versammelt. Kisten wurden geöffnet, Inhalte mit Listen abgeglichen. Objekte, welche die Vandalen anscheinend in der Hand gehabt hatten, wurden genau auf Schäden begutachtet. Mittendrin stand Sebastians Vater mit einem Mann, der wie ein Inspektor von Scotland Yard aussah. Zwei Polizisten in blauen Uniformen flankierten ihn und gaben sich Mühe, aufmerksam und interessiert zu wirken.

»Oha«, entfuhr es Lucius. »Hier ist aber wirklich was los.«

»Ja, so wie es aussieht, müssen die jedes Fundstück im

Raum überprüfen«, sagte Sebastian. »Ob es noch da und unbeschädigt ist. Echt eine Heidenarbeit.«

»Sebastian!« Quatermain entschuldigte sich bei dem Inspektor und kam zu ihnen herüber. »Ich dachte, du wärst im Club. Was machst du hier?«

»Meine Freunde und ich wollen dir helfen, Dad«, antwortete der blonde Junge. »Das sind Lucius, Theodosia und Harold.«

»Sehr erfreut, Sie kennenzulernen, Mister Quatermain«, stammelte Harold aufgeregt. »Ich lese die Artikel über Ihre Expeditionsabenteuer mit großem Interesse.«

»Nett von dir, Kleiner«, sagte der Afrikaforscher. Er wandte sich an alle. »Ich weiß zu schätzen, dass ihr helfen wollt. Aber ihr könnt hier nichts tun. Das ist Arbeit für die Museumsmitarbeiter und meine Leute. Also fahrt wieder zurück in den Club und spielt dort irgendetwas.«

»Och, bitte lass uns wenigstens zuschauen«, bettelte Sebastian. »Wir hocken jeden Tag im Club. Das wird öde.« Das war natürlich gelogen, aber Lucius war der Letzte, der seinen Freund deswegen verbessern würde.

»Mister Quatermain?«, meldete sich der Inspektor von hinten. »Ich habe nicht den ganzen Tag Zeit.«

Allan Quatermain machte ein verdrossenes Gesicht. »Also schön. Von mir aus könnt ihr bleiben. Aber steht nicht im Weg herum. Wir haben viel Arbeit zu erledigen und kaum noch Zeit dafür.« Mit diesen Worten drehte er sich um und marschierte davon.

Sebastian grinste seine Freunde an. »Damit haben wir freies Feld. Los, suchen wir die Überreste von Umbak.«

Die vier durchquerten die Lagerhalle bis zu dem Tisch, wo sie noch gestern die gruselige Statue von Umbak dem Beherrscher betrachtet hatten. Er lag, wie auf dem Zeitungsfoto abgebildet, in zahllosen Bruchstücken da. Allerdings hatte ihn jemand vom Fußboden aufgehoben und die Tonscherben zurück auf den Tisch gelegt. Vielleicht hofften die Museumsmitarbeiter, die Statue kleben zu können. Sie würde zwar nie mehr so makellos aussehen wie zuvor – aber immerhin konnte man sie dann noch ausstellen.

»Da ist der Rest vom Kopf«, flüsterte Lucius und deutete auf die Bruchstücke, die noch einen Teil von Umbaks Gesicht zeigten.

Sie schauten über die Schulter, um sich zu versichern, dass niemand auf sie achtete. Dann beugten sich die vier näher, um die Scherben genau in Augenschein zu nehmen.

»Faszinierend«, sagte Harold. »In dem Schädel war wirklich ein Hohlraum. Seht, da ist das kleine Loch, wo bei dem Auge die Pupille wäre. Auf der Innenseite ist der Ton so geformt, als hätte dort ein Ei oder so etwas gelegen.«

»Stimmt, etwa so groß wie ein Hühner-Ei«, pflichtete Sebastian ihm bei. Er stieß einen leisen, anerkennenden Pfiff aus. »Wenn da wirklich ein Kristall oder Goldklumpen drin verborgen war, dürfte der ganz schön was wert sein.«

»Es war kein Gold«, widersprach Theo. »Dafür funkelte es zu stark.«

»Na schön, dann ein Edelstein. Das macht das Ding nur noch kostbarer.«

»Trotzdem glaube ich nicht, dass der Übeltäter auf Reichtümer aus war«, meinte Lucius. »Überlegt doch mal: Hier liegt überall Schmuck rum, mit Gold und Rubinen und Smaragden verziert. Hätte er Wertgegenstände klauen wollen, hätte er davon einiges mitgehen lassen.«

»Außerdem weiß doch niemand von dem verborgenen Stein in Umbaks Kopf«, gab Theodosia zu bedenken. »Wir haben ihn auch erst bemerkt, als ich den gruseligen Anfall hatte. Und weder dein Vater, Sebastian, noch die Zeitungen haben heute von einem Diebstahl berichtet. Dass tatsächlich was geklaut wurde, ist bis jetzt nur uns bekannt.«

Sebastian machte ein nachdenkliches Gesicht. »Also haben wir es hier weder mit trotteligen Angestellten zu tun, die Umbak versehentlich auf den Boden geschmissen haben, noch mit einem Vandalen, der bloß ein wenig Schaden anrichten wollte. Der Einbrecher wusste genau, was er wollte: den Kristall in Umbaks Kopf. Stellt sich nur die Frage: wieso?«

»Vielleicht finden wir dort drüben Antworten«, sagte Harold und deutete auf das größte Fundstück der Sammlung, die mächtige Steinplatte mit den eingemeißelten Bildern. »Immerhin haben die Bewohner von Kongarama dort ihre Geschichte erzählt. Wenn Umbak ein so wichtiger Gott war, kommt er vielleicht darin vor.«

Sie gingen zu der Platte hinüber. Harold zog seinen Rucksack von den Schultern, wühlte darin herum und zog dann eine große Lupe aus dem Durcheinander hervor. Mit diesem Hilfsmittel nahmen die vier die Reliefs auf der Steintafel genauer in Augenschein. Viele Bilder erzählten von kriegerischen Auseinandersetzungen. Die Bewohner von Kongarama waren keine sehr freundlichen Nachbarn gewesen, fand Lucius.

»Da, schaut euch das an!« Harold deutete auf eine Szene am linken Rand der Steinplatte. Ein Mann, der eine Federkrone trug und von Speerträgern begleitet wurde, ragte dort über einer Gruppe kleinerer Gestalten auf. In den hinteren Reihen schüttelten die kleinen Männer die Fäuste. In den vorderen dagegen hielten sie sich die Köpfe, während angedeutete Strahlen sie berührten. Die Strahlen gingen von einem kleinen Gegenstand aus, den der Mann mit der Federkrone in die Luft reckte. Auf exakt diesen Gegenstand zeigte Harold mit seiner Lupe. In der Vergrößerung konnte man erkennen, dass das Ding wie eine winzige, menschenähnliche Statue aussah. Und sie hatte nur ein Auge.

»Das könnte tatsächlich Umbak sein.« Lucius runzelte die Stirn. »Aber was schießt da aus seinem Kopf? Sind das Energiestrahlen? Handelt es sich bei der Statue um eine Waffe?«

»Dann aber um eine sehr eigenartige«, warf Sebastian ein. »Ich habe noch kein Gewehr gesehen, das so unpraktisch geformt ist.«

»Auf jeden Fall ist das Ding sehr mächtig«, stellte Harold fest. »Dieser Federbuschmann bezwingt mit ihm all seine Gegner.«

»Es *ist* eine Waffe«, murmelte Theo auf einmal. »Aber sie verschießt keine Strahlen – zumindest keine sichtbaren.«

Überrascht drehte Lucius sich zu dem Mädchen um. »Woher weißt du das? Erinnerst du dich wieder an das, was du gesehen hast, als du deinen Anfall hattest?«

Doch Theodosia antwortete ihm nicht, sondern starrte nur voll sichtlichem Unbehagen auf das Steinrelief.

»Tja, eins ist klar«, sagte Sebastian. »Diesen Umbak umgibt ein ziemliches Geheimnis. Und ich wüsste gern, worum es dabei geht.«

»Da bist du nicht allein«, fügte Lucius hinzu.

Er hob den Kopf und ließ den Blick durch die Halle schweifen, als läge die Antwort auf ihre Fragen hier irgendwo verborgen. Natürlich fand er sie nicht. Stattdessen fiel ihm ein hochgewachsener, schlanker Mann auf, der von einer der Türen zum Kellerflur aus in die Halle spähte. Er trug einen feinen schwarzen Anzug samt Mantel und Lederhandschuhen, hatte einen dünnen Oberlippenbart und streng zurückgekämmte Haare. Das goldene Kettchen seiner Taschenuhr und der Spazierstock mit Edelholzkopf machten den Eindruck, als gehöre er zu den reichsten Einwohnern von ganz London. Sein heimliches Tun passte dazu allerdings gar nicht.

»Blickt nicht zu auffällig rüber, aber da hinten an der Tür steht ein ganz seltsamer Kerl«, warnte Lucius die drei anderen.

Sebastian, Harold und Theo hoben gleichzeitig den Kopf und starrten in die angegebene Richtung.

Lucius seufzte lautlos.

»Dad, da ist dieser komische Kunstsammler schon wieder«, rief Sebastian seinem Vater zu.

Der Afrikaforscher sah auf. »Hieronymus Hiddle.« Er verzog die Miene.

Der Mann an der Tür zuckte zurück. Er schien zu überlegen, ob er flüchten sollte. Doch er besann sich eines Besseren und trat in den Raum. »Guten Tag, Gentlemen«, grüßte er die Anwesenden mit aalglatter Stimme.

»Was wollen Sie schon wieder hier?«, fragte Allan Quatermain. »Habe ich Ihnen nicht gesagt, dass ich keine Fundstücke verkaufen möchte?«

»Ich hörte, es sei zu einem Akt der Zerstörung gekommen«, gab Hiddle zurück. »Eine wertvolle Statue wurde zerschlagen? Was für eine Schande. Ein Verbrechen an der Archäologie.« Der Mann warf einen kurzen Blick auf den Tisch mit den Tonscherben, bevor er sich wieder Sebastians Vater zuwandte. »Es wird sicher teuer, den Schaden zu beheben. Ich würde mich gern an den Kosten beteiligen. Falls Sie bereit sind, mir ein paar kleinere Fundstücke abzutreten, versteht sich.«

»Vergessen Sie es«, sagte der Afrikaforscher. »Diese Stücke gehören in ein Museum und nicht in die Privaträume eines reichen Snobs. Wenn Ihnen die Erhaltung menschlicher Kulturgüter so wichtig ist, spenden Sie dem Museum Ihr Geld. Ansonsten verschwinden Sie.«

Hiddles Gesicht verfinsterte sich. »Na, wir wollen es doch

nicht übertreiben. Ihre Arroganz wird Sie noch teuer zu stehen kommen. Ich habe nie viel verlangt, nur ein paar kleine Fundstücke für meine Sammlung. Aber nein, dazu ist sich der große Allan Quatermain junior zu fein – genau wie sein Vater früher auch. Ich wünschte mir, Ihr alter Widersacher Mister Bell hätte Kongarama vor Ihnen gefunden. Der würde jetzt bestimmt mit mir verhandeln.«

»Hat er aber nicht«, erwiderte Quatermain schroff. »Und jetzt raus. Oder ich mache Ihr Gesicht mit meiner Faust bekannt.« Drohend hob er die geballte Rechte.

Der Kunstsammler rümpfte beleidigt die Nase. »Also gut, ich gehe. Aber das war mein letztes Angebot, Ihnen zu helfen. Hoffentlich geht nicht noch mehr kaputt. Das könnte dem Museum sonst schnell *zu* teuer werden.« Mit diesen vielsagenden Worten fuhr er herum und stürmte aus der Halle.

»Was für ein Auftritt«, murmelte Lucius.

»Eine ziemlich zwielichtige Gestalt, wenn du mich fragst«, meinte Sebastian.

»Hat der vielleicht die Statue von Umbak zerstört?«, überlegte Harold.

»Warum sollte er?«, wollte Sebastian wissen.

»Ihr habt ihn doch gehört«, antwortete der bebrillte Junge. »Er wollte Fundstücke kaufen, dein Vater hat sie ihm nicht gegeben. Nun ist eine wertvolle Statue zerschlagen und die Reparatur kostet viel Geld – Geld, das Mister Hiddle offenbar hat und von dem er sich gern trennt, falls er dafür ein paar kleine archäologische Schätze bekommt.«

»Und wieso ist dann der Kristall aus Umbaks Schädel verschwunden?«, fragte Lucius. »Das ergäbe in dem Fall keinen Sinn.«

Harold zuckte mit den Schultern. »Vielleicht hat Hiddle ihn zufällig entdeckt und als kleinen Bonus mitgehen lassen. Wer weiß?«

»Zuzutrauen wäre ihm so eine Schweinerei jedenfalls«, meinte Sebastian. »Hiddle ist hier schon zweimal aufgetaucht, weil er alte Waffen und anderes Zeug aus Kongarama für seine eigene Sammlung kaufen wollte. Er ist bekannt dafür, Expeditionen ihre Funde abzuschwatzen. Auch mein Vater ist ihm schon früher begegnet.«

Hinter ihnen klatschte Quatermain in die Hände. »In Ordnung, Leute, wir machen Mittagspause. Alle raus aus der Halle, damit ich abschließen kann. Wir treffen uns in einer Stunde wieder hier.«

Die Museumsangestellten und die Expeditionsteilnehmer ließen ihre Listen und Werkzeuge fallen, um sich zu einem der Ausgänge zu begeben. »Auch ihr, Kinder«, rief Sebastians Vater ihnen zu. »Genug für heute. Geht zurück in den Club.«

Lucius und die drei anderen sahen sich an. Im Grunde konnten sie aufbrechen. Sie hatten alles herausgefunden, was sich hier über Umbaks Geheimnis in Erfahrung bringen ließ. Und es schien sinnlos, nach irgendwelchen Spuren des Einbruchs zu suchen. Die waren von den vielen Leuten längst verwischt worden.

»Ist gut, Dad«, antwortete Sebastian.

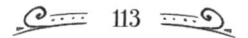

Dennoch gehörten sie zu den Letzten, die aus der Halle nach draußen gingen. Dann schlossen Quatermain und sein Stellvertreter Granger die Halle ab.

Als sie sich gerade den Kellerflur hinunter in Richtung Treppe begeben wollten, fiel Lucius etwas ins Auge. »Wartet kurz«, flüsterte er seinen Freunden zu. Er ging in die Knie und fing umständlich an, seinen Schnürsenkel zu binden. Die anderen blieben stehen und ließen die Erwachsenen vorgehen.

»Bis heute Abend, Sebastian«, sagte sein Vater nur, bevor auch er und Granger sich auf den Weg in die Mittagspause machten.

Lucius wartete, bis die Männer außer Sicht waren. Dann schaute er unauffällig hinter sich, bevor er mit einem Ruck den Schnürsenkel festzog und aufstand.

»Was ist los?«, raunte Sebastian.

»Gleich«, flüsterte Lucius zurück. Er setzte sich wieder in Bewegung und bog am Gangende um die nächste Ecke. Sobald er vom Korridor aus nicht mehr zu sehen war, hielt er an, drehte sich um und huschte zur Ecke zurück.

»He, was soll das alles?«, verlangte Sebastian zu wissen.

»Ich habe eben jemanden gesehen«, antwortete Lucius. »So eine seltsame Gestalt, die sich im Korridor versteckt und die Hallentür beobachtet hat.« Er duckte sich und schob vorsichtig die Nase um die Ecke. Die anderen taten es ihm gleich.

»Dort. Seht ihr?«

Hinter zwei gestapelten Kisten, die unweit des Halleneingangs an der Wand standen, tauchte ein Mann auf. Verstohlen sah er sich um, dann hastete er zu der verschlossenen Tür und machte sich daran zu schaffen.

»Mich laust der Affe«, murmelte Sebastian. »Das ist doch Mister Gray.«

»Gray?«, fragte Harold.

»Der Hausmeister des Museums. Er schleicht immer in den Gängen rum.«

Gray war einen halben Kopf kleiner als Doktor Watson und noch dünner als Mister Holmes. Sein spärliches Haar war weiß und ungekämmt, seine Kleidung schlicht. Er hielt den Kopf gesenkt, hatte tief liegende Augen und die beachtlichste Hakennase, die Lucius je gesehen habe. All das verlieh ihm ein eher ungesund wirkendes, unangenehmes Äußeres.

»Jetzt jedenfalls schleicht er sich in die Halle mit den Fundstücken«, sagte Lucius. Er beobachtete, wie Gray leise die Tür öffnete und ins Innere huschte. »Was er dort wohl sucht?«

Sebastian richtete sich auf. »Fragen wir ihn einfach.«

»Du willst ihn stellen?«, entfuhr es Harold. »Was, wenn er uns etwas antut, weil wir ihn bei einem Verbrechen überraschen?«

»Pah, wir sind zu viert«, entgegnete Sebastian, »und der Bursche ist doch nur eine halbe Portion von einem Mann.«

»Ich glaube auch nicht, dass er im Museum etwas wagen würde«, meinte Lucius. »Hier sind zu viele Menschen in Rufweite.«

»Lucius hat ganz recht«, sagte Sebastian. »Und bevor der

Kerl jetzt wieder abhaut, will ich wissen, was er treibt.« Er stapfte den Kellergang zurück zu der Hallentür.

»Keine Angst, Harold«, tröstete Theodosia den schmächtigen Jungen, »Gray wird dir nichts tun.«

Harold sah sie zweifelnd an. »Woher weißt du das?«

Sie zuckte mit den Schultern. »Ich weiß es einfach. Müsstest du in den nächsten Minuten sterben, dann hätte ich das längst gespürt – schätze ich.« Mit diesen Worten folgte das Mädchen Sebastian.

Harold lehnte sich zu Lucius hinüber. »Manchmal ist sie mir schon ein bisschen unheimlich«, flüsterte er.

Lucius ging es da ähnlich, das ließ sich nicht abstreiten. Doch er schob den Gedanken beiseite und lief ebenfalls seinem abenteuerlustigen Freund hinterher. Auch ihn interessierte brennend, was der Hausmeister heimlich in der Halle mit Fundstücken trieb.

Rasch eilten sie zu der Tür zurück, die Sebastians Vater vor nicht einmal fünf Minuten verschlossen hatte. Bevor Lucius noch irgendetwas von »Vorsicht« und »Heimlichkeit« sagen konnte, riss sein blonder Freund diese bereits auf. Die Lichter in der Halle brannten alle noch, sodass es ihnen nicht schwerfiel, Gray zu finden.

Der Hausmeister schlich zwischen zwei Regalen herum. Als er die offene Tür bemerkte, zuckte er hoch. »Donner und Doria!«, entfuhr es ihm. »Was machen Sie denn hier, Mister Quatermain?« Er schien ein schlechtes Gewissen zu haben. Warum sonst redete er Sebastian wie einen Erwachsenen an?

»Mister Gray.« Sebastian tat überrascht. »Das Gleiche könnte ich Sie fragen. Ich hole etwas für meinen Vater.« Er begab sich zu einem Tisch und griff wahllos nach einem Klemmbrett. »Und Sie?«

Mit mürrischer Miene schlurfte der Hausmeister näher. »Ich suche etwas«, antwortete er brummend.

»Unter den Fundstücken meines Vaters?«

»Jawohl.« Gray nickte. »Ratten«, fügte er nach kurzem Zögern hinzu. »Die Museumsleitung glaubt, dass wir Ratten im Gemäuer haben. Ich soll mich überall umschauen, hieß es.«

»Igitt«, murmelte Harold. »Ich hasse Ratten.«

»Ich mag sie«, sagte Theodosia. »Und Miss Sophie mag sie auch.«

»Na, das kann ich mir vorstellen.«

Lucius versuchte, die beiden nicht zu beachten. Stattdessen musterte er den Hausmeister eingehend. Schließlich kam Lucius aus dem Bühnenmilieu und kannte sich mit professionellen Lügnern aus. Gray war keiner. Und dass er nicht wusste, wohin mit seinen unruhigen Händen, sprach dafür, dass er nicht ganz die Wahrheit sagte.

»Und?«, fuhr Sebastian derweil fort. »Welche gefunden?«

»Nein«, erwiderte Gray unfreundlich. »Der Raum sieht gut aus. Also gehen wir.« Ein wenig zu eilig scheuchte er die vier Freunde vor sich her nach draußen. Danach schloss er die Tür wieder ab. »Guten Tag«, verabschiedete er sich und hastete davon.

»Das war wirklich seltsam«, fand Lucius.

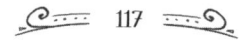

»Glaubt ihr, er sagt die Wahrheit?«, fragte Theo.

Lucius schüttelte den Kopf. »Keine Sekunde.«

Sebastian verschränkte die Arme vor der Brust. »Da frage ich mich doch, was der Bursche auf dem Kerbholz hat. Freunde, diesen Mister Gray sollten wir im Auge behalten.«

»Vor allem sollten wir herausfinden, was es mit diesem goldenen Kristall-Ei auf sich hat, das aus Umbaks Kopf verschwunden ist«, fand Lucius. »Wenn wir wissen, was das Ei kann, dann erkennen wir vielleicht ganz von selbst, was der Dieb damit anstellen will.«

»Tja, das wird schwierig«, antwortete Sebastian. »Weder mein Dad, noch die Leute im Museum wissen von dem Ei. Unter den Fundstücken aus Kongarama scheint es also keine Aufzeichnungen darüber zu geben – zumindest keine, die schon entschlüsselt wären. Viele der mitgebrachten Schrifttafeln sind ja noch völlig unerforscht. Und wenn in archäologischen Kreisen sonst etwas über Umbak bekannt wäre, hätte mein Dad das sicher mitbekommen. Ist ja nicht so, als wäre die Ausstellung über Kongarama erst seit gestern bekannt. Die Zeitungen schreiben schon lange genug darüber, dass sich mögliche Experten bestimmt gemeldet hätten.«

Theo wirkte nachdenklich. »Und wenn wir nicht die Archäologen nach Umbak befragen?«

»Wen denn sonst?«, wollte Harold wissen.

»Na, Leute, die sich mit Magie auskennen«, antwortete das Mädchen. »Das Kristall-Ei hat ohne Zweifel magische Kräfte. Vielleicht gibt es unter Magiern einige Legenden darüber.«

»Es gibt aber keine Magier in London«, behauptete Harold.
»Das glaube ich nicht«, gab Theo zurück. »Sie nennen sich vielleicht anders, aber es gibt sie bestimmt.«

Lucius glaubte zu verstehen, worauf sie anspielte. »Du willst dich an einen Spiritisten wenden?«

Das Mädchen nickte. »Ganz richtig.«

Der Spiritismus war gerade sehr modern, besonders in großen Städten. Überall in Europa hatte Lucius schon von den Männern und Frauen gehört, die diese angebliche Wissenschaft ausübten. Es hieß, Spiritisten konnten Geister beschwören, mit den Toten sprechen und besaßen auch noch andere außergewöhnliche Gaben. Viele Menschen hielten sie für Lügner und Scharlatane. Der weit gereiste Lucius hatte da aber Zweifel.

Harold hatte ebenfalls schon von ihnen gehört, wie es schien. »Spiritisten«, murmelte er und schüttelte den Kopf. »Oje.«

»Theos Idee ist nicht dumm«, fand Lucius. »Sie hatte wegen des goldenen Kristall-Eis einen übersinnlichen Anfall. Also sollten wir einen Experten für das Übersinnliche dazu befragen, oder? Ein guter Spiritist weiß vielleicht mehr über das verschwundene Kristallauge von Umbak dem Beherrscher.«

»Schön und gut, aber woher wollen wir die Adresse eines Spiritisten nehmen?«, wandte Sebastian ein. »Zauberer inserieren nicht gerade in der *Times*.«

»Oh, genau genommen *machen* Spiritisten Werbung in der

Zeitung«, verbesserte Theo ihn. »Schließlich wollen sie Kunden auf sich und ihre Dienste aufmerksam machen. Schwieriger wird eher, unter den vielen Scharlatanen jemanden zu finden, der tatsächlich übersinnliche Fähigkeiten besitzt.«

Nachdenklich schürzte Lucius die Lippen. Dann grinste er. »Ich glaube, für dieses Problem weiß ich schon eine Lösung.«

KAPITEL 7:

Plan B

An diesem Spätnachmittag wirkte London sehr friedlich. Schäfchenwolken hingen über der Stadt, und das Licht der sinkenden Sonne spiegelte sich auf der Außenhaut eines großen Luftschiffs, das gerade zur Landung ansetzte. Lucius Adler stand an einem der beiden Fenster des Kaminzimmers in der Baker Street und sah ihm dabei zu.

Er hatte sich von seinen Freunden getrennt und war pünktlich zum Mittagessen in die Baker Street zurückgekehrt. Wie er dort erfuhr, würde Sherlock Holmes bis in die späten Abendstunden unterwegs sein. Die Gelegenheit war also äußerst günstig. Jetzt oder nie.

»Also dann«, murmelte er bei sich. Er drehte sich vom Fenster weg und sah zu den Regalen an den Wänden.

Das große Kaminzimmer im ersten Stock des Hauses war Holmes' und Watsons heiligstes Reich. Der Ort, an dem sie sich am liebsten aufhielten und bei Gesprächen und stundenlangem stillem Grübeln ihre kniffligen Fälle lösten. Aber der Raum war auch ihr Archiv. Nahezu jede freie Fläche – Tischplatten, Teppichboden, Fenstersimse – war mit Büchern, Magazinen und Notizblöcken bedeckt. Manche der bedrohlich schiefen Stapel reichten dem Jungen bis zur Hüfte, andere noch höher. Auch die vielen deckenhohen Regale an den Wänden quollen fast über vor Literatur und weiterem Zeug. Lucius sah unzählige Karteikästen, zugeschnürte Kladden, aber auch mehrbändige Lexika und ähnliche Nachschlagewerke. Es schien unmöglich, sich in diesem Durcheinander zurechtzufinden. Dagegen war selbst Harolds Chaos im Rabennest noch ordentlich. Doch irgendwie gelang es dem Meisterdetektiv mühelos.

Holmes verursacht dieses Tohuwabohu, begriff Lucius und seufzte. *Kein Wunder, dass er als Einziger weiß, wo hier was liegt.* Nicht einmal Mrs Hudson durfte im Kaminzimmer aufräumen. Täte sie es, wäre Englands klügster Detektiv vermutlich hilflos und verloren.

Genau wie Lucius in diesem Moment. Sein Plan war im Grunde einfach. Hatte Doktor Watson nicht gesagt, Holmes kenne fast alles und jeden in dieser Stadt? Darauf baute Lucius nun. »Alles und jeden« schloss sicher auch einige Spiritisten von Rang und Namen mit ein. Also musste es hier irgendwo eine Liste mit Adressen geben. Bloß, wie sollte er sie in all den Bergen an Papier finden? Die Suche würde Stunden dauern – ach was: Tage!

In Ordnung. Angenommen, ich wäre ein Adressbuch. Wo würde ich mich verstecken?

Schweigend machte er sich an die Arbeit, durchsuchte ein Regal und einen Stapel nach dem anderen. Er lugte in staubige Kladden. Er blätterte sich durch Bücher, die dicker waren als sein Oberarm. Er nutzte sogar seine Schließwerkzeuge, um die Schubladen an Holmes' Schreibtisch zu öffnen, obwohl er *das* garantiert nicht durfte. Doch er kam keinen Schritt weiter. Nach zwei Stunden war er schweißnass und ganz schön frustriert.

Und damit fingen seine Probleme erst an.

»Na, fündig geworden?«

Lucius saß auf dem Boden und sah von dem Bücherstapel auf, den er gerade umgrub wie ein Gärtner ein Blumenbeet. Doktor Watson stand auf der Schwelle des Zimmers, die Türklinke noch in der Hand. Der Arzt wirkte verärgert.

Lucius sprang auf die Beine – und stieß prompt zwei weitere Stapel um. »Äh«, sagte er, und es klang wie: »Oh Mann, jetzt bin ich geliefert.«

Watson trat näher. Er bückte sich nach den Büchern und stapelte sie neu. »Du kannst froh sein, dass Holmes außer Haus ist«, fand er. »Andernfalls wäre er jetzt sehr, sehr wütend auf dich.«

Der Junge nickte. Mehr wusste er nicht zu tun. Hier half keine Ausrede mehr.

Watson seufzte. »Lucius, Junge, was treibst du hier eigentlich, hm? Wir geben uns Mühe, damit das mit uns gelingt. Ehrlich. Ich weiß, dass die Umstände für dich nicht einfach sind, aber das sind sie für uns auch nicht. Holmes und ich ... Wir hatten nie viel mit Kindern zu tun. Irenes Besuch war für uns eine genauso große Überraschung wie für dich. Aber wir wissen alle, dass es nicht anders geht und wir das Beste aus unserer Lage machen müssen. Machen *wollen*. Richtig?«

Lucias nickte wieder. Schluckte.

»Aber du?« Watson seufzte. »Du schleichst dich aus Mycrofts Obhut. Durchwühlst Holmes' Archiv ...«

»Ich suche eine Auskunft«, fiel Lucius ihm ins Wort. Er wusste nicht, woher er plötzlich den Mut nahm, aber er hatte keine Wahl. Jetzt oder nie. »Wegen ... Wegen eines Falls.«

Der Doktor hob die buschigen Augenbrauen. »Ein Fall?«, wunderte er sich. »Du?«

»Meine Freunde aus dem Club und ich«, verbesserte Lucius ihn. Er sprach nun immer schneller, fast, als würden die Lügen glaubhafter, wenn sie nur genug Tempo besaßen. »Wir ... Wir spielen Detektiv, wissen Sie? Und ich muss etwas herausfinden, damit unser Spiel weitergehen kann.«

Watson hatte die Bücherstapel wieder aufgerichtet. Nun stemmte er die Hände in die Taschen seiner aschgrauen Tweedhose und sah auffordernd zu Lucius. »Na, dann frag uns doch einfach. Ehrlichkeit ist immer besser als Heimlichtuerei. Was möchtest du wissen?«

Sollte er wirklich? Andererseits: Würde er heil aus dieser Sache herauskommen, wenn nicht?

»Ich suche einen Spiritisten«, gestand er. »Oder eine Liste besonders guter Spiritisten. In London.«

Doktor Watsons Staunen verwandelte sich in Entsetzen. »Spiritisten?«, wiederholte der Arzt. Plumpsend ließ er sich in einen der beiden Sessel vor dem Kamin fallen. »Um Himmels willen, was wollt ihr denn von diesen Betrügern? Die sind kein guter Umgang, Lucius. Vor allem nicht für Kinder.«

»Auf Mutters und meinen Reisen habe ich aber viel Gutes über sie gehört«, widersprach Lucius ein wenig trotzig. Er hatte nichts anderes von Watson erwartet und war dennoch enttäuscht. »Die Reichen und Schönen Europas gehen bei ihnen ein und aus, heißt es.«

Watson nickte. »Weil Reichtum eben nicht vor Dummheit schützt. Nein, Lucius. Glaub einem *echten* Wissenschaftler wie mir: Der Spiritismus ist nichts als romantische Augenwischerei. Nichts als Lügen und Gruseltheater. Und auf gar keinen Fall ist er ein angemessenes Thema für Kinder!«

Augenwischerei? Lucius seufzte innerlich. Das war doch wieder typisch Erwachsener! Doktor Watson war im Museum gar nicht dabei gewesen und hatte gar nicht gesehen, was dort mit Theo passiert war. Und da tat er das Übersinnliche als Unfug ab? Einfach so?

Lucius mochte den Doktor wirklich, doch hier irrte er. Aber Lucius wusste auch, dass er ihm nicht widersprechen durfte. Wenn er von Theo und ihren Visionen berichtete, würden die Erwachsenen sich nur noch mehr in die Ermittlungen der Rabennest-Bande einmischen.

Hartnäckig deutete er auf die Regale und den Fußboden. »Mister Holmes hat hier sicher irgendwo eine Liste der besten Londoner Spiritisten herumliegen, oder?«

Watson stand auf, legte ihm eine Hand auf die Schulter und ging mit ihm zur Tür. »Ganz bestimmt. Aber die werden wir ohne seine Hilfe nie finden, mein Junge. Und wenn du mich fragst, ist das auch gut so.« Damit trat er aus dem Kaminzimmer, Lucius an seiner Seite. Im Flur angekommen, verschloss er die Tür hinter sich. »Und jetzt tut mir den Gefallen und sucht euch einen anderen *Fall* zum Spielen, einverstanden?«

Woher die Idee gekommen war, vermochte der Junge später nicht zu sagen. Wohl aber, dass sie genial war – und ihm über die Lippen kam, bevor er richtig begriff, was er da eigentlich tat. »Gute Idee, Doktor. Wie wäre es zum Beispiel mit einem Besuch bei einem *echten* Detektiv? Wir könnten sicher viel von Mister Holmes und Ihnen lernen.«

Watson machte große Augen. »Ihr wollt uns besuchen? Hier in der Baker Street?« Er wirkte überrascht – und ganz schön geschmeichelt.

Lucius nickte. Hinter seiner Stirn überschlugen sich die Gedanken. Doch obwohl er den Plan B, den er gerade entwickelte, selbst noch nicht ganz verstand, spürte er, dass er gut war. Eine Chance. »Das wäre toll. Wir könnten Ihren Geschichten lauschen, von Mister Holmes Ermittlertricks lernen ...«

Watson hob abwehrend die Hände. »Ich fürchte, das wird nichts, Junge. Holmes und Kinder ... Das kann ich mir echt nicht vorstellen.«

Lucius fuhr fort, als hätte er den Einwand nicht gehört. »Mrs Hudson könnte einen Kuchen für uns backen.«

»Kuchen?« Watson hielt inne. Nun schienen sich hinter *seiner* Stirn die Zahnräder zu drehen. »Etwa Kuchen für eine Teestunde?«

»Na klar«, sagte Lucius lachend. »Wir setzen uns alle zusammen und essen und trinken. Meine Freunde sind wirklich interessant. Sebastians Vater war in Afrika, und Harolds Onkel will sogar zum Mond! Das findet Mister Holmes bestimmt spannend.«

Der Blick des Doktors ging ins Leere. »Vielleicht mit frischen Erdbeeren?«, murmelte er entzückt. »Und mit Sahne?«

Lucius atmete auf. »Prima. Ich lade die anderen ein. Gleich für morgen Nachmittag.« Dann reichte er dem Mediziner die Hand. »Abgemacht.«

Watson blinzelte, als erwache er aus einem schönen Traum. »Verzeih, Lucius. Was sagtest du gerade?«

Es kam tatsächlich so. Nur einen Tag nach ihrem Gespräch vor dem Kaminzimmer erwarteten Lucius und Doktor Watson den Besuch der kompletten Rabennest-Bande in der Baker Street – und Sherlock Holmes wartete mit ihnen. Der sonst so mürrische Meisterdetektiv war sogar sichtlich begeistert von der Aussicht, den »jungen Master Quatermain« kennenzulernen und hatte auch schon von Harolds Onkel und dessen Forschungen gehört.

»Wirklich, Lucius«, hatte er gesagt, als die begeisterte Mrs Hudson ihm geschildert hatte, wer genau da zum Nachmittagstee erscheinen würde. »Du hast dir höchst beeindruckende Freunde ausgesucht, das muss ich sagen.«

Wenn Sie nur wüssten, dachte der Junge. Denn einen ganz besonderen »Freund« hatte er den Erwachsenen bislang verschwiegen – und um genau diesen ging es ihm.

»Wie schnell kann James ein Archiv durchforsten?«, hatte

Lucius gefragt, als er am Vortag nach seinem Scheitern im Kaminzimmer ins Nest geeilt war. »Ein ganzes, komplettes und total chaotisches Archiv?«

Harold hatte unbeeindruckt mit den Schultern gezuckt. »Kommt auf dessen Größe an. James ist ziemlich gründlich.« Dann hatte er sich wieder seiner neuesten Erfindung gewidmet: einer Eierschälmaschine, die bislang nur dazu taugte, Eier zu zerquetschen.

»Ja, schon. Aber mal angenommen, man ließe ihn auf Sherlock Holmes' Bibliothek los. Wie lange würde er brauchen, um sich in ihr zurechtzufinden und für uns die Adresse des besten Spiritisten der Stadt aufzustöbern?«

Harold hatte die Maschine sinken lassen und Lucius angeglotzt – aus großen Augen und mit offen stehendem Mund. »Sherlock Holmes' private Büchersammlung?«, hatte er gehaucht.

»Bücher, Karteien, lose Blätter ... Was immer du dir vorstellen kannst, da liegt es. In zehnfacher Menge. Wahre Berge an Texten.«

Pure Begeisterung hatte auf Harolds Zügen gelegen. Fast schon Ehrfurcht. »Und James darf sie alle lesen?«

»Er darf in ihnen suchen«, hatte Lucius korrigiert. »Und das heimlich. Verstehst du? Es wäre James' eigene kleine Mission. In der Baker Street dürfte niemand von ihm wissen. Wir müssten die Erwachsenen ablenken, bis dein Maschinenmann fündig wird.«

In dem Moment war der Automatenbutler zischend und

rumpelnd zu ihnen getreten. »Die jungen Herren erwähnten meinen Namen?«, fragte er höflich.

»James, mein Bester«, hatte Harold gesagt und übers ganze Gesicht gestrahlt. »Was hältst du davon, unter die Geheimagenten zu gehen?«

Das alles war am Vortag gewesen. Und Lucius, der nun auf dem Gehsteig vor der Baker Street auf seine Gäste wartete, hatte gewiss nicht als Einziger in dieser Nacht schlecht geschlafen. Wenn Sherlock Holmes erfuhr, dass die Teestunde nur ein Vorwand war, um James in sein Heiligtum zu schleusen, würde er bestimmt zornig werden. *Sehr* zornig. Aber sie brauchten die Namen von Spiritisten, wenn sie mehr über das goldene Kristall-Ei in Erfahrung bringen wollten, das aus dem Kopf der Statue verschwunden war. Und freiwillig würden Holmes und Watson ihnen die nicht geben, das stand fest.

Als die Dampfdroschke um die Straßenecke bog und vor Haus 221b zum Stehen kam, atmete Lucius tief durch. So, wie er es immer kurz vor seinen Bühnenauftritten tat.

Los geht's, dachte er.

Dann öffnete er die Tür der Kutsche, und sein Team aus Verschwörern stieg aus. Alle zwinkerten ihm zu.

»Ist der Hintereingang abgeschlossen?«, flüsterte Harold, als er Lucius die Hand gab.

Lucius schüttelte kaum merklich den Kopf.

»Klasse. Dort haben wir James nämlich eben abgesetzt. Also sollte er zurechtkommen. Sofern wir die Erwachsenen ablenken, natürlich.«

Plan B war also schon im vollen Gange. Na, das konnte ja was werden!

»Und dann sagte ich zu dem Häuptlingssohn, er könne das Messer ruhig behalten.«

Lautes Gelächter hallte von den Wänden der Küche wider, als Sebastian seinen Reisebericht beendete. Überall sah Lucius in begeisterte Gesichter. Selbst Holmes wirkte geradezu entzückt und lächelte breit.

Sie saßen nun schon seit knapp einer Stunde zusammen. Mrs Hudson hatte eine Erdbeertorte gebacken, die vorzüglich schmeckte. Harold hatte der Wirtin sogar versprochen, ihr die erste seiner Spezialteemaschinen zu schenken. »Sobald ich eine Firma besitze, die sie herstellt.« Theodosia hatte von Indien berichtet, und wie sich bald herausstellte, hatten ihr Vater und Mister Holmes dort einige gemeinsame Bekannte. Kurz gesagt: Die Stimmung hätte gar nicht besser sein können – sofern man vergaß, dass ein Stockwerk über ihnen gerade ein Automat in Menschenform verbotene Dinge tat.

Lucius entschuldigte sich kurz und stand auf. Harold warf ihm einen verschwörerischen Blick zu, als er die Tür zum Treppenhaus öffnete. Lucius zwinkerte zurück.

Gleich darauf war er im ersten Stock. Er presste das Ohr an die Tür des Kaminzimmers, konnte aber nichts hören. »James?«, flüsterte er.

Keine Reaktion. Die einzigen Geräusche im Haus kamen nach wie vor aus Mrs Hudsons Küche.

Ist Harolds Butler überhaupt da drin?, wunderte sich der Junge. Er sah sich schnell um – beobachtete ihn auch niemand? – und öffnete die Tür.

Das Kaminzimmer sah aus, als hätte ein Wirbelwind in ihm gewütet! Die Sessel waren umgeworfen, die Regale leer. Bilder hingen schief an den Wänden, und aus den Stapeln an Büchern auf dem Fußboden waren gewaltige Berge geworden, größer als Doktor Watsons Bauch.

»Um Himmels willen!« Lucius keuchte auf. Fassungslos betrachtete er das Durcheinander. Mister Holmes' ordentliche Unordnung schien endgültig zerstört. »Was ist denn hier los?«

Ein glänzender Metallschädel ragte plötzlich hinter einem Bücherberg hervor – so ruckartig, dass rechts und links von ihm lose Blätter davonflogen. »Master Lucius«, grüßte James. Er klang begeistert, Lucius vor sich zu finden. »Wie nett von Ihnen, nach mir zu sehen. Ist Ihre Teestunde ein Erfolg? Amüsieren sich alle?«

Lucius stand der Mund offen. »Ich bin so gut wie tot«, hauchte er.

James' Kopf zuckte zurück. »Ich fürchte, das kann ich nicht bestätigen, Master Lucius.« Er klang ein wenig verwirrt. »Sofern mich meine Okulare nicht täuschen, befinden Sie sich in einem Zustand, den Master Harold ›quicklebendig‹ nennt.«

»Aber nur, weil dein Master Harold nicht weiß, wie sehr Sherlock Holmes an seiner Unordnung hängt«, sagte Lucius leise. Er schloss die Tür hinter sich und setzte sich auf den

Fußboden. Mit einem Mal war ihm flau im Magen. »James, was ... was hast du hier nur gemacht?«

Hinter der blechernen Stirn des Maschinenmannes ratterten die Zahnräder. Kleine Dampfwölkchen stoben aus den Trichtern rechts und links an seinem Schädel. »Ah, ich verstehe. Der Anblick dieses Durcheinanders hat Sie entmutigt.« James hob eine Hand und winkte ab – eine zutiefst menschliche Geste. »Machen Sie sich keine Sorgen, Master Lucius. Ich habe mir die exakte Position jedes einzelnen Buches und jedes einzelnen Blatts in Mister Holmes' Archiv genau gemerkt. Wenn ich mit meiner Suche fertig bin, werde ich alles wieder an seinen alten Platz räumen. Niemand wird merken, dass ich überhaupt hier war.«

Das glaubte Lucius kaum. Mutlos sah er sich im Kaminzimmer um, und abermals verzweifelte er dabei. »Wie lange soll das dauern? Zwei Wochen?«

Holmes konnte jeden Moment entscheiden, genug von Tee und Gesellschaft zu haben. Dann würde er hinauf in den ersten Stock gehen, diese Tür öffnen und ...

Nicht auszudenken! Nicht einmal Mrs Hudson würde Lucius dann noch retten können.

James kam hinter den Bücherbergen hervor. Er reichte Lucius die Hand und half ihm auf die Beine. »Nur keine Angst, Master Lucius. Ich verspreche Ihnen: Ich bin ebenso schnell wie gründlich. Genießen Sie einfach Ihren Tee. Vielleicht auch ein Stück Torte? Wenn meine Duftmembran nicht irrt, gibt es eine mit frischen Erdbeeren.«

»Henkersmahlzeit«, murmelte der Junge. Wehrlos ließ er sich von James aus dem Zimmer drängen. »Das wird es für mich sein, dein Stück Kuchen. Eine Henkersmahlzeit. Das letzte Essen, bevor Holmes mir den Kopf abreißt.«

Wieder zuckte James erstaunt zurück. »Tatsächlich?«, fragte er. »Na, das verblüfft mich jetzt aber. Der Sherlock Holmes, den ich aus den Zeitungen kenne, kam mir ganz und gar nicht wie ein Henker vor ...«

Dann war Lucius wieder allein, stand ratlos im Treppenhaus. Ihm war zum Heulen zumute. Was hatte er sich nur gedacht? Dieser Plan B war die reinste Katastrophe! Sherlock Holmes' Lieblingszimmer glich einem Schlachtfeld. Er hatte die Erwachsenen belogen. Und James begriff gar nicht, was für einen fürchterlichen Fehler er beging.

»Ich bin so gut wie tot«, wiederholte Lucius tonlos. Er ging zurück zu den anderen in die Küche. Etwas Besseres fiel ihm auf die Schnelle nicht ein.

Die nächste halbe Stunde war vielleicht die schlimmste in Lucius' gesamtem Leben. Während er an Mrs Hudsons Tisch saß und so tat, als höre er seinen Freunden zu, musste er die ganze Zeit an das Kaminzimmer denken. Doktor Watson hatte völlig recht gehabt: Alle gaben sich die größte Mühe, Lucius willkommen zu heißen und für ihn zu sorgen. Und er? Er dankte es ihnen mit Problemen.

Als die Standuhr in der Küche zur sechsten Stunde schlug, stand Harold auf und entschuldigte sich kurz. Abermals tauschten die beiden Jungen einen heimlichen Blick. Harold entging die Panik auf Lucius' Zügen nicht, und sie verwirrte ihn sichtlich.

Keine fünf Minuten später war Harold zurück. »Ich glaube, ich muss langsam mal heim«, sagte er und lächelte.

Sebastian sah zur Uhr. »Oh, das stimmt. Es ist ja auch wirklich schon spät.«

Theo nickte. »Vielen Dank, das wir kommen durften«, sagte sie zu den Erwachsenen. »Und danke für die vielen hilfreichen Detektiv-Tipps!«

»Aber gern«, sagte Doktor Watson, und Mrs Hudson strahlte. »Kommt ruhig wieder, wann immer ihr möchtet. Lucius' Freunde sind auch unsere Freunde.«

Holmes stand auf und reichte den drei Kindern die Hand. Dann verabschiedete er sich und ging in seine Räume im ersten Stock.

Lucius, der die drei anderen noch zur Haustür brachte, schluckte trocken. »Seid ihr wahnsinnig?«, flüsterte er, als er sicher war, dass die Erwachsenen ihn nicht mehr hörten. »Ihr könnt jetzt nicht gehen? James hat da oben ein unglaubliches Durcheinander hinterlassen und …«

Harold schüttelte verblüfft den Kopf. »Hat er gar nicht«, widersprach er ein wenig beleidigt. »Im Gegenteil. Ich war eben oben, um ihn abzuholen, und da sah alles ganz ordentlich aus – na ja, eigentlich unordentlich. Aber auf eine geordnete Art und Weise. Also wie immer, schätze ich.«

Das glaubte Lucius nicht. Er wusste doch, was er gesehen hatte.

»Und er hat die Liste«, sagte Sebastian. »Ganz wie geplant.«

Lucius begriff: Harolds Aufbruch musste für die anderen ein Zeichen gewesen sein, das sie vorher abgesprochen hatten. Wenn Harold aufbrechen wollte, war James' Mission erfolgreich beendet.

»Wir sehen uns morgen früh im Rabennest, einverstanden?«, schlug Theo vor. Sie umarmte Lucius. »Dort besprechen wir, wie es weitergeht.«

Sebastian öffnete die Tür. Auf der Straße wartete bereits eine Dampfdroschke. Lucius kniff die Lider enger zusammen. Irrte er sich, oder saß dort eine klobige Gestalt in der Kabine des schwarzen Gefährts? Eine Gestalt mit James' Umriss?

Ich bin so gut wie tot, dachte er erneut.

Wenige Augenblicke später waren seine Freunde fort. Lucius schloss die Tür, drehte sich um und sah die Treppe hinauf. Am besten brachte er es sofort hinter sich, oder? Was nützte es, das Unvermeidbare aufzuschieben.

Zögerlich ging er in den ersten Stock und klopfte an die Tür des Kaminzimmers.

»Herein«, drang Sherlock Holmes' Stimme durch das weiß gestrichene Holz.

Lucius schluckte, öffnete die Tür – und traute schon wieder seinen Augen nicht. Holmes und Watson saßen hochzufrieden in ihren Sesseln. Holmes rauchte eine Pfeife, und Watson nickte Lucius freundlich zu. Das Chaos, das James verursacht hatte, war verschwunden. Alles sah aus wie immer.

»Nett, deine Freunde, das muss man schon sagen«, fand Doktor Watson. »Es war eine gute Idee von dir, sie zu uns einzuladen. Oder, Holmes?«

Der Meisterdetektiv hatte die Augen geschlossen und sich im Sessel zurückgelehnt. »Mhm«, stimmte er knapp zu und paffte genießerisch an seiner Pfeife. Hatte er wirklich nichts gemerkt? Nicht einmal er?

»Ist ...« Lucius merkte, dass seine Stimme zitterte, und setzte neu an. »Ist alles in Ordnung?«

Watson hob eine Braue. »Selbstverständlich. Warum sollte es nicht so sein? Wir hatten angenehmen Besuch, angenehme Torte ... Nicht wahr, Holmes?«

»Mhm«, antwortete sein Gegenüber erneut. Er klang so entspannt, dass es fast schon gelangweilt wirkte.

»Gut, dann ... dann gehe ich in mein Zimmer, ja?«

»Nur zu, nur zu«, sagte Doktor Watson freundlich. »Bis später, Lucius.«

Lucius' Herz schlug noch wie wild, als er schon wieder in seinem Zimmer war. Eins stand fest: Harolds Automatenbutler *war* ein technisches Wunder!

KAPITEL 8:
Die erstaunliche Madame Piotrowska

Als Lucius am nächsten Morgen ins Rabennest kam, war außer Harold und James noch keiner da. »Guten Morgen«, begrüßte ihn der schmächtige Junge, ohne sich umzudrehen. Er saß an seiner Werkbank und schraubte in einem kleinen kupferfarbenen Kasten herum.

»Ich grüße Sie, Master Lucius«, sagte auch James, der mit leise ratternden Zahnrädern neben Harold stand und eine Lampe in den Metallfingern hielt.

»Hallo, Harold«, erwiderte Lucius. »Hallo, James. Was treibt ihr?«

Harold blickte über die Schulter, und vor Schreck hätte Lucius beinahe einen Satz gemacht: Sein neuer Freund starrte ihn aus mindestens untertassengroßen Augen an. Er verdankte diese scheinbare Verwandlung zwei starken Vergrößerungsgläsern. Sie gehörten zu einem eigentümlichen Gestell, das Harold auf dem Kopf trug und an dem noch zahlreiche weitere Linsen befestigt waren. Man konnte sich die Gewünschten einfach vors Gesicht klappen.

»Ich repariere den Steuerkern, den mein Vater mir geschenkt hat«, antwortete Harold. »Damit die automatische Spezialteemaschine fertig wird. Und James hilft mir dabei.«

»Denn gemeinsam geht alles leichter«, erklärte der Automatenbutler feierlich. »Was wird es für ein Freudentag, wenn hier die seltensten Düfte praktisch auf Knopfdruck durch den Raum wehen?«

»Ich kann's kaum erwarten«, murmelte Lucius. Er wünschte, die Briten würden nicht ständig Tee trinken. In New York hatte er leckere Zitronenbrause bekommen, in Rom Sodawasser mit Erdbeersirup. Nur hier in London gab es ständig und überall Tee. Es war zum Davonlaufen.

»Guten Morgen, die Herren.« Im Türrahmen tauchte Theodosia auf, in der Armbeuge einen zugedeckten Bastkorb, in dem sie wahrscheinlich Miss Sophie transportierte. »Wie geht es euch heute?«

»Mies, danke der Nachfrage«, sagte Sebastian, der direkt nach ihr das Nest betrat.

»Was ist los?«, wollte Lucius wissen.

»Ach, mein Vater ist gerade schlecht gelaunt. Sie haben bemerkt, dass der Einbrecher doch nicht nur Umbak zerschlagen, sondern auch ein paar Schmuckstücke aus dem Herrscherpalast von Kongarama geklaut hat. Das waren schöne Stücke, die im Eingangsbereich der Ausstellung zu sehen sein sollten. Jetzt müssen sie umplanen. Und in zwei Tagen ist Eröffnung! Scotland Yard ermittelt, aber ihr wisst ja, wie groß London ist. Es wird schwer, da einen Dieb zu finden.«

Harold runzelte die Stirn. »Glaubt ihr, dass die ganze Geschichte am Ende doch nur ein simpler Diebstahl war? Dass Umbak versehentlich kaputtging?«

»Gute Frage.« Sebastian zuckte mit den Schultern. »Meinem Gefühl nach muss mehr dahinterstecken. Ich wette, diese Schmuckstücke wurden nur mitgenommen, um den wahren Grund des Einbruchs zu verschleiern: die Zerstörung von Umbak und den Diebstahl des goldenen Kristall-Eis. Das können wir natürlich nur beweisen, wenn wir mehr herausgefunden haben.«

»Wie sieht es denn mit unseren Ermittlungen aus?«, fragte Lucius. »Wir haben nun eine Liste mit Spiritisten, richtig?«

»Richtig«, sagte Harold. »Das Täuschungsmanöver gestern in der Baker Street war ein voller Erfolg. Nicht wahr, James?«

»Natürlich, Master Harold.« James stakste quietschend näher. »Wenn ich außerdem hierzu etwas anmerken dürfte?«

»Immer raus mit der Sprache«, forderte Lucius ihn auf.

»Unser Ziel lag ja darin – bitte korrigieren Sie mich, wenn ich mich irre –, einen möglichst herausragenden Spiritisten zu finden.«

»Das stimmt.« Lucius nickte.

»Nun, bedauerlicherweise fand ich in den Unterlagen von Master Holmes nur die sehr grobe Unterteilung in ›Scharlatane‹ und ›möglicherweise vertrauenswürdig‹«, fuhr James in beinahe entschuldigendem Tonfall fort. »Daher habe ich nachträglich etwas Recherche betrieben. Ich war so frei, während der letzten Nacht die Liste mit dem Zeitungsarchiv des Hauses Cavor zu vergleichen. So konnte ich ein paar Personen aussortieren, die in der Vergangenheit wegen fragwürdiger Methoden aufgefallen sind. Ich habe zudem einige aus der Liste entfernt, die zu weit außerhalb wohnen, um von den jungen Herrschaften problemlos erreicht zu werden. Schließlich unterhielt ich mich auch noch mit der zentralen Analysemaschine der Königlich-Wissenschaftlichen Gesellschaft und holte ihre Meinung ein ...«

»*Was* für eine Gesellschaft?«, unterbrach ihn Lucius.

»Die Königlich-Wissenschaftliche Gesellschaft«, antwortete Harold anstelle von James. »Eine Vereinigung von Wissenschaftlern, der auch mein Vater angehört. Verdammt viele kluge Köpfe – und sie haben die fortschrittlichste Rechenmaschine der Welt in ihrem Hauptquartier.« Der Junge wandte sich wieder an den Automatenbutler. »Aber wann warst *du* denn bei denen?«

»Heute Morgen gegen fünf Uhr dreißig, Master Harold«, antwortete James. »Sie haben noch geschlafen, und ich hielt die Gelegenheit für günstig, einen kleinen Spaziergang zu unternehmen. Das Gebäude befindet sich ja nur wenige Gehminuten von unserem Haus entfernt.«

Harold sah Lucius, Sebastian und Theo mit großen Augen an. »Jetzt wisst ihr, was ich meine, wenn ich sage, dass James kein gewöhnlicher Automat mehr sein kann ...«

»Was ist denn am Ende herausgekommen?«, erkundigte sich Theo, die unterdessen Miss Sophie freiließ.

»Nicht *was*, Lady Theodosia, sondern *wer*«, verbesserte James sie. »Die Antwort lautet: Madame Helena Piotrowska. Sie betreibt einen Salon für spiritistische Sitzungen am

Cavendish Square, der nicht weit von hier liegt. Ihr Ruf ist tadellos. Führende Wissenschaftler Londons geben zu, dass Madame Piotrowska gewisse unerklärliche Gaben besitzt. Ich halte sie daher für die beste Person, um die jungen Herrschaften in übernatürlichen Angelegenheiten zu beraten.«

»Dann sollten wir sie so schnell wie möglich aufsuchen«, fand Lucius.

Sebastian lehnte sich an einen der Sessel und verschränkte die Arme vor der Brust. »Ich denke ja, wir sollten uns auch diese zwei Kerle von vorgestern mal vorknöpfen: den Hausmeister Gray und den Kunstsammler Hiddle. Beide hatten unten in der Halle nichts zu suchen und trieben sich trotzdem dort herum. Das halte ich für verdächtig.«

»Ich wette, der Hausmeister ist der Schuldige«, meinte Harold. »Er sieht aus wie ein Kleptomane.«

Sebastian brummte zweifelnd. »Für mich sieht er eher aus, als käme er aus Whitechapel hier in London.«

Harold verdrehte die Augen. »Ein Kleptomane ist kein Ausländer, sondern jemand, der zwanghaft Sachen stiehlt«, erklärte er.

»Oh.« Der blonde Junge wurde rot. »Du immer mit deinen blöden Fremdwörtern.«

»Verzeihen Sie, Master Sebastian«, meldete sich James zerknirscht zu Wort. »Ich fürchte, das ist meine Schuld. Ich habe das komplette Oxford-Englisch-Wörterbuch in mir gespeichert, und Master Harold fragt mich seitdem ständig nach neuen, interessanten Begriffen.«

»Du lernst in deiner Freizeit auch noch Fremdwörter?«, meldete sich Theo schmunzelnd vom Sofa zu Wort.

»Na und?« Harold schob seine Brille die Nase hoch und schaute sie herausfordernd an. »Jeder braucht ein Hobby.« Er wandte sich an alle. »Aber lasst uns nicht abschweifen. Es spricht noch mehr für Gray als Schuldigen. Wir wissen doch, dass der Täter in den meisten Fällen aus dem direkten Umfeld der Opfer kommt.«

»Ach ja?«, fragte Lucius. »Woher wissen wir das?«

»Aus dem *Strand Magazine*«, antwortete Harold.

Lucius gluckste. »Du nimmst deine Weisheiten aus einem illustrierten Magazin?«

»Ich weiß ja nicht, ob es dir bekannt ist, aber dein Doktor Watson verfasst dort regelmäßig Berichte über die Fälle, die Sherlock Holmes und er lösen«, belehrte ihn der schmächtige Junge. »Und wenn sich jemand mit Verbrechen auskennt, dann ja wohl diese beiden.«

»Oh.« Das hatte Lucius wirklich nicht gewusst.

»Also«, fuhr Harold fort. »Der Täter ist meistens der Gärtner.«

»Oder der Butler«, fügte Theo hinzu.

»Oje, oje«, entfuhr es James. »Ich hoffe, niemand im Raum ist der Ansicht, ich sei für die Diebstähle und Sachbeschädigung im Museum verantwortlich.«

Lucius grinste. »Keine Sorge, James. Du bist doch einer von uns und gehörst damit zu den Guten.«

»Wie erfreulich zu hören«, sagte der Automatenbutler und

schnaufte erleichtert zwei kleine Dampfwölkchen aus den Trichtern an seinem Kopf.

»Wir hätten also drei Baustellen«, fasste Sebastian zusammen. »Diese Spiritistin, Gray und Hiddle.«

»Wir können uns nicht um alles gleichzeitig kümmern«, gab Lucius zu bedenken. »Ich halte es für das Wichtigste, mehr über das Kristall-Ei herauszufinden. Also sollten wir auf jeden Fall Madame Piotrowska aufsuchen. Und da Gray mir verdächtiger erscheint als Hiddle, halte ich es für klug, ihn zuerst zu beschatten.«

»Klingt gut«, meinte Sebastian. »Wie teilen wir uns auf?«

»Theo und ich besuchen Madame Piotrowska«, sagte Lucius. »Als Bühnenzauberer erkenne ich am besten, ob uns jemand bloß hinters Licht zu führen versucht oder wirkliche Gaben besitzt. Ihr zwei kümmert euch um Gray.« Er nickte Sebastian und Harold zu.

Der blonde Junge erhob sich von seinem Sessel. »Einverstanden.«

»Nun, dann werde ich wohl mal wieder auf Miss Sophie aufpassen«, bemerkte James. Er ging zu der Schlange hinüber und tätschelte ihr etwas unbeholfen den Rücken. »Wir werden uns prachtvoll amüsieren, nicht wahr, Miss Sophie?«

Der Tigerpython zischte leise und rollte sich enger auf dem Kissen zusammen, auf dem er lag.

»Sehen wir uns dann später am Museum?«, fragte Sebastian, als sie sich anschickten, vom Rabennest aufzubrechen.

»Ja, das machen wir«, antwortete Lucius. »Sobald Theo

und ich schlauer sind, was dieses Kristall-Ei betrifft, kommen wir zu euch.«

»Also, bis nachher.« Schelmisch zwinkerte Sebastian ihnen zu. »Und lasst euch nicht von irgendwelchen Geistern erschrecken.«

Der Cavendish Square war ein kleiner Platz, in dessen Mitte ein kreisrunder Park mit schönen alten Bäumen lag. Drum herum zog sich eine Straße, die von mehrstöckigen, dicht an dicht stehenden Stadthäusern gesäumt wurde. Manche bestanden aus roten Backsteinen, andere waren weiß gestrichen, und sie alle wiesen die hohen Fenster und kleinen Balkone auf, die so typisch für die Wohngebäude in London waren.

Lucius und Theo stiegen aus der Dampfdroschke und spazierten durch den Park auf die Ostseite, wo die Spirtistin wohnen sollte. Vor einem weißbraunen Sandsteinbau mit sechs Stockwerken und vielen kleinen Erkern blieben sie stehen. Die schwere braune Eingangstür wurde von Steinsäulen eingerahmt und hatte ein dreieckiges Vordach. Namensschilder aus Messing verwiesen auf die Bewohner. »Francis Kentham ...«, las Lucius die einzelnen Namen vor. »Doktor Hastie Lanyon ... Helena Piotrowska! Da ist sie. Im dritten Stock. Komm.« Er winkte Theo, ihm zu folgen.

Sie öffneten die schwere Holztür und traten ein. Das Treppenhaus ragte hoch über ihren Köpfen auf, und die Treppe hatte breite, ausgetretene Holzstufen. Erwartungsvoll stiegen sie in den dritten Stock und läuteten an der Wohnungstür aus dunklem Edelholz.

Die Frau, die ihnen öffnete, war hochgewachsen und schlank und trug ausgesprochen vornehm wirkende Garderobe. Mit ihrem langen, schwarzen Kleid, den Seidenhandschuhen und dem modisch frisierten Haar hätte sie allerdings besser in eine große Theaterpremiere in New York gepasst als in ein schlichtes Wohnhaus im grauen London.

»Madame Piotrowska?«, fragte Lucius höflich, obwohl er sich ziemlich sicher war, eben jene vor sich zu haben. Der Frau hing ein auffälliges Schmuckstück um den Hals, das irgendwie magisch aussah.

Verwundert blickte die Spiritistin von einem zum anderen. »Ja, die bin ich«, sagte sie mit osteuropäischem Akzent. »Aber was macht ihr zwei denn vor meiner Tür?«

»Mein Name ist Lucius Adler«, antwortete Lucius. »Das ist meine Freundin Theodosia Paddington. Wir müssen Sie in einer magischen Angelegenheit befragen, wenn Sie gestatten. Es ist sehr wichtig.«

Madame Piotrowska hob die Augenbrauen. »Na so was. In diesem Fall sollte ich euch wohl hereinbitten. Denn in Fragen des Okkulten kenne ich mich aus wie sonst kaum jemand in London.« Sie trat beiseite und ließ die beiden ein. Lucius hatte das Gefühl, dass die Spiritistin sie nicht ganz ernst nahm. Wahrscheinlich glaubte sie, zwei Kinder vor sich zu haben, die Zauberer spielen wollten. Sie würden sie eines Besseren belehren.

Die Wohnung von Madame Piotrowska war in Halbdunkel getaucht, obwohl draußen heller Tag herrschte. Grund dafür waren lange Vorhänge aus schwarzem und weinrotem Stoff, die vor allen Fenstern und auch in den Türrahmen hingen. Wandleuchten mit verzierten Lampenschirmen spendeten schwachgoldenes Licht. Auf Beistelltischen mit dünnen Beinen standen zudem Kerzen, die aber nicht brannten. Außerdem lagen bunte Kristalle auf den Tischchen und Messingschalen mit Erde und Steinstaub. Theo nahm im Vorübergehen alles neugierig in Augenschein.

»Du scheinst dich für Spiritismus zu interessieren«, stellte Madame Piotrowska fest.

»Alle Magie interessiert mich«, antwortete das Mädchen.

»Nun, dann sind wir uns sehr ähnlich.« Ihre Gastgeberin lächelte.

Sie erreichten ein Zimmer, in dem die Spiritistin ihre Kunden empfangen musste. In der Mitte stand ein großer runder Tisch, um den ein halbes Dutzend Stühle aus dunklem Holz angeordnet waren. Auf einer Kommode ruhte eine Kristallkugel auf einem violetten Kissen. An der linken Wand des Raums befand sich ein großer Schrank mit hohen, geschlossenen Türen. An der rechten erhob sich ein Regal voller alter Bücher.

Madame Piotrowska bot ihrem Besuch zwei Stühle an. »Möchtet ihr etwas trinken?«, fragte sie. »Ich habe keinen Tee da, aber vielleicht mögt ihr Erdbeerbrause?«

»Au ja!«, rief Lucius begeistert, bevor er es verhindern

konnte. Eigentlich war es ja unhöflich, so gierig zu wirken. Aber die Aussicht auf eine Brause, nachdem man ihn mehr als zwei Wochen mit den unterschiedlichsten Teesorten gefoltert hatte, stimmte ihn überglücklich.

Die Spiritistin lachte. »Ich dachte mir, dass dir das gefallen würde, mein junger amerikanischer Freund.« Sie verschwand aus dem Raum und kehrte kurz darauf mit einem Tablett wieder, auf dem drei Becher und eine Kristallkaraffe standen.

»Woher wissen Sie, dass ich aus Amerika stamme?«, wunderte sich Lucius. »Können Sie Gedanken lesen?«

Madame Piotrowska schmunzelte. »Nein, ich höre es an deinem Akzent. Du klingst, als kämst du von der Ostküste Amerikas. New York?«

Lucius nickte. »Stimmt genau. Da wurde ich geboren.«

»Eine schöne Stadt.« Ihre Gastgeberin seufzte. »Ich war lange nicht mehr dort.«

»Ich auch nicht«, sagte Lucius. Er musste an seine Mutter denken. Sicher hätten sich Madame Piotrowska und Irene Adler prächtig verstanden.

»Also, was kann ich für euch tun?«, fragte Madame Piotrowska, nachdem sie ihnen allen eingeschenkt hatte. Auch sie trank Brause, was Lucius erstaunte. Er hätte nicht gedacht, dass Erwachsene Brause mochten. Aber vielleicht hing der Spiritistin der englische Tee ebenfalls zum Hals heraus.

Lucius sah Theo fragend an, die ihm auffordernd zunickte. »Sagt Ihnen der Name Umbak der Beherrscher etwas?«, erkundigte er sich daraufhin.

»Mir nicht«, antwortete die Spiritistin, »aber gib mir einen Moment Zeit, um jene zu rufen, die ihn sicher kannten.«

»Sie wollen die Geister der Verstorbenen befragen?« Lucius wusste nicht, was er davon halten sollte.

»Ich bin eine Spiritistin. Mit wem sollte ich sonst sprechen? Wartet einen Moment.« Sie stand auf, ging zu der Kristallkugel auf dem Kissen hinüber und holte beides zu ihrem Tisch. Dann setzte sie sich wieder, Kissen und Kristallkugel direkt vor sich. Behutsam legte sie die behandschuhten Finger auf die Kugel und schloss die Augen.

»Oh, Ihr Ahnen, ich rufe euch«, begann sie mit fordernder Stimme ihre Beschwörung. Dabei wiegte sie den Oberkörper hin und her und strich mit den Fingern über den runden Kristall. »Ich rufe euch. Kommt herbei und beantwortet meine Fragen.«

Auf einmal begann die Kugel zu schimmern! Außerdem war Lucius, als fahre ein kalter Windhauch durch den Raum. Er hatte schon viel von Spiritisten, Hypnotiseuren und anderen Zauberern gehört, aber selbst noch nie etwas erlebt, das mehr als Bühnentrickserei gewesen wäre. Wurden sie jetzt Zeuge von wahrer Magie? Unbehaglich sah er Theodosia an, doch die hatte ihre Augen ebenfalls geschlossen, ganz wie Madame Piotrowska.

»Umbak der Beherrscher«, wisperte ihre Gastgeberin, als spräche sie ein großes Geheimnis aus. »Er war ein Gott. Einer der wichtigsten Götter für die Einwohner der uralten Stadt Kongarama, im Herzen Afrikas. Mehr als tausend Jahre ist es her, dass Umbak letztmals angebetet wurde. Dass er angerufen wurde, um die Feinde der Stadt Kongarama in die Knie zu zwingen.«

»Hier ist gar kein Geist!«, meldete sich Theo auf einmal zu Wort. »Ich spüre nichts. Sie machen uns nur etwas vor.« Das Mädchen öffnete die Augen und schaute Madame Piotrowska vorwurfsvoll an.

Ihre Gastgeberin schlug ebenfalls die Augen auf und nahm die Hände von der Kugel. Diese leuchtete unbeirrt weiter. Ein Lächeln umspielte die Lippen der schwarz gekleideten Frau. »Du bist wirklich etwas Besonderes, meine Kleine. Und du hast recht.«

Madame Piotrowska hob die Kugel kurz vom Kissen und legte einen verborgenen Schalter um, woraufhin das Leuchten langsam verebbte. »Ich habe euch angeschwindelt, weil ich prüfen wollte, wie viel ihr von den Dingen versteht, über die ihr mit mir reden möchtet. Wie es aussieht, mehr, als ich dachte.« Sie stand auf und trug Kissen und Kugel wieder zu ihrem ursprünglichen Platz zurück. Dabei bemerkte Lucius auch, wie sie hinter einen nahen Vorhang griff – und der kalte Hauch, der den Raum durchzogen hatte, verschwand.

»Bühnenzauber«, erkannte er. »Sie arbeiten mit elektrifizierten Lampen und verborgenen Luftverwirblern.« Er hob den Kopf, um die Quelle des kalten Luftstroms ausfindig zu machen, konnte aber nichts entdecken.

Madame Piotrowska zuckte mit den Schultern. »Den meisten meiner Kunden genügt das. Sie wollen nur ein paar Worte des Trostes aus dem Jenseits. Die kann auch ich ihnen bieten. Dafür muss man die Geister nicht in ihrer Ruhe stören.«

»Und Ihr Wissen über Umbak?«

»Habe ich aus der *Times*, wie jeder andere in London auch.« Die Spiritistin lächelte, doch gleich darauf wurde sie wieder ernst. »Nun gut, reden wir – und diesmal ernsthaft. Was ist mit diesem Umbak?«

Lucius und Theo berichteten ihr von dem gruseligen Anfall, den Theo bei ihrem ersten Besuch im Museum erlitten hatte. »Wir glauben, irgendein Gegenstand im Inneren der Statue war dafür verantwortlich«, sagte Lucius. Dann holte er den Zeitungsartikel hervor, der von der Zerstörung durch unbekannte Vandalen berichtete. Er hatte ihn aus dem Club mitgenommen. »Und sehen Sie hier: Es scheint, als hätte es in dem Kopf einen Hohlraum gegeben, der wie ein Ei geformt war. Wir denken, dass ein Kristall-Ei hinter Umbaks Gesicht verborgen lag. Nun wüssten wir gern, was das für ein Ding gewesen sein könnte. Und warum es jemand gestohlen hat.«

»Hm.« Nachdenklich betrachtete Madame Piotrowska das Foto in der Zeitung. »Ich habe das Bild schon gestern gesehen, aber ich muss zugeben, dass ich es mir nicht so genau angeschaut habe. Der Hohlraum ist mir entgangen.«

»Haben Sie schon einmal von einem Kristall-Ei gehört, das Menschen verhexen kann oder Visionen hervorruft?«, fragte Theodosia.

»Oh, es gibt mehr magische Gegenstände auf der Welt, als ihr ahnt«, antwortete die Spiritistin. »Ich besitze dicke Bücher darüber. Um euch Genaueres sagen zu können, bräuchte ich allerdings mehr Informationen. Ich müsste ...« Ihr schien ein Gedanke zu kommen. »Theodosia, wärst du bereit für eine Erinnerungsreise?«

Das Mädchen sah Madame Piotrowska zweifelnd an. »Was ist das?«

»Ich möchte eine Mischung aus Hypnose und weißer Magie einsetzen, um dich noch einmal erleben zu lassen, was du vor zwei Tagen im Museum erlebt hast. Doch diesmal bin ich bei dir und beobachte mit dir, was geschieht. Ich will dadurch herausfinden, um was für ein Artefakt es sich bei dem Kristall-Ei handelt. Ob es speziell für die Statue von Umbak geschaffen wurde oder vielleicht noch älter ist.«

Sehr glücklich wirkte Theo nicht über die Vorstellung, noch einmal ihren Anfall durchleben zu müssen. Trotzdem nickte sie. »Wenn es nicht anders geht, von mir aus.«

»Ist das auch bestimmt ungefährlich?«, wollte Lucius wissen.

»Aber natürlich«, antwortete die Spiritistin. »Wir bewegen uns nicht von diesem Tisch fort. Es ist eine reine Erinnerungsschau. Die Erfahrung mag ein wenig aufregend oder beängstigend sein. Passieren kann dabei jedoch nichts.«

»Also gut.« Lucius lehnte sich zurück und verschränkte die Arme vor der Brust.

Unterdessen stand Madame Piotrowska auf und zog die Seidenhandschuhe aus. Lucius fiel auf, dass sie nicht nur weinrot lackierte Fingernägel hatte, sondern dass außerdem auf ihre Finger und Handrücken schwarze Symbole eintätowiert waren. »Die helfen mir bei meiner Zauberei«, erklärte ihre Gastgeberin lächelnd, als sie den Blick des Jungen bemerkte. »Der echten. Deshalb trage ich auch immer die Handschuhe, wenn ich bloß Schauzauberei betreibe. Damit nicht versehentlich wahre Magie fließt.«

Sie ging zu dem Schrank hinüber. »Und dies hier ist mein magischer Schrein«, fuhr sie fort, als sie die Schranktüren öffnete. Dahinter kam zu Lucius' Erstaunen eine Art Altar zum Vorschein. An den Türen und Schrankwänden hingen Amulette, Kräuter und Kristalle. An die Rückwand war mit bunter Kreide ein Rad mit acht Speichen gemalt, das von zahlreichen fremdartigen Symbolen geziert wurde. Auf einem Tisch standen Kerzen, Räucherwerk und Schalen mit Erde und anderen Inhalten.

Madame Piotrowska nahm eine kleine Pyramide aus violettem Kristall und dazu ein Bronze-Ei an einer Kette, das man öffnen konnte, um Räucherwerk hineinzutun. Danach kehrte sie zum Tisch zurück. Dort stellte sie die Pyramide zwischen sich und Theodosia. »Lege deine Hand auf den Fokus-Kristall«, sagte sie zu dem Mädchen. »Er wird uns verbinden.«

Theo gehorchte.

Madame Piotrowska entzündete das Räucherwerk in dem Bronze-Ei und fing an, es mit der linken Hand in der Luft hin- und herpendeln zu lassen. Die rechte Hand legte sie auf Theos. Würziger Rauch stieg in die Luft und nebelte den Raum ein. »Schließe deine Augen und entspanne dich«, befahl die Spiritistin dem Mädchen mit sanfter, einlullender Stimme. »Atme den Rauch ein und lausche meinen Worten. Lass deinen Geist wandern ...«

Lucius fühlte sich auf einmal seltsam schläfrig, und er blinzelte heftig, damit ihm nicht die Augen zufielen. Welche Zauberei Madame Piotrowska auch einsetzte, sie war verdammt wirksam!

»Wir befinden uns wieder im Keller des Britischen Museums«, sagte die Spiritistin zu Theo. »Du hast die kleine Statue von Umbak dem Beherrscher entdeckt. Sie fasziniert dich. Du schaust sie dir genau an. Was siehst du?«

Mit schläfriger Stimme begann das Mädchen die Statue zu beschreiben, insbesondere ihr gruseliges Gesicht mit dem großen einzelnen Auge, in dessen Mitte der versteckte Kristall funkelte.

»Wie geht es weiter?«, fragte Madame Piotrowska Theo.

»Ich nehme die Statue in die Hand«, antwortete Theo leise. »Ich will sie meinen Freunden zeigen, die das Funkeln nicht sehen.«

Gespannt beugte Lucius sich nach vorne. Sein Herz schlug schneller. Jetzt würde sich zeigen, ob seine Freundin erneut ihren Anfall erleiden würde.

»Aber auf einmal ... wird alles anders ...«, fuhr das Mädchen stockend fort. »Wo bin ich? Was ist das?« Theo bewegte sich unruhig und fing an, heftiger zu atmen. Plötzlich erstarrte sie regelrecht. »Sie stehen vor mir«, flüsterte sie, genau wie vor zwei Tagen im Museum. »Wir haben sie besiegt ...«

»... aber sie wollen sich nicht ergeben«, fiel Madame Piotrowska in ihre Worte ein. Die Spiritistin hatte die Augen nicht geschlossen, aber sie starrte ins Leere. Es war, als würde sie an einen fernen Ort schauen – oder in eine andere Zeit. Ein leichter weißer Schleier wallte in ihren braunen Augen, wie schnell vorbeiziehende Wolken. Lucius' Nackenhärchen stellten sich auf. So etwas hatte er noch nie gesehen.

»Sie wehren sich!«, rief Theodosia aufgeregt.

»Aber Umbak wird sie brechen«, hauchte die Spiritistin. Ihre Augen weiteten sich, und Erkennen trat auf ihre Züge. »Bei der Göttin ... ein Goldener Machtkristall ...«

Neben ihr fing Theo an, sich zu winden. Ihr Gesicht verzog sich vor Angst und Schrecken. »Ich befehle Ihnen ... Nein! Nein, bitte nicht!«

»Es genügt!«, ging Madame Piotrowska scharf dazwischen. Ihre Augen klärten sich, als sie ins Hier und Jetzt zurückkehrte. Sie sah zu Lucius hinüber und hielt ihm das Bronze-Ei hin. »Nimm es, und lösche es in der Wasserschale am Altar. Ich wecke deine Freundin.«

Sofort kam Lucius der Aufforderung nach. Er stand auf und lief zu dem Schrein hinüber. Das Ei zischte leise, als er es in die einzige Schale tauchte, die Wasser enthielt. Hinter ihm redete ihre Gastgeberin leise und beruhigend auf Theo ein.

Als er sich wieder umdrehte, schlug Theodosia gerade die Augen auf. Auf Wangen und Stirn lag eine Röte, als wäre sie einmal um den Block gerannt. Rasch nahm sie ihr Glas mit Brause und trank es leer.

»Geht es dir gut?«, fragte Lucius das Mädchen.

Theo nickte schwach. »Es ist alles in Ordnung. Das Ende der Erinnerungsreise war etwas unangenehm, aber damit habe ich gerechnet.«

»Und sind wir nun schlauer?« Lucius blickte die Spiritistin an, die soeben ihre Handschuhe wieder überstreifte.

»Das sind wir«, antwortete sie. »Wenn ich mich nicht irre. Wartet kurz.« Sie trug die Kristallpyramide zum Altar zurück und schloss den Schrank dann wieder. Anschließend durchquerte sie das Zimmer, zog ein bestimmtes Buch aus dem Regal hervor und blätterte darin herum.

Lucius beugte sich zu Theo hinüber. »Erinnerst du dich jetzt daran, was während des Anfalls geschehen ist?«, fragte er sie.

»Leider.« Das Mädchen nickte unbehaglich. »Ich wünschte, es wäre nicht so. Ich hatte offenbar eine Vision. Der Kristall hat mir gezeigt, wozu er fähig ist. Ich ...« Theo zögerte und schüttelte sich leicht, als liefe ihr ein Schauer über den Rücken. »Es war schrecklich.«

»Was war es?«, wollte Lucius wissen. »Was hat dir der Kristall gezeigt?«

Einen Moment lang blickte Theodosia ihn bloß stumm an, schien mit sich zu ringen. »Erinnerst du dich an das Bild auf der Steinplatte? Wo der Kerl mit der Federkrone die kleineren Menschen durch diese Strahlen in den Wahnsinn treibt, die von der Figur in seiner Hand ausgehen?«

Lucius nickte wortlos.

»Genau das«, sagte Theo leise. »Das hat mir der Kristall gezeigt. Bloß waren es in meiner Vision lebende Menschen … Menschen, die so verrückt wurden, dass sie sich selbst und einander …« Sie brach ab und schluckte. Ihr Gesicht hatte eine ungesunde Blässe angenommen. »Bitte, reden wir über etwas anderes. Ich möchte das einfach nur noch vergessen.«

Als hätte sie auf diesen Moment gewartet, meldete sich auf einmal Madame Piotrowska auf der anderen Seite des Raums zu Wort. »Ha! Tatsächlich! Wie ich es mir dachte.«

Lucius hob den Kopf. »Was haben Sie herausgefunden?« Er und Theo gesellten sich zu der Spiritistin.

»Im Kopf von Umbaks Statue war ein magischer Machtkristall versteckt«, antwortete ihre Gastgeberin. »Zumindest legt Theodosias beeindruckendes Erlebnis diesen Verdacht nahe. Ich möchte euch nicht mit Theorien und Legenden langweilen. Wichtig ist nur das: Es heißt, dass vor Urzeiten, als die Magie noch frei auf der Erde floss, verschiedene Machtkristalle entstanden. In ihnen wurde die Kraft der Magie gespeichert. Einer von ihnen war der Goldene Machtkristall. Laut den alten Schriften verstärkt er die geistigen Fähigkeiten seines Besitzers. Wer ihn in den Händen hält, kann seinen Mitmenschen seinen Willen aufzwingen. Ein bisschen wie bei einer Hypnose, aber viel stärker und länger. Wer unter dem Einfluss dieses Machtkristalls steht, den kann nur ein geübter Zauberer noch retten. Sonst ist das Opfer verdammt, dem Willen des Kristallbesitzers zu gehorchen – bis zum bitteren Ende.«

»Bis zum Tod«, murmelte Theo.

Madame Piotrowska warf ihr einen ernsten Blick zu. »Ja, die armen Opfer sind auch bereit, für ihre Befehle zu töten oder selbst zu sterben. Das macht den Kristall so gefährlich.«

Lucius stieß einen leisen Pfiff aus. »Heiliger Strohsack, das klingt ziemlich übel. Aber wenn der Kristall so alt ist, wie kommt er dann in die Statue von Umbak dem Beherrscher hinein?«

Die Spiritistin zuckte mit den Schultern. »Das weiß wohl niemand. Vielleicht fand ihn ein Jäger aus Kongarama in der Wildnis. Vielleicht gab er den Kristall seinen Priestern, die seine Macht erkannten und ihn in die Statue steckten – zu Ehren ihres Gottes. Doch das ist nur eine mögliche Erklärung. Viele andere sind genauso denkbar.«

»Eigentlich ist es auch egal«, meinte Lucius. »Wo genau er herkommt, spielt keine Rolle. Viel wichtiger ist, dass – wenn es wirklich stimmt, was Sie sagen – in diesem Augenblick jemand durch die Straßen von London läuft, der die Macht hat, anderen seinen Willen aufzuzwingen!«

»Wir müssen den Kristalldieb finden«, sagte Theo mit erstaunlicher Entschlossenheit in der Stimme. »Jetzt ganz besonders dringend – bevor er irgendwelchen Schaden anrichten kann.«

»Ich wünschte, ich könnte euch dabei helfen«, warf Madame Piotrowska ein, »aber meine Macht ist auf diesen Ort beschränkt, wo mein magischer Schrein steht. Außerhalb meiner Wohnung bin ich nicht viel begabter als ihr beide. Und für die Jagd nach Verbrechern eigne ich mich nicht. Ich kann euch bloß meine Hilfe bei der Heilung von möglichen Opfern des Kristallsteins anbieten.«

»Machen Sie sich keine Gedanken«, sagte Lucius. »Sie haben uns schon unglaublich viel geholfen. Jetzt wissen wir endlich mehr. Vor allem, worauf wir uns einlassen. Aber das hält uns nicht auf. Ab jetzt übernehmen wieder wir!«

KAPITEL 9:

Angriff in der Finsternis

Der Londoner Himmel war mit dunklen Regenwolken bedeckt, als Lucius und Theo am frühen Nachmittag wieder auf Sebastian und Harold trafen. Sie hatten im Diogenes-Club ein Sandwich gegessen. Nun stellten sie sich frisch gestärkt dem Rest des Tages. Und der begann vor dem Britischen Museum.

»Habt ihr schon etwas herausgefunden?«, fragte Theo.

Sebastian und Harold saßen auf einer kleinen Mauer rechts des Eingangs. Harold glotzte zu den Wolken, doch der junge Abenteurersohn sah zu den Neuankömmlingen. »Leider nein.« Er seufzte. »Harold und ich beschatten den grimmigen Mister Gray jetzt schon seit Stunden, aber bislang hat er nichts Verdächtiges getan.«

»Außer grimmig zu sein«, sagte Harold, den Kopf noch immer im Nacken. »Und mit niemandem zu sprechen. Und ständig in irgendwelchen kleinen Zimmern und Nischen zu verschwinden, wenn jemand kommt.«

»Anders gesagt, tut er die ganze Zeit über also ganz viel Verdächtiges«, stellte Theo fest und sah Sebastian schmunzelnd an.

»So kann man das auch sehen«, stimmte Harold ihr zu. Er klang beinahe gelangweilt.

Sebastian riss der Geduldsfaden. »Sag mal, was *machst* du da eigentlich, hm?«, fuhr er seinen Sitznachbarn ein wenig zu schroff an. »Zählst du die Wolken, oder was?«

Nun senkte Harold den Kopf so weit, dass er Sebastian ansehen konnte. »Ich deduziere«, antwortete er.

Sebastian runzelte die Stirn. »Was?«, fragte er, irgendwo zwischen Lachen und Staunen.

»De-du-zie-ren«, wiederholte Harold geduldig. »Hast du gestern nicht zugehört? In der Baker Street? Mister Holmes hat es uns doch ganz genau erklärt: Ein guter Detektiv beobachtet und merkt sich alles, was er sieht und hört. Dann zieht er sich zurück und denkt darüber so lange nach, bis ihm etwas auffällt. Und dieses Nachdenken nennt man deduzieren.«

»Und das machst du gerade?«, fragte Sebastian trocken. »Du?«

Harold schob sich die kleine runde Brille den Nasenrücken hoch. »Einer von uns beiden muss es ja tun, oder?« Er grinste.

Sebastian schüttelte den Kopf und grinste ebenfalls. »Du bist mir ja einer ...«

»*Habt* ihr denn etwas bemerkt?«, hakte Lucius nach. »Das eben klang doch schon vielversprechend: Gray weicht anderen Menschen aus und versteckt sich in Nischen und Nebenzimmern.«

»Das wird sich zeigen«, antwortete Sebastian. »Wir müssen auf jeden Fall an ihm dranbleiben. So lange, bis er sich verrät. Vielleicht führt er uns ja sogar direkt zum Kristall-Ei, wenn wir nur lange genug warten.«

Lucius bezweifelte, dass es so einfach sein würde. Das waren Problemlösungen selten. Und viel Zeit blieb ihnen vermutlich ohnehin nicht. Wenn der diebische Gray den Goldenen Machtkristall tatsächlich einsetzte, um anderen Menschen seinen Willen aufzuzwingen ... Die Folgen mochten furchtbar sein!

»Und wie lange ist lange genug?«, fragte Theo gerade. Ihr schien es ebenfalls nicht schnell genug gehen zu können.

»Keine Ahnung.« Sebastian zuckte hilflos mit den Schultern. »Kommt drauf an. Zur Not bleibe ich auch bis spät in die Nacht.«

Harolds Augen wurden groß. »Ich aber nicht«, sagte er schnell. »Mein Vater hat gesagt, ich soll um sieben daheim sein. Wenn ich noch einmal zu spät bin, bekomme ich zwei Wochen Werkstattverbot!«

Lucius schmunzelte. Harold vergaß meist alles um sich herum, wenn er in seine Maschinen vertieft war. Hätte er James nicht, der ihn an alles erinnerte, vergäße er eines Tages vielleicht sogar das Atmen.

»Was habt ihr denn eigentlich herausgefunden?«, wandte sich Sebastian an Lucius und Theo.

Mit wenigen Worten beschrieb Lucius seinen zwei Freunden, was der Besuch bei Madame Piotrowska ergeben hatte.

»Wir müssen diesen Dieb unbedingt stoppen«, sagte Harold daraufhin entsetzt.

Sebastian nickte. »Koste es, was es wolle.«

»Und dauere es, solange es wolle.« Lucius stöhnte leise.

Mussten sie denn wirklich noch lange warten, bis der Hausmeister sich verriet? Konnten sie sich das überhaupt leisten?

Solange Gray nicht zum Goldenen Kristall geht, dachte er, *kann er ihn auch nicht benutzen, um anderen zu schaden. Richtig? Und wenn er zum Kristall geht, gehen wir ihm heimlich nach – und stoppen ihn!*

Die Erkenntnis beruhigte ihn ein wenig.

»Ich kann heute Abend auch nicht.« Theo seufzte. »Ich muss meinen Vater auf irgendeinen Armee-Empfang begleiten. Die sind schrecklich. Man muss langweilige Kleider tragen und stundenlang stillsitzen, während alte Leute einschläfernde Reden schwingen. Immer spielt irgendwer irgendwo Geige, und das Essen kommt in winzig kleinen Portionen und schmeckt wie Pappe.«

Sebastian sah Lucius an. »Wärst du dabei? Falls Mister Gray hier zur Nachtschicht wird?«

Lucius zögerte nicht. »Auf jeden Fall.«

»Ich dachte, Mrs Hudson lässt dich allein kaum vor die Haustür?«, wunderte sich Theo.

»Stimmt. Aber was sie nicht weiß, muss sie auch nicht kümmern, oder?«

»Lucius, Lucius«, murmelte Sebastian, und in seinen Augen funkelte es amüsiert. »Ich glaube, du alter Bühnenprofi hast einen schlechten Einfluss auf uns.«

»Einer muss es ja tun«, imitierte er Harolds Tonfall von eben. Dann prustete er los, und seine Freunde stimmten ein. Sie lachten noch, als die ersten Tropfen vom Himmel fielen.

Big Ben, die Glocke im großen Uhrturm unten am Fluss, schlug Viertel vor acht, als Lucius zum zweiten Mal an diesem Tag vor dem Museum eintraf. Schweigend stieg er aus der Mietdroschke, die sofort weiterfuhr, und schlug den Kragen seines dunklen Mantels hoch. Es war nasskalt geworden, und noch immer lag Nieselregen in der Luft. Die Bürgersteige waren mit Pfützen übersät, in denen sich der gelbliche Schein der Gaslaternen spiegelte. Am Horizont kämpfte ein Wetterleuchten ebenso tapfer wie vergeblich gegen die Dunkelheit, die sich unerbittlich über die Stadt legte. Dies war kein angenehmer Abend, so viel stand bereits fest.

Der Nachmittag hatte London ein gewaltiges Gewitter beschert, und man konnte es noch immer riechen. Die Straßen und Bürgersteige hatten sich schnell geleert. Die Menschen waren in ihre warmen Stuben geflüchtet. Nur vereinzelt hatte Lucius auf seiner kleinen Reise aus der Baker Street hierher noch Personen im Freien erblickt. Auch das, so hoffte er, kam seinem Vorhaben zugute.

»Sebastian?«, flüsterte er, als er um die Ecke des Museums bog und sich dem Kellereingang näherte. »Bist du hier irgendwo?«

Schweigen. Nur das platschende Geräusch seiner Schuhsohlen auf dem nassen Pflaster.

Erst jetzt, am Abend, fiel Lucius auf, wie stockfinster es hier auf der Rückseite des großen Gebäudes werden konnte. Keine fünf Schritte von der Ecke entfernt vermochte er schon kaum noch die Hand vor Augen zu sehen. Er tastete sich an der rauen Außenwand entlang und horchte in die Dunkelheit, die ihn umgab.

»Sebastian?«

Wieder keine Antwort. Dabei hatten sie sich doch genau hier verabredet! Den halben Nachmittag hatten sie noch zu viert vor und im Museum herumgelungert, hatten die einzelnen Säle und Flure des weitläufigen Gebäudes durchstreift und den mysteriösen Gray im Auge behalten. Dabei war auch Lucius nicht entgangen, wie seltsam sich dieser Mann verhielt. Wann immer er sich unbeobachtet fühlte, huschte er so schnell und unauffällig durch die Gänge des Museums wie eine graue Maus. Fühlte er aber anderer Leute Blicke auf sich – die der Besucher, die seiner Kollegen – verschwand er sofort irgendwo in den Schatten. Gray, so schien es, wollte nicht gesehen werden, wenn es sich vermeiden ließ. Nur: warum?

Weil er ein Geheimnis hat, ahnte Lucius. *Und ich glaube, ich weiß auch, welches.*

Vielleicht war Gray ja tatsächlich der Dieb. Vielleicht lag Harold mit seinen Einschätzungen am Morgen im Rabennest goldrichtig. Trotzdem: Überführen mussten sie Gray noch.

»Sebastian?«, flüsterte Lucius wieder. Dann stieß er mit dem Knie gegen das gusseiserne Geländer der Kellertreppe – das daraufhin einen leisen Gong erklingen ließ – und fluchte vor Schmerz.

»Ihr habt geläutet, Master?«, erklang eine tiefe Männerstimme ganz dicht an seinem rechten Ohr.

Lucius erschrak und wich zurück, die Hände zum Kampf erhoben.

Doch die Gestalt in den Schatten lachte. »Wenn du dich jetzt sehen könntest ... Echt zum Brüllen.«

Das klang ganz anders als vorher. Lucius kniff die Lider enger zusammen, spähte ins Dunkel. »Sebastian?«, fragte er vorsichtig.

»Mit wem hast du denn sonst gerechnet?«, fragte das Dunkel zurück – wieder mit der Stimme eines Jungen seines Alters. »Mit Königin Victoria? Die kommt erst zur Ausstellungseröffnung, sagt mein Vater.«

Ein kleines Petroleumfeuerzeug ging an. Lucius sah die kleine Flamme in der Luft schweben, und erst danach die Hand, die sie hielt. Die Hand hob das Feuerzeug aus echtem Sterlingsilber zu einem Gesicht. Tatsächlich: Es war der Sohn des weltberühmten Abenteurers. Aber was hatte er denn da auf den Augen?

»Bist du jetzt blind, oder was?«, fragte Lucius mit leichtem Groll. Sein Knie tat noch immer weh, und er nahm es Sebastian übel, dass er ihn erschreckt hatte.

»Im Gegenteil«, antwortete der blonde Junge. Er trat vor und legte Lucius die freie Hand auf die Schulter. »Das dort auf meiner Nase ist nichts Geringeres als die neueste Erfindung des großen Harold Cavor. Ein Gerät, mit dem man im Dunkeln besser sieht als andere Leute im Hellen.«

»Ernsthaft?« Lucius staunte. Das eigenartige Ding sah aus wie eine unförmig klobige Brille aus Metall, bei der man die

Gläser vergessen hatte. Statt ihrer prangten zwei Spiegelscheiben vor Sebastians Augen und verdeckten diese völlig. Lucius wollte nach ihr greifen, aber sein Freund wich zurück.

»Ah, ah, ah«, machte Sebastian und hob warnend den Finger. »Nichts da. Dieses Wunderwerk hat der weise Erfinder, der dich übrigens herzlich grüßen lässt, allein *mir* hinterlassen – dem Einzigen in unserer Bande, dem er die höchst schwierige Bedienung halbwegs zutraut. Und zwar zu Recht.«

»Mhm.« Lucius rollte mit den Augen. Seine Mundwinkel zuckten. »Ganz bestimmt. Hat er vielleicht auch ein Wunder für mich hiergelassen?«

Sebastian nickte feierlich. »Oh ja. Sogar ein ganz, ganz tolles.« Dann reichte er Lucius das flackernde Feuerzeug. »Gefällt's dir?«

Im ersten Moment wusste Lucius nicht, ob er lachen oder schimpfen sollte. Doch Sebastian nahm ihm die Entscheidung ab, als er lauthals losprustete. Lucius konnte nicht anders, als einzustimmen.

»In Ordnung.« Sebastian wurde wieder ernst. »Hier ist der Plan: Das Museum ist seit gut einer Stunde geschlossen. Ich habe gesehen, wie die Besucher und danach die Angestellten nach Hause gegangen sind. Nur Gray ist noch immer nicht aus dem Gebäude gekommen.«

»Weil er da drin heimlichen Geschäften nachgeht«, spekulierte Lucius.

»Wahrscheinlich«, stimmte sein Freund zu. »Also gehen wir zusammen rein und stellen ihn. Jetzt. Einverstanden?«

Lucius biss die Zähne zusammen und nickte. »Ich habe mich nicht extra aus der Baker Street geschlichen, um kurz vor dem Ziel zu kneifen.«

»Hört, hört.«

Sie schlichen die Treppe hinunter zur Kellertür. Sebastian öffnete sie mit dem versteckten Schlüssel und schloss von innen ab, kaum dass sie eingetreten waren.

Der Keller war genauso finster wie die Nacht jenseits der Museumsmauern. Ohne den Schein des Feuerzeugs hätte Lucius absolut nichts gesehen, und auch so hatte er ernste Schwierigkeiten. Mehrfach stieß er gegen herumstehende Holzkisten, als er und Sebastian sich durch die verlassenen Lagerräume und Werkstätten bewegten. Zu später Stunde und im Dunkeln wirkte der Keller ganz anders als am Tag. Und sie wagten es nicht, die elektrifizierten Lampen einzuschalten. Das hätte Gray ihre Anwesenheit verraten.

Es war unheimlich zu wissen, dass das ganze große Museum, in dem es noch vor wenigen Stunden nur so vor Besuchern gewimmelt hatte, nun menschenleer war – abgesehen von ihnen beiden und dem Verbrecher namens Gray. Erst am Morgen würden sich die großen Tore am Haupteingang wieder öffnen. Bis dahin waren das Haus und seine ungebetenen Gäste aus dem Rabennest auf sich allein gestellt.

Sollte es hier nicht Nachtwächter geben?, fragte sich Lucius. *Wo sind die bloß?*

Minuten wurden zu Ewigkeiten. Schweigend und vorsichtig zogen die beiden Jungs durch den weitläufigen Keller, schauten um Ecken und horchten an Türen. Weit und breit fanden sie keine Spur des Hausmeisters.

Bis das unheimliche Geräusch erklang.

Lucius hörte es und erstarrte. Dann blies er schnell seine Flamme aus. Bloß nicht auffallen! Kalte Schauer zogen seinen Rücken hinab, als er Sebastian am Arm packte. »Hörst du das?«, wisperte er dem Freund zu.

Sebastian blieb stehen und runzelte die Stirn. »Hm?«

»Da.« Lucius nickte nach links, von wo die ganz und gar eigenartigen Klänge kamen. Es waren dunkle, durchdringende und sehr fremde Töne. Mal lauter, dann wieder kaum wahrnehmbar. Fast wie das Brummen eines monströsen Insekts. »Sei ganz still und lausche.«

Der Sohn des großen Abenteurers tat, wie ihm geheißen. Dann nickte er. »Musik«, flüsterte er.

Nun war es an Lucius, ungläubig zu stutzen. »Das soll Musik sein?« Es klang, als würde der Teufel persönlich ein Lied singen.

Sebastians Kopf war ein Schemen in der Finsternis, und der Schemen nickte. »Kehlkopfgesang. Ich kenne ihn von unseren Reisen. In Asien gibt es Volksstämme, die sich sehr gut darauf verstehen.« Dann nahm Sebastian Lucius an der Hand und wandte sich nach links. »Komm. Ich gehe vor, sodass du dein Licht nicht brauchst. Irgendjemand muss diese Musik machen, und außer Gray sollte kein Mensch mehr hier sein.«

Sie sprachen kein weiteres Wort. Langsam und sehr wachsam schlichen sie den verlassenen Kellergang hinab, aus dem die fremdartigen Töne drangen. Mit jedem zurückgelegten Schritt wurden diese lauter, deutlicher. Das war gar kein Brummen, begriff Lucius, sondern tatsächlich sehr kehliger Gesang. Er kündete von Ferne und Exotik, von fremden Ländern und von Abenteuern. Und von Gefahren.

Allmählich wurde Lucius nervös. Er ballte die freie Hand zur Faust, atmete ganz flach. Jetzt bloß kein unnötiges Geräusch machen! Noch wusste Gray nicht, dass sie kamen.

Was machen wir eigentlich, wenn wir ihn finden? Mit einem Mal fiel ihm auf, dass ihr grandioser Plan eine schreckliche Schwachstelle besaß: Er hatte kein Ende. *Der gibt uns den Goldenen Machtkristall bestimmt nicht freiwillig, oder?*

Doch jetzt war es zu spät, zurückzugehen. Sie hatten ihr Ziel beinahe erreicht – und mit ihm hoffentlich die Antworten auf ihre vielen Fragen. Sebastian blieb vor einer schweren Tür stehen, die Lucius nur als Umriss erkannte. Der Teufelsgesang kam von direkt hinter ihr.

»Du kannst dir wieder Licht machen«, flüsterte Sebastian. »Wenn er dahinter ist, sieht Gray uns nicht.«

Lucius zögerte nicht lange. Im Schein des silbernen Petroleumfeuerzeugs konnte er die Tür genauer betrachten. Sie war aus rostigem Metall und sah aus wie die zu einem Verlies: schwere Scharniere, braune Flecken. Die Klinke war verbogen, und kurz oberhalb des Bodens wies die Tür mehrere Kratzspuren auf. Fast so, als habe irgendein Untier versucht, Einlass in das Zimmer jenseits der Schwelle zu erhalten. Ein haardünner Lichtstrahl fiel unter ihr hindurch.

Sebastian sah zu Lucius. Der nickte. Dann streckte Sebastian die Hand aus und berührte die Klinke.

Im selben Augenblick verstummte der Gesang!

In Momenten größter Angst ist nichts lauter als das Pochen des eigenen Herzens. Lucius Adler lernte dies, als Sebastian die rostige Tür öffnete. Die ganze Welt hielt plötzlich den Atem an, die Zeit schien stehen geblieben und nur noch für Sebastian und ihn zu existieren. Sein Mund wurde ganz trocken, seine Fingerkuppen kribbelten wie verrückt.

Und die rostigen Scharniere quietschten!

»Wer ist da?«, rief ein Mann von der anderen Seite der Schwelle. Die Stimme war zittrig, doch der Tonfall streng. »He! Na, wartet!«

Dann folgten polternde Schritte.

Sebastian wirbelte herum. Sein Gesicht war aschfahl geworden. »Lauf!«

Sie rannten los, blindlings und der Panik nahe. Zuerst den Weg zurück, den sie gekommen waren, dann um eine Ecke, um eine zweite. Die polternden Schritte folgten ihnen, wohin sie sich auch wandten. Ein einziges Mal wagte Lucius es, über die Schulter hinter sich zu blicken – und er bereute es sofort: Just am Rande des tanzenden Lichtkegels, den sein Feuerzeug erzeugte, eilte ihnen ein Mann hinterher. Es war Gray. Sein Gesicht war wutverzerrt, und in der hoch erhobenen Hand hielt er ein langes Messer. Die Klinge glänzte im Flammenschein.

Wieder eine Ecke. Lucius hatte längst die Orientierung verloren. Um Himmels willen, wo blieb nur der Ausgang? Dieser elende Keller war ja der reinste Irrgarten!

Lucius sprang über Kisten, wich sperrigen Sarkophagen aus – und rutschte auf einem Knäuel Baumwolle aus. Hart knallte er bäuchlings auf den schmutzigen Boden. Sein Feuerzeug ging aus. Jemand packte ihn, drehte ihn grob um. Dann schlug ihm Grays keuchender Atem ins Gesicht.

»Hab ich dich, Bürschchen«, sagte der Hausmeister streng. Einen Augenblick später schrie er auf. Klappernd fiel etwas zu Boden, das nur das Messer sein konnte.

Schnell stemmte sich Lucius auf die Beine. Er tastete nach der Waffe, fand aber nur das Feuerzeug und entzündete es neu.

Seine Augen wurden groß. Sebastian war Gray auf den krummen Buckel gesprungen und hieb mit beiden Fäusten auf den Hausmeister ein. Gray, der größer als der Junge war, wehrte sich nach Kräften, konnte in der Finsternis aber deutlich schlechter sehen als Sebastian. Er zeterte, wand sich, schlug hinter sich.

Und dann hörte er auf. Einfach so.

Oder ... nicht einfach so? *Er hat mich gesehen*, schoss es Lucius durch den Kopf. *Im Licht des Feuers. Mich und Sebastian.*

»Quatermain?«, fuhr der Hausmeister auf, doch es klang nun weit weniger bedrohlich. Eher verblüfft. »Allan Quatermains Sohn?«

»Ganz genau.« Keuchend kam Sebastian wieder auf den Boden. Er hielt die Fäuste angriffsbereit erhoben. »Geben Sie auf, Gray!«

»Junge, was in aller Welt willst *du* denn hier?« Gray starrte ihn an, als habe Sebastian den Verstand verloren. »Um diese Zeit? Ist dein Vater etwa auch da?« Dann sah er zu Lucius.

»Wir wissen, was Sie getan haben«, sagte der und hoffte, seine Stimme zittere weniger als seine Knie. »Es hat keinen Zweck, uns zu belügen.«

Gray hob die buschig weißen Augenbrauen. »Ihr wisst ... was?«

»Alles«, erwiderte Sebastian schnell. »Und wir sind gekommen, damit der Gerechtigkeit Genüge getan wird. Gestehen Sie, Gray. Ansonsten rufen wir Scotland Yard, verstanden?«

Der Hausmeister atmete tief aus. Seine knochigen Schultern sackten. »So musste es wohl irgendwann kommen«, murmelte er kopfschüttelnd. »Na gut, Jungs. Wenn ihr unbedingt wollt, dann folgt mir.«

Ohne auf eine Erwiderung zu warten, setzte er sich in Bewegung. Schlurfend und sichtlich niedergeschlagen schritt er durch den dunklen Keller, als kenne er den Weg im Schlaf. Lucius bückte sich noch schnell nach dem Messer, dann folgten er und Sebastian dem rätselhaften Mann in sicherer Entfernung.

Gray führte sie zurück zu der rostigen Stahltür. Dahinter befand sich ein kleiner, fensterloser Raum, der seine Wohnung sein musste. Staunend stand Lucius auf der Schwelle, sah auf eine schlichte Pritsche, einen blank gescheuerten Tisch mit einer kleinen Öllampe, zwei Regale. Aus der Zeitung herausgerissene Fotos prangten an den weiß verputzten Wänden. Sie zeigten Sandstrände und die Pyramiden, schneebedeckte Berggipfel und die endlos scheinende Weite irgendeiner Wüste.

Auf dem Tisch stand ein dampfbetriebenes Grammofon, ein klobiger Kasten voller Zahnräder und Ventile, von dem aus ein trichterförmiger Lautsprecher in die Höhe ragte. Dort musste der exotische Kehlkopfgesang hergekommen sein.

Gray mag fremde Länder, begriff Lucius. *Er lebt in einem Londoner Kellerloch und sehnt sich nach der Ferne. Irgendwie verständlich. Erst recht, da er in einem Museum arbeitet und den ganzen Tag auf Objekte aus anderen Gegenden der Welt schaut.*

»Entschuldigt bitte mein Verhalten von eben«, sagte der Hausmeister. »Ich wusste nicht, dass ihr Kinder seid. Ich hatte euch für Einbrecher gehalten. Seit dieser Sache mit Umbak dem Beherrscher sind wir hier alle ein wenig nervös.«

»Deswegen sind wir gekommen«, sagte Sebastian streng. Er zog die eigenartige Brille aus, denn in Grays Zimmer war es hell. Danach nickte er auffordernd. »Also? Wo ist es, Sir?«

»Es?« Der Mann runzelte die käsige Stirn. »Du meinst sie, oder? Hier unten.« Damit ging er in die Hocke und zog eine rechteckige, große Schachtel unter seiner Pritsche hervor. Die Schachtel war oben offen, und in ihr lagen die drei entzückendsten Katzenkinder, die Lucius je gesehen hatte. Ihr

Fell war schwarz-weiß, und ihre kleinen Augen funkelten im Schein der Öllampe.

»Die Museumsleitung erlaubt mir keine Haustiere«, gestand Gray. »Das sei nicht gut für die wertvollen Schätze, die hier unten lagern, sagt man mir. Aber schaut euch die drei doch an. Hätte ich die etwa ertrinken lassen sollen?«

Sebastian trat einen Schritt näher. »Ertrinken?«

»Na, in der Themse. Irgendein Unhold hat diese Kätzchen in einen Sack gesteckt und ins Wasser geworfen. Ich fischte sie gerade noch rechtzeitig heraus und brachte sie her. Eigentlich wollte ich sie nur behalten, bis sie wieder bei Kräften waren. Aber dann sind sie mir ans Herz gewachsen und ...« Gray verstummte. Trauer lag auf seinen Zügen. »Und jetzt seid ihr hier, um sie mir wegzunehmen.«

Der schüttelte überrascht den Kopf. »Was? Nein. Niemals! Wir ... Wir dachten, Sie ...«

Erkennen zeichnete sich auf Grays Miene ab. »Ihr dachtet, ich hätte die Statue zerstört und die Schmuckstücke gestohlen, die dein Vater mit aus Afrika gebracht hat? Herrje, Kinder, warum sollte ich das tun?«

Lucius schluckte. Er begriff nun, wie sehr sie sich in Gray geirrt hatten. Dieser Mann war kein Dieb. Der wusste noch viel weniger über das verschwundene Auge als sie selbst. Sein Geheimnis war ein ganz anderes: Es hatte zwölf Pfoten und maunzte leise.

»Wir haben uns geirrt«, sagte er schnell. »Bitte verzeihen Sie, Mister Gray.«

»Aber warum schleichen Sie auch die ganze Zeit so im Museum herum?«, wollte Sebastian wissen. »Was hatten Sie in der Halle mit den Fundstücken aus Kongarama zu suchen? Das mit den Ratten war doch eine Lüge.«

Gray sah zu Boden. »Ja, du hast recht. Es ging nicht um Ratten. Ich ... Nun ja, in dem Sack waren eigentlich vier kleine Katzen. Und eine besonders abenteuerlustige ist mir entschlüpft. Ich suche sie schon seit drei Tagen überall im Museum – heimlich, natürlich. Es darf ja keiner davon wissen. Aber ich fürchte, sie ist nach draußen in die Stadt gelaufen. Ich sehe sie wohl nie wieder.« Er schniefte und rieb sich über die Nase.

»Tut uns ehrlich leid«, sagte Lucius. »Das Missverständnis. Und dass Ihre Katze weggelaufen ist.«

»Ja«, meinte auch Sebastian. »Hoffentlich finden Sie sie wieder.«

»Danke«, sagte der Hausmeister rau. »Und entschuldigt, dass ich euch mit einem Messer gejagt habe. Ich dachte wirklich, es wären wieder Einbrecher gewesen.«

Sie reichten sich zum Abschied die Hand. Dann führte Gray, den sie für einen gewissenlosen Dieb gehalten hatten, sie sicheren Schrittes zurück zur Kellertür.

»Mann, wie peinlich«, murmelte Sebastian, kaum dass Lucius und er wieder im Freien und im Licht der Gaslaternen standen. »Der arme Gray. Wir hätten ihn viel genauer beobachten müssen. Dann wären wir gar nicht auf so dumme Ideen gekommen.«

»Wir *wollten* glauben, dass er der Dieb ist«, betonte Lucius. »So sehr, dass wir zu schnell und zu unüberlegt gehandelt haben. Das war unser Fehler. Lass ihn uns wiedergutmachen, indem wir Grays Geheimnis für uns behalten, einverstanden?«

Sein Freund nickte. »Und was jetzt? Diese heiße Spur war eine Sackgasse.«

Lucius schmunzelte leicht. »Aber wir haben noch andere«, wusste er. »Wie sagt Mister Holmes noch gleich? Wenn man alle Alternativen ausgeschlossen hat, muss das, was übrig bleibt, die einzig gültige Lösung sein.«

Sebastian sah ihn wissend an. »Hiddle?«, fragte er.

»Hiddle«, bestätigte Lucius.

KAPITEL 10:

Verirrt

In dieser Nacht träumte er wieder von seiner Mutter. Sie war in Sankt Petersburg, wo sie als Zauberin auftreten sollte. Doch sie hatte sich in den menschenleer scheinenden Straßen und Gassen der Stadt verlaufen. Inzwischen wurde es dunkel, und noch immer irrte sie umher, suchte vergebens nach dem Theater. Auch Lucius selbst tauchte in dem Traum auf, und im Traum kannte er den Weg, den seine Mutter nicht fand. Doch Irene Adler sah ihren Sohn nicht. Sie hörte es nicht, wenn er ihr die Richtung sagen wollte. Sie spürte ihn nicht, wenn er helfend nach ihrer Hand griff.

Hier lang, Mom, hörte der schlafende Lucius sein Traum-Ich sagen. *Du gehst in die falsche Richtung. Merkst du das nicht? Dein Publikum wartet am anderen Ende der Stadt.*

Aber Irene reagierte nicht. Für sie war er gar nicht da.

Anders als Hieronymus Hiddle. Irene ging gerade eine schmale, schäbig wirkende Gasse entlang – überall regenfeuchtes Kopfsteinpflaster, überall dämmrige Halbschatten –, da erschien plötzlich der rätselhafte Kunstsammler an deren Ende. Hiddle trug einen weiten, schwarzen Mantel und einen Zylinder.

Lucius erschrak. *Nein!* Er ahnte, was geschehen würde.

Trotzdem konnte er es kaum glauben, als sich die Ahnung bewahrheitete.

Hiddle stellte sich breitbeinig in Irenes Weg. Er lächelte ihr zu, sagte kein einziges Wort. Dann fuhr er mit der behandschuhten Rechten in die Manteltasche – ganz langsam.

Nein, wiederholte Lucius im Traum. *Bitte. Mom, wir müssen hier weg. Schnell!*

Doch seine Mutter nahm ihn noch immer nicht wahr. Stattdessen schien sie sogar froh über Hiddles Gesellschaft. Verzweifelt, aber vergebens zog Lucius an ihrer Hand. Dann sah er zu Hiddle.

Der Mann im langen Mantel schien sehr genau zu wissen, dass der Junge da war. Hiddle schmunzelte böse und schaute ihm in die Augen – herausfordernd, drohend. Seine Lippen bewegten sich. Erst nach einem kurzen Moment begriff Lucius, dass er – nur er! – ihn hören konnte.

»Halt mich doch auf«, neckte Hiddle den Jungen. »Beschütze sie. Oder kannst du das etwa nicht? Bist du vielleicht doch nur ein hilfloses kleines Kind, hm?«

Dann zog er die Hand aus der Manteltasche, hielt sie hoch in die Luft. Zwischen seinen Fingern prangte der gestohlene Machtkristall.

Nein!

Strahlen gingen von dem magischen Artefakt aus, genau wie auf der Steintafel im Britischen Museum. Gleißend hell rissen sie die dämmerdunkle Gasse aus ihren Schatten.

Und Irene ging geradewegs darauf zu.

Lucius stellte sich schützend vor seine Mutter. Er breitete die Arme aus, um sie zurückzuhalten, schloss die Augen vor dem immer greller werdenden Licht des bösen Zaubers.

Dann spürte er, wie Irene Adler einfach durch ihn hindurchging! Als wäre er Luft oder ein Geist, eine längst verblasste Erinnerung. Schritt für Schritt näherte sie sich dem Mann im Zylinder. Dem unheimlichen Kristall.

Lucius keuchte, riss entsetzt die Augen auf. Mit einem Mal spürte er, dass sie verloren hatten – dass er *sie* verlieren würde, jetzt und hier –, und die Erkenntnis schockierte ihn sehr. Das Letzte, was er sah, bevor das Licht des Machtkristalls die Traumwelt um ihn herum vollends auffraß, war seine Mutter – wie sie auf Hieronymus Hiddle zuhielt und im Feuer seiner gnadenlosen Magie verging.

Dann wachte er auf, schweißnass und schreiend.

»Geht es dir inzwischen besser?«, fragte Theo.

Es war Morgen geworden, und Lucius, der in der Nacht keinen Schlaf mehr gefunden hatte, saß im Rabennest, umgeben von seinen neuen Freunden. Die letzten Minuten hatte er damit verbracht, ihnen von seinem Albtraum zu berichten – und von seiner und Sebastians Begegnung mit Hausmeister Gray am Abend zuvor. Selbst Miss Sophie, so schien ihm, hatte während seiner Schilderung gespannt den Atem angehalten.

»Etwas besser«, antwortete er nun. »Ich bin hundemüde, und der Schreck sitzt mir noch immer in den Knochen. Aber ich weiß auch, dass wir heute endlich erfolgreich sein werden. Wir müssen es!«

Sebastian nickte. Er saß in einem der Polstersessel und spielte ungeduldig mit einem von Harolds seltsamen Werkzeugen herum. »Unbedingt. Wenn wir diesen Hiddle nicht aufhalten, tut es niemand. Und je länger wir damit warten ...«

»... desto größer ist die Gefahr, dass er den Kristall benutzt«, beendete Theo den Satz, als er nicht weitersprach. »An unschuldigen Menschen.« Sie schüttelte sich. Die Erinnerung an ihren Besuch im Museumskeller hing ihr sichtlich nach.

»Nur, wo finden wir den Kerl?« Harold klang missmutig. Der schmächtige Erfinder stand wieder an seiner Werkbank, auf der ein buntes Chaos aus Schrauben, Spulen, Drähten und anderen Gegenständen lag. Doch er sah besorgt zu seinen Freunden. »Kennt dein Vater seine Adresse, Sebastian?«

Es war James, der ihm antwortete. Bislang hatte sich der Automatenbutler im Hintergrund gehalten und ebenso stumm wie zufrieden die Fenster des Nests geputzt. Nun aber drehte er sich um. »Verzeihen Sie, Master Harold«, schaltete er sich in die Unterhaltung ein. »Dürfte ich eine Frage stellen?«

Während Sebastian erstaunt aufsah, nickte Harold. »Na klar, James.«

»Ich kam nicht umhin, ihr Gespräch mit anzuhören«, entschuldigte sich der Butler, und Lucius hörte es in seinem verbeulten Gehäuse rattern und zischen. »Sie meinen nicht zufällig Mister *Hieronymus* Hiddle, oder? Den Londoner Kunstsammler?«

»Na, da brat mir doch einer 'nen Storch«, murmelte Sebastian verblüfft.

Auch Lucius traute seinen Ohren kaum. James kannte ihren Verdächtigen? Ausgerechnet James?

Dann begriff er. *Natürlich!*

»Sie möchten einen gebratenen Storch?« Der Automat in Menschenform zuckte mit dem silbernen Kopf zurück. »Um zehn Uhr morgens? Hatten Sie kein ordentliches Frühstück im Hotel?«

Theo lachte auf. »Das mit dem Storch sagt man nur so, James«, erklärte sie dem staunenden Butler. »Eine Redewendung, verstehst du?«

»Warum kannst du dir die eigentlich nie merken?« Harold seufzte. Er trat zu ihm, beäugte ihn kritisch. »Deine Datenregistratur vergisst keine einzige sachliche Information, aber mit Sprichwörtern, Witzen und dergleichen stehst du nach wie vor auf dem Kriegsfuß.«

James senkte reumütig den metallenen Schädel. »Das bedaure ich, Sir.«

»Moment, Moment.« Lucius stand vom Sofa auf und hob abwehrend die Hände. Der unbeabsichtigte Themenwechsel missfiel ihm. »Habe ich das eben richtig gehört, James? Du *kennst* Mister Hiddle?«

»Ganz recht, Master Lucius«, antwortete Harolds Erfindung. »Sein Name ist mir vertraut.«

»Lass mich raten«, sagte Theo mit wissendem Lächeln. »Aus Mister Holmes' Archiv, richtig?«

»So ist es.« James ließ zwei zarte Dampfwölkchen der Begeisterung aus seinen Ohrtrichtern steigen. Es gefiel ihm sichtlich, die Stimmung der Kinder zu verbessern. »Wie Master Harold schon sagte, kann ich sehr viele Daten und Fakten beliebig lang in mir speichern, wenn ich sie sehe. Zum Beispiel die Adresse von Madame Piotrowska.«

»Oder die von Hieronymus Hiddle.« Sebastian grinste. »Harold, mein Bester, dein künstlicher Mann ist echt ein Meisterwerk. *Noch* besser als dein Feuerzeug.«

Trotz der angespannten Lage musste Lucius schmunzeln. Die Erinnerung an den gestrigen Abend im Museum war noch frisch.

Harold verstand aber natürlich nur Bahnhof und runzelte die Stirn. »Mein Feuer...?«

»Ist nicht wichtig«, unterbrach Lucius ihn schnell und winkte ab. »Zurück zu Hiddle, James. Wo wohnt er?«

»Das weiß ich nicht, Master Lucius«, antwortete der Automat.

Theo runzelte die Stirn. »Aber du hast doch eben gesagt, du kennst ihn aus Holmes' Unterlagen!«

»Korrekt, Lady Theodosia«, sagte James. »Allerdings nicht seine Adresse.«

»Sondern?«, fragte Sebastian skeptisch.

»Ich kenne seinen Aufenthaltsort, Master Sebastian. Und den Zeitpunkt seiner Rückkehr nach London.«

Nun verstand Lucius gar nichts mehr. Den anderen schien es genauso zu gehen. Fragend sahen sie einander an, dann wieder den Butler.

Harold fand als Erster die Sprache wieder. »Dann ist Hiddle im Moment gar nicht in der Stadt?«

»Ganz recht.« Gelenke quietschten, als James nickte. »In der Baker Street fand ich vorgestern unter anderem einen Polizeibericht, Master Harold. Laut diesem wird Mister Hieronymus Hiddle schon seit geraumer Zeit von Scotland Yard beobachtet. Man hält ihn für einen Hehler, wissen Sie?«

»Einen was?«, fragte Theo.

»Hehler«, antwortete Lucius. »Jemanden, der gestohlene Sachen verkauft. Zum Beispiel Kunstwerke. Weiter, James!«

»In dem Bericht standen eine Reihe Termine, die Mister Hiddle in den kommenden Wochen hat. Gestern Abend besuchte er laut Scotland Yard eine Versteigerung wertvoller Gemälde in Oxford«, fuhr der Automat fort. »Er wird für heute zurückerwartet. Sein Zug erreicht Paddington Station um vier Uhr.«

»Großartig!« Sebastian klatschte entschlossen in die Hände. »Das ist die Gelegenheit, Freunde: Wir gehen zum Bahnhof, passen Hiddle dort ab und heften uns einfach an seine Fersen. Diesem Snob werden wir in dem ganzen Menschengewühl sicher nicht auffallen.«

»Das glaube ich auch«, sagte Harold. »Er hat uns im Museum zwar schon gesehen, aber daran erinnert er sich bestimmt nicht.«

Lucius atmete tief durch. Die Anspannung der vergangenen Stunden schien sich endlich zu lösen. Sie hatten einen Plan! »Wunderbar. Und wo liegt dieses Paddington?« Er sah Theodosia an.

Das Mädchen schüttelte den Kopf. »Frag mich nicht, ich stamme genauso wenig von hier wie du.«

»Aber du und der Bahnhof müsst verwandt sein«, neckte Sebastian sie. »Immerhin habt ihr denselben Namen.«

»Reiner Zufall«, schnaubte sie, schmunzelte aber.

»Hast du gestern nicht aufgepasst?«, fragte Lucius schelmisch. »Es gibt keine Zufälle, Theo. Sondern nur Magie und Vorahnungen!«

Sie warf ihm ein Sofakissen an den Kopf.

Die Reise nach Oxford schien Hieronymus Hiddles Laune nicht gerade verbessert zu haben. Denn als der hochgewachsene Kunstsammler aus dem noch laut zischenden Vier-Uhr-Zug stieg, der soeben in Paddington gehalten hatte, war seine Miene so finster wie damals im Museum.

»Sieht aus, als hätte er bei der Auktion verloren«, murmelte Sebastian. Er lächelte grimmig. »Geschieht ihm recht.«

Die vier Freunde saßen nebeneinander auf einer Bank, direkt an Hiddles Gleis. Sie hatten kurz überlegt, sich zu verstecken, wenn der Zug einfuhr. Doch an dem Bahnhof herrschte so ein Betrieb, dass es wohl keinen Unterschied machte, wo sie auf den Sammler warteten.

Überall eilten Menschen von rechts nach links und von

links nach rechts. Lucius sah dunkle Regenschirme, gezwirbelte Schnauzbärte unter grauen Melonen, Frauen mit bauchigen Röcken. Nahe der Fahrkartenschalter polierten drei Automatenmänner, die im Vergleich zu James so schlicht wirkten wie Papierflieger neben einem Luftschiff, die Schuhe ihrer Kunden. Hier und da huschten Zeitungsjungen durch die Menge der Reisenden und verkauften ihre Waren. Arbeiter zogen Pumpenwagen zu den Zügen, befüllten sie mit frischem Wasser. Andere überprüften die prächtigen Lokomotiven und suchten nach technischen Mängeln, die behoben werden mussten, bevor die Loks weiterfahren durften.

Lucius war zufrieden. Hiddle würde sie in diesem Durcheinander nur bemerken, wenn er gezielt zu ihnen sah oder sie sich ihm in den Weg stellten – und das hatten die Freunde nicht vor.

Tatsächlich schaute der Gesuchte kaum mal zur Seite, als er nun schnellen Schrittes gen Bahnhofshalle zog. Zwei Träger in Pagenuniform folgten ihm. Sie schleppten sein Gepäck, zu dem – trotz Sebastians Schadenfreude – auch zwei in braunes Packpapier eingeschlagene Objekte gehörten, die nur gerahmte Bilder sein konnten.

»Also los«, sagte Theo. Sie sprang von der Bank, und ihre Freunde taten es ihr gleich. Gemeinsam folgten sie den Trägern.

Der Bahnhof Paddington lag im vergleichsweise wenig turbulenten Westen des Stadtteils Westminster. Er war bereits an die fünfzig Jahre alt und wuchs jährlich weiter. Während sich in den Straßen rings um Paddington viele noble Hotels wie das *Great Western* ansiedelten, um mit den Reisenden ihr Geld zu verdienen, blieb das weitläufige Bahnhofsgelände einzelnen Händlern und ihren Ständen vorbehalten.

Lucius staunte nicht schlecht, als er die große Bahnhofshalle betrat – obwohl er vor einer knappen Stunde erst durch sie hergekommen war. Sie war aber auch wirklich prachtvoll. Es gab kleine Buden, an denen man Obst und belegte Brote kaufen konnte. Einen Wartesaal für Reisende erster Klasse. Einen gläsernen Schaukasten mit Modellen der beliebtesten Londoner Sehenswürdigkeiten. Wichtig aussehende Angestellte der Bahn, allesamt Männer in dunklen Anzügen und mit schicken Mützen auf dem Kopf, schlenderten zwischen den Menschen und Buden umher wie Polizisten auf Streife und passten auf.

Die halten bestimmt nach Taschendieben Ausschau, dachte Lucius. Prompt erinnerte er sich an diese eine Nacht mit seiner Mutter auf dem Markt von Schanghai, wo er kurzzeitig für einen Dieb gehalten und beinahe verhaftet worden war. Lag das wirklich schon zwei Jahre zurück?

Schnell verdrängte er die Erinnerung an seine Mutter, die mit den Bildern aus Schanghai über ihn gekommen war. Dies war nicht der richtige Zeitpunkt für Heimweh. Hier ging es um wichtigere Dinge.

Und Mister Hiddles Geldbörse schien auch nicht in Gefahr zu sein. Der Mann bewegte sich schnurstracks zum Ausgang, und trotz des emsigen Treibens ringsherum konnte Lucius das Klackern seines Spazierstocks auf den marmornen Bodenfliesen hören.

Im Freien angekommen, winkte sich Hiddle eine Dampfdroschke herbei.

»Oh nein«, flüsterte Theo, als sie es sah. »Er fährt uns weg.«

»Keine Sorge«, sagte Lucius. »Da kommt schon die nächste.«

Tatsächlich war Hiddles Gepäck noch nicht zur Hälfte verstaut, als bereits eine weitere Mietdroschke am Straßenrand vor dem Bahnhof zum Halten kam, knapp ein halbes Dutzend Schritte von dem Sammler entfernt. Harold zögerte nicht. Er zog eine kleine silberne Münze aus den Untiefen seines Überlebensrucksacks, trat damit zum Fahrer der zweiten Droschke und flüsterte ihm etwas ins Ohr.

Der Fahrer war ein stämmiger Bursche, der sich Bill nannte und kein Haar auf dem kahlen Schädel hatte. Erstaunt sah er zu Hiddle und seinen Trägern, nickte dann aber und nahm das Geld.

Harold kehrte zu den anderen zurück. »Schnell. Er fährt los, sobald Hiddle startet. Wir brauchen nur einzusteigen. Er sagt, der Shilling reicht bis nach Limehouse.«

Das war ein Ortsteil der großen Themsenstadt, so viel wusste selbst Lucius. Er lag ziemlich weit im Osten. Also würde Harolds Taschengeld hoffentlich für die Verfolgung des Sammlers genügen.

Im Nu hatten die Freunde die zweite Droschke bestiegen. Harold lehnte sich auf der gepolsterten Sitzbank zurück. Sebastian und Lucius steckten die Köpfe aus den Türfenstern und sahen zu dem vorderen Gefährt.

»Die sind fast fertig«, meldete Sebastian leise. »Gleich geht's los.«

Keine fünf Atemzüge später setzte sich ihre gemietete Droschke in Bewegung und folgte Hiddle in unauffälligem Abstand. Lucius sah interessiert zu den Gebäuden, an denen ihr Weg sie vorbeiführte. Diese Gegend Londons war ihm, der kaum mal aus der Baker Street und dem Rabennest hinauskam, vollkommen neu. Und je mehr er von ihr sah, desto mehr staunte er über ihre von der Abendsonne beschienenen Hausfassaden, ihre Brunnen und Parks, ihre Statuen und Säulen. Oder lag es an der Gesellschaft seiner Freunde und ihrem gemeinsamen Abenteuer, dass ihm die Stadt weit weniger hässlich vorkam als bei seiner Ankunft?

Hässlich wurde sie allerdings in der Gegend, in die Hiddle offensichtlich wollte. Etwa eine Dreiviertelstunde, nachdem ihre Verfolgungsjagd begonnen hatte, ließen die Freunde den Londoner Stadtkern hinter sich. Die prächtigen Fassaden wichen zunehmend schäbig-schmutzigen Mauern, und Schlaglöcher häuften sich auf den schmalen Wegen. Unrat türmte sich an Häuserwänden. Heruntergekommen wirkende Männer standen an den Ecken, die breiten Hände in den Hosentaschen. Sie sahen den Droschken nach und rauchten. Die Luft stank nach Bratenfett, Schweiß und verlorener Hoffnung.

»Wo in aller Welt sind wir hier?«, fragte Theo und rümpfte die Nase.

»Und was hat Hiddle da verloren?«, wollte Sebastian wissen.

Harold schob den Abenteurersohn vom rechteckigen Fenster in der Kabinentür weg und sah zum Fahrer ihrer Droschke hinauf. »Bill?«

»Das is Whitechapel, Jungchen«, antwortete der. Lucius sah ihn im hohen Bogen ausspucken. »Kein Ort für Kinner, wenn de mich frags. Un auch keiner für so'n feinen Pinkel, wie den, hinner dem ihr her seid. Hier treim sich gern mal Ganoven rum, verstehste? Un Saufbolde un leichte Mädchen.«

Trotz seines schweren Dialekts verstand Lucius ihn gut – und er begriff sofort. »Freunde, wir fallen hier auf!«, warnte er die anderen.

»Wieso?«, wollte Theo wissen.

Lucius sah sie vielsagend an. »Zwei Mietdroschken dicht hintereinander, hier draußen in dieser schlechten Gegend?«

Dr. Watson hatte dem Jungen von Whitechapel erzählt – und von den Unmengen an bettelarmen Einwanderern, die aus aller Herren Länder hierherzogen, weil sie sich in London eine bessere Zukunft erhofften. Die wenigsten fanden sie. In den letzten Jahren, so meinte der Doktor, habe sich Whitechapel zum ärmsten Viertel der ganzen Stadt entwickelt. Reich war die Gegend nur an Verbrechen und gescheiterten Träumen.

»Außerdem«, fuhr Lucius fort, »sitzen in unserer Droschke vier Kinder – und das ohne eine Nanny oder einen Lehrer! Mister Hiddle *muss* das verdächtig finden.«

Sebastian nickte. »Sehe ich ähnlich. Wir sollten schnell anhalten und zu Fuß weiterziehen. Untertauchen, versteht ihr? Sonst laufen wir Gefahr, uns zu verraten. Erinnert ihr euch, was Mister Holmes gesagt hat? Ein guter Detektiv bleibt stets unsichtbar.«

»Aber wenn wir hier aussteigen, fährt Hiddle uns vor der Nase weg«, sagte Theo. »Und bevor wir eine neue Droschke finden, die uns heimbringt, haben uns die Ganoven, die Bill meint, längst ausgeraubt.«

Harold umfasste den Rucksack auf seinem Schoß fester. Dann schluckte er hörbar.

Lucius sah wieder aus dem Fenster. Plötzlich lächelte er. »So weit kommt es nicht.«

Sebastian drängte sich neben ihn und sah es auch. »Na, wunderbar«, murmelte er zufrieden. »Bill, wir können anhalten.«

Sofort bremste der Fahrer die Droschke. Sie kam an einem schmutzigen Bordstein zum Stehen. Nur eine Straßenecke und keine zehn Schritte von Hiddles eigenem Gefährt entfernt, das ebenfalls angehalten hatte.

Lucius schaute sich kurz um, anschließend stieg er aus. Er ging zu der Straßenecke und lugte vorsichtig hinüber. Danach winkte er seinen Freunden, ihm zu folgen.

»Was ist denn?«, fragte Harold, als sie zu ihm aufschlossen. Sebastian dankte derweil noch dem Kutscher, der brummelnd weiterzog – ohne sie. »Siehst du Hiddle?«

Lucius schüttelte den Kopf. »Nicht mehr«, antwortete er,

just als die gemietete Droschke des Kunstsammlers ohne diesen an ihnen vorbeifuhr. »Er ist in ein Haus gegangen, gleich da vorn.«

»Allein?«, wunderte sich Theo. »Denn wenn ich mich nicht arg täusche, sitzen seine Gepäckträger noch immer in der Droschke. Und seine Koffer sind nach wie vor auf dem Dach verstaut.«

»Ganz genau«, sagte Lucius. »Hiddle hat sich hier absetzen lassen, seine Begleiter und seine Siebensachen aber nach Hause geschickt. Was immer er in Whitechapel vorhat, er will keine Zeugen dabei haben.«

»Pech für ihn«, sagte Sebastian. »Und höchst verdächtig, wenn ihr mich fragt.«

Harold sah um die Ecke. »Ob er den Kristall in diesem Haus versteckt?«

»Darauf würde ich wetten«, antwortete Lucius.

Schweigend zogen sie los, mischten sich unter die Bewohner Whitechapels. Sie hielten sich dicht an den Häuserwänden und die Blicke gesenkt. Niemand sprach sie an. Nach wenigen Schritten standen sie vor der Haustür, hinter der Hieronymus Hiddle verschwunden war.

»Hübsch hässlich haben die's hier«, murmelte Harold mit merklichem Unbehagen in der Stimme.

Lucius konnte ihm nicht widersprechen. Das Haus war etwa so breit wie das von Sherlock Holmes. Es hatte aber nur zwei Stockwerke und sah unbewohnt und abbruchreif aus. Lange Risse zogen sich durch die gemauerten, schmutzbeschmierten Außenwände. Einige Fenster waren mit Brettern vernagelt, andere wirkten auf den Jungen wie pechschwarze, blinde Augen. Mit einem Mal musste er an die unheimlich leere Stadt aus seinem Traum denken.

»Gehen wir rein?«, fragte Sebastian, die Hand bereits an der Türklinke.

»Aber bitte leise und vorsichtig«, sagte Theo. Also schien sie keine Gefahr zu erahnen. Zumindest *noch* nicht.

Die Tür war unverschlossen. Die Kinder traten über die Schwelle. Fingerdicker Staub und Dunkelheit erwarteten sie. Lucius entzündete das Petroleumfeuerzeug, das er von gestern noch immer bei sich trug, und sie sahen krumme Bodendielen, abblätternde Tapeten – und eine schmale Treppe am Ende des Korridors.

»He, das ist doch meins«, bemerkte Harold leise und deutete auf das Feuerzeug.

»Kriegst es später wieder«, erwiderte Lucius flüsternd.

Langsam schlichen sie zu der Treppe, bis sie einen Blick hinauf werfen konnten. In der ersten Etage flackerte Licht, der Schein einer Öllampe. Außerdem drangen leise Stimmen von dort oben herunter.

Sofort löschte Lucius das Feuerzeug. Sebastian setzte vorsichtig einen Fuß auf die Treppe, dann einen zweiten. Die Stufen knarrten nicht. Langsam stiegen die Freunde nach oben. Lucius' Herz klopfte so laut wie seit seiner Flucht aus Paris nicht mehr.

Nach zwei Dritteln des Weges hielten sie an. Höher trauten

sie sich nicht, denn die Stimmen waren nun sehr, sehr gut zu verstehen. Die Freunde hielten den Atem an und lauschten.

»Ich kapiere wirklich nicht, warum wir uns ausgerechnet in diesem Loch treffen müssen«, sagte die erste ungehalten.

Lucius stutzte. Das war nicht Hiddle, aber trotzdem kam ihm die Stimme bekannt vor!

Die zweite lachte. »Glauben Sie etwa, ich will mit Ihnen gesehen werden? Mit jemand so erbärmlichem wie Ihnen? Ich gelte als Ehrenmann, vergessen Sie das nicht! Außerdem gibt es Menschen da draußen, mein lieber Freund, die nähmen mir unser kleines Geschäft sehr übel, wissen Sie? Menschen, die es Verbrechen nennen würden. Und zu denen halte ich lieber Abstand. Sie nicht?«

Das war Hiddle. Gar kein Zweifel. Aber mit wem sprach er da? Und worüber?

»Geschäft?«, wiederholte der erste Mann und schnaubte. »Erpressung ist das passendere Wort, Hiddle! Sie sind ein mieser kleiner ...«

»Na, na, na«, warnte der Kunstsammler. »Reißen Sie sich zusammen, Mister Granger. Vergessen Sie nicht, wer hier das Sagen hat. Sie sind es nämlich nicht.«

Granger? Lucius stand vor Verblüffung der Mund offen. Fassungslos sah der Junge zu Sebastian, der im Halbdunkel grimmig nickte.

Das ist Allan Quatermains Assistent!, erkannte Lucius. *Der uns bei unserem ersten Besuch aus dem Keller des Museums gescheucht hat.*

Was wollte der denn hier? Und was hatte er mit dem Kristalldieb Hieronymus Hiddle zu schaffen? Hatte Granger diesem Hiddle vielleicht verraten, was sich in Umbaks Schädel befand? Falls ja, trug er die Schuld an dem Diebstahl.

»Also, Mister Granger«, fuhr Hiddle fort, »haben Sie mitgebracht, worum ich Sie bat?«

»Was, wenn nicht?«, erwiderte der Angesprochene schroff.

Hiddle seufzte. »War ich etwa nicht deutlich genug? Falls Sie mir nicht gehorchen und mir die Fundstücke aushändigen, dann lasse ich Sie auffliegen. Dann erfahren Ihr Boss Quatermain und die ganze weite Welt, was für ein erbärmlicher Wicht Sie sind. Dann steht morgen groß in der *Times*, dass Sie keine Moral besitzen, Granger, keinen Funken Anstand im Leib haben.« Er machte eine kleine Pause. »Ich dachte, das hätten inzwischen sogar Sie begriffen.«

Granger ächzte. Schuhsohlen quietschten unruhig auf den Dielen. Dann hörte Lucius ihn tief ausatmen. »Also gut. Ich geben Ihnen zwei Stücke. Als Bezahlung für Ihr Schweigen, Hiddle. Einverstanden? Kein einziges mehr.«

Der Sammler schnalzte beleidigt mit der Zunge. »Ts, ts, ts. Sie sind tatsächlich kein schneller Denker, fürchte ich. Fünf! So lautete mein Angebot, und ich wüsste nicht, weshalb ich es ändern sollte. Fünf Fundstücke, und Sie sehen mich nie wieder. Außerdem scheinen Sie zu vergessen, dass ich kein Gauner wie Sie bin, Granger. Ich will Ihre Schätze nicht umsonst haben. Ich bezahle Ihnen den vollen Preis, wie ich ihn auch Mister Quatermain angeboten hatte.« Wieder eine Pause. »Ich will mich nicht ungerecht bereichern. Ich bin ein Händler, kein Dieb. Ich ... Na ja, ich weiß einfach nur meine Gelegenheiten zu nutzen.« Dann lachte er leise. Er klang sehr mit sich zufrieden.

Lucius staunte immer mehr. Kein Dieb? Aber Hiddle hatte doch den Kristall gestohlen, oder etwa nicht? Andererseits klang dieses Treffen nicht so, als ginge es um den Goldenen Machtkristall. Es hörte sich eher so an, als würde Hiddle Granger erpressen. Er musste irgendetwas über diesen herausgefunden haben, das niemand wissen durfte. Und nun wollte er von Granger haben, was Sebastians Vater ihm verwehrt hatte: Schätze aus Kongarama für seine Sammlung.

»Na los«, forderte Hiddle seinen Begleiter auf. »Packen Sie die Sachen schon aus. Ich will sehen, was Sie mir mitgebracht haben. Vorher lasse ich Sie hier nicht weg.«

Stoff raschelte. Granger schien eine Art Beutel zu öffnen.

»Ja, tief reingreifen.« Hiddle lachte erneut.

Dann wurde alles anders – fürchterlich anders. »He!«, rief Hiddle drohend. »Was soll das denn werden? Kommen Sie mir bloß nicht komisch.« Im nächsten Augenblick erfüllte unvermittelt ein grelles, unwirkliches Licht den Bereich oberhalb der Treppe! Jemand stöhnte auf, als ein weißgoldener Glanz erstrahlte, der in jede Mauerritze, jedes Astloch zu dringen schien, erbarmungslos und unaufhaltsam.

Lucius wurde schwindelig. *Der Machtkristall*, schoss es ihm durch den Kopf. *Das muss das magische Ei aus Umbaks Schädel sein. Hiddle wendet es auf Granger an!*

Bevor er richtig begriff, was er tat, stand er schon auf den Zehenspitzen. Neugierig, aber auch vorsichtig lugte er über die oberste Stufe hinweg. *Nur einen winzigen Blick*, dachte er. *Ich will es ein einziges Mal sehen, dann ...*

Der Anblick jagte ihm eiskalte Schauer über den Rücken. Die zwei Männer standen sich auf dem Flur des Obergeschosses gegenüber und sahen sich an – reglos. Doch es war nicht Hiddle, der das leuchtend helle Kristall-Ei in der erhobenen Hand hielt, sondern Granger!

»Ich habe genug von Ihrem Geschwätz!«, verkündete der vierschrötige Assistent des großen Allan Quatermain. »Sie glauben, Sie könnten mir gefährlich werden? Sie glauben, ich hätte Angst vor Ihnen? Sie haben ja keine Ahnung!«

Hiddles Blick ging ins Leere. Er schwankte wie ein Baum im Wind, und sein Gesicht war aschfahl. »Ich habe keine Ahnung«, murmelte er. Es klang, als spräche er im Schlaf. Genauso hatte Theo geklungen, vorgestern bei Madame Piotrowska!

»Ich befehle Ihnen, mich sofort zu vergessen«, sagte Granger und hielt Hiddle das gleißende Kristall-Ei entgegen. »Wenn ich Sie aus dem magischen Bann entlasse, erinnern Sie sich nicht länger an mich und mein Geheimnis.«

»Ich erinnere mich nicht mehr«, wiederholte der willenlose Kunstsammler.

Theo griff nach Lucius' Hand. Hinter sich hörte der Junge, wie Harold leise keuchte. Doch er rührte sich nicht, konnte einfach nicht wegsehen.

»Sie sind ein Wurm, nichts weiter«, sagte Granger. »Und Sie werden mich nie wieder aufsuchen. Nicht in London, und auch nirgendwo sonst.«

Hiddle atmete aus. »Nirgendwo sonst.«

Plötzlich war Sebastians Gesicht ganz dicht an Lucius' Ohr. »Lass uns abhauen«, flüsterte der Sohn des Abenteurers. »Schnell.«

Lucius nickte. Er ließ den Kopf wieder sinken, nahm Theos Hand, drehte sich vorsichtig auf der Treppe um ... und hörte einen Knall. Harolds Feuerzeug war aus seiner Jackentasche gefallen und auf der Stufe gelandet!

Sofort erlosch das unheimliche Kristalllicht. »Wer ist da?«, rief Granger. »He!«

Im ersten Moment war Lucius starr vor Schreck. Ungläubig sah er Theo an, die kreidebleich geworden war. Dann drehte er den Kopf, sah in die Richtung, in die auch sie blickte.

Mister Granger stand auf der obersten Treppenstufe, keine zwei Armlängen von den Kindern entfernt. Sein Gesicht war wutverzerrt, und in der Hand hielt er noch immer den Goldenen Machtkristall. »Keinen Schritt weiter, ihr Bälger«, zischte er.

Sebastian zögerte nicht. »Lauft!«, schrie er, und dann polterten die vier Freunde panisch die Stufen hinunter, dem Erdgeschoss und der Tür entgegen.

KAPITEL 11:

In der Falle

Lucius rannte, so schnell ihn seine Beine trugen. Die Treppe hinunter, zur Tür des baufälligen Hauses hinaus und dann die schmutzige Straße entlang, durch die sie gekommen waren. Sebastian war direkt vor ihm. Der Junge, der in Afrika vor wilden Tieren und wilden Menschen hatte wegrennen müssen, war noch flinker als Lucius. Harold und Theo folgten ihnen auf dem Fuß. Auch ihnen verlieh die Angst ungeahnte Kräfte.

Granger blieb dicht an ihren Fersen. Seine schweren Schritte klatschten auf das nasse, von Schlamm und Abfällen bedeckte Kopfsteinpflaster der Straße. Er mochte schwerfällig sein, aber für jeden Schritt, den er machte, musste Lucius zwei machen. »Ich krieg euch, ihr Bälger!«, brüllte Allan Quatermains Assistent ihnen nach. »Und dann setzt es was!«

Keiner der Freunde hatte den Atem, um etwas zu erwidern.

Lucius rannte um die nächste Ecke und prallte mit Sebastian zusammen, der unvermittelt stehen geblieben war, weil von links eine schnaufende und stampfende Dampfdroschke heranbrauste. Der Kutscher betätigte seine quäkende Hupe und schrie eine Warnung, bevor das Gefährt vorbeirauschte.

»Weiter«, drängte sein Freund und zog Lucius am Arm.

Der warf einen raschen Blick über die Schulter. Theo und Harold hielten noch mit. Granger leider auch.

Dieser Teil von Whitechapel war belebter. Pferdekutschen und Dampfdroschken fuhren in der Mitte der Straße, gelegentlich ausgebremst durch einen Arbeiter mit einem Handkarren, der am Straßenrand entlangtrottete. Auf den schmalen, schmutzigen Gehsteigen waren Männer und Frauen in zerschlissener Kleidung nach der Arbeit auf dem Nachhauseweg, oder sie standen herum und unterhielten sich. Einige der Frauen waren grell geschminkt, als wollten sie die Aufmerksamkeit ihrer Umgebung erregen.

Auch ein paar Automatenmenschen waren unter den Passanten, aber es handelte sich um heruntergekommene, verrostete Maschinen, gegen die sogar James, der bekanntlich aus allen Schweißnähten dampfte, neuwertig aussah.

Das Durcheinander auf der Straße verlangsamte Lucius und seine Freunde etwas. Immer wieder waren sie gezwungen, Haken zu schlagen und sich an anderen Menschen vorbeizudrängeln. »Entschuldigung!«, rief Lucius, als er eine der höchst auffälligen Damen fast über den Haufen rannte. »Vorsicht!«, warnte er einen eisengrauen Automaten, der eine Karre voll Schrott hinter sich herzog. Der Maschinenmann blieb erschrocken stehen, und eine schwarze Verpuffung knallte aus seinem schornsteinartigen Rohr, das ihm über die Schulter ragte. Er hob eine metallene Faust und schimpfte etwas, das Lucius nicht verstand. Es klang, als spräche der Automat Russisch.

»Da vorne steht eine freie Mietdroschke.« Sebastian deutete auf ein Gefährt an der nächsten Straßenkreuzung. »Versuchen wir, damit abzuhauen.«

In diesem Augenblick schrie Theodosia hinter ihnen auf. Lucius durchfuhr es wie ein Blitz. Er blieb stehen und wirbelte herum. Sebastian tat es ihm gleich. Zu seinem Entsetzen sahen sie, dass Granger das Mädchen eingeholt und an der Schulter gepackt hatte. In ihren fließenden indischen Gewändern hatte sie mit den Jungs nicht mithalten können. »Theo!«, schrie Lucius, während Harold schlidderend neben ihnen zum Stehen kam und sich ebenfalls umwandte.

Doch bevor auch nur einer der drei ihr zu Hilfe eilen konnte, tat Theo etwas Unerwartetes. Blitzschnell zog sie eine schlanke Haarnadel aus ihrer Steckfrisur und rammte sie ihrem Häscher in die fleischige Hand. Granger brüllte vor Schreck und Schmerz und ließ seine Gefangene los.

Sofort nahm Theo wieder die Beine in die Hand. Lose Strähnen ihres schwarzen Haars wehten hinter ihr her, als sie ihren Freunden entgegeneilte.

»Verflixte Göre!«, schrie Granger, als er die Haarnadel aus seiner blutenden Hand zog. »Wenn ich dich erwische ...«

Ein sehniger Mann in einer braunen Jacke trat auf ihn zu. Der Fremde schob seine Schiebermütze in den Nacken, deutete auf die Kinder und brummte etwas Leises. Auf seiner Miene lag ein warnender Ausdruck.

Granger schnaubte nur und rammte ihm die Faust ins Gesicht. Der Mann fiel um, als habe ihn der Blitz getroffen.

»Gut gemeint, aber dumme Idee«, bemerkte Sebastian, als sie sich abwandten, um ihre Flucht fortzusetzen. »Wenn Granger in dieser Stimmung ist, stellt man sich ihm besser nicht in den Weg.«

Keuchend rannten sie weiter. Sie hatten die Dampfdroschke beinahe erreicht, als ein Mann aus einem nahen Geschäft kam und dem Kutscher winkte. »Nein!«, rief Harold hinter Lucius verzweifelt. »Das ist unsere Droschke!«

Aber der Mann warf ihnen nur einen abschätzigen Blick zu, bevor er dem Kutscher zunickte und in die Kabine stieg.

»Nein!«, schrie auch Lucius – erfolglos.

Mit einem Knall setzte sich das Fahrzeug in Bewegung.

Sie stürmten um die nächste Ecke. Lucius' Herz pochte so heftig, als wolle es ihm aus der Brust springen. Hinter ihm schnaufte Harold wie eine beschädigte Dampfmaschine. Kein Wunder! Der schmächtige Junge saß nicht nur die meiste Zeit zu Hause vor seinen Erfindungen, sondern musste obendrein den schweren Überlebensrucksack tragen, den er immer dabeihatte.

»Die Kutsche dort!«, rief Sebastian, der ihnen erneut vorauslief, und deutete auf eine Lastkutsche, die von zwei Pferden gezogen wurde. Die Ladefläche war weitgehend leer, und statt eines menschlichen Kutschers saß ein spindeldürrer Automat auf dem Kutschbock, der stur geradeaus blickte. »Wir springen auf und fliehen damit«, fuhr der blonde Junge fort.

»Alles klar«, bestätigte Lucius. Er sprang über eine am Boden liegende Apfelkiste, wich einem alten Mann mit einem glänzenden Metallbein aus, der ihm entgegenhumpelte, und rannte dann hinter Sebastian auf die Straße.

»Was macht ihr da?«, schrie Harold ihnen kurzatmig nach. Er hatte Sebastians Plan offenbar nicht mitbekommen.

»Folge uns einfach«, rief Lucius, ohne sich umzudrehen.

Die Lastkutsche ratterte vorbei. Auf der Ladefläche lagen bloß ein paar Seile und zwei große Planen, mit denen vermutlich Waren abgedeckt und gesichert wurden. Sebastian beschleunigte noch einmal. Er bekam die Ladefläche zu packen und sprang mit einem kräftigen Satz auf. Dann winkte er den anderen auffordernd zu, es ihm nachzumachen.

Kinderspiel, dachte Lucius trocken. Noch einmal holte er alles aus sich heraus, dann stieß er sich ab und schoss der Ladefläche entgegen. Sebastian fing ihn auf und hielt ihn fest, damit er nicht wieder hinunterkullerte.

Lucius wandte sich Harold und Theo zu. »Los, jetzt ihr.«

Theodosia war nur wenige Schritte hinter ihnen. Das Mädchen hatte ihr langes Gewand gerafft, damit es besser laufen konnte. Ihre schönen, schwarzen Riemenschuhe, die unter dem Saum zum Vorschein kamen, passten so wenig zu den bunten indischen Stoffen ihrer Kleider wie zu der heruntergekommenen Gegend von Whitechapel.

Mit verbissener Miene rannte sie hinter der Lastkutsche her, Harold bildete das Schlusslicht.

»Komm her!«, rief Sebastian Theo zu. Er hielt sich am Rand der Ladefläche fest, beugte sich vor und streckte ihr die Rechte hin. »Nimm meine Hand.«

Mit einem Schrei warf sie sich nach vorne, setzte alles auf eine Karte. Lucius fuhr zusammen, doch der Sprung ging nicht fehl. Sebastian griff blitzschnell zu und hielt sie fest. Gleichzeitig warf er sich, von Lucius gezogen, nach hinten, um Theo auf die Ladefläche zu ziehen. Es klappte, wenn auch nur haarscharf. Keuchend fielen sie übereinander. Der sture Automatenmann auf dem Kutschbock nahm von all dem keine Notiz.

Übrig blieb Harold, der ein paar Schritte zurückgefallen war und den Granger beinahe eingeholt hatte. Der schwere Rucksack machte dem Jungen sichtlich zu schaffen. Sein Gesicht war hochrot und seine Miene gehetzt. »Ich schaff's nicht!«, rief er keuchend.

»Du musst!«, spornte ihn Lucius an. »Komm.«

»Zieh den blöden Rucksack aus!«, schrie Sebastian ihn an.

»Nein, da sind ... meine Sachen drin.«

»Die wirst du kaum noch brauchen, wenn Granger dich erwischt.«

Hektisch warf Harold einen Blick über die Schulter. Als er sah, wie nah ihm Granger gekommen war, schrie er auf. Hastig versuchte er sich seines schweren Rucksacks zu entledigen. Doch er verhedderte sich mit der linken Hand im Gurt, kam ins Stolpern und schlug der Länge nach auf der Straße hin.

»Nein!«, entfuhr es Lucius. »Harold!«

Dieser wollte sich wieder aufrappeln, doch im nächsten Moment hatte Granger ihn erreicht. Er packte den Jungen am Schlafittchen und riss ihn grob hoch. Harolds Hosenbeine waren nass und schmutzig, seine Brille saß ihm schief auf der Nase, und sein linker Arm hing immer noch halb verknotet im Gurt seines Rucksacks.

Sebastian fluchte unterdrückt.

»Kommt zurück!«, brüllte Granger den Freunden auf der Lastkutsche nach. »Oder eurem Freund ergeht es schlecht.«

»Was machen wir jetzt?«, fragte Theo mit bebender Stimme.

Sebastian zog ein finsteres Gesicht. »Eins ist klar. Wir können Harold nicht mit Granger allein lassen. Der macht Hackfleisch aus ihm.«

»Aber was macht er aus uns, wenn wir uns ergeben?«, warf Lucius ein.

»Ich weiß es nicht«, gestand sein Freund kopfschüttelnd. »Aber vielleicht kann ich mit ihm reden.«

»Letzte Warnung!«, schrie Granger, der immer weiter zurückblieb, während der Lastkarren sich entfernte. Er schüttelte Harold, der daraufhin verängstigt aufquietschte. Vielleicht schlimmer als diese Geste fand Lucius allerdings den Umstand, dass sich kein Mensch darum zu kümmern schien. Die Leute in Whitechapel schlugen einfach die Kragen ihrer Jacken hoch und marschierten weiter.

Sebastian schwang seine Beine über die Kante der Ladefläche. »Erste Regel der Rabennest-Bande«, sagte er entschlossen. »Niemand wird zurückgelassen.«

Lucius sah Theo an. »Einer für alle ...«

Sie nickte. »... und alle für einen.«

Die drei sprangen von der Lastkutsche. Während diese hinter ihnen davonfuhr, traten sie langsam auf Granger zu, der den kläglich wirkenden Harold nach wie vor gepackt hielt.

Lucius musste sich zwingen, näher zu gehen. Sein Herz schlug ihm bis zum Hals. Im Grunde hatte er schreckliche Angst. Wer wusste schon, was dieser Verbrecher mit ihnen vorhatte? Lucius konnte nicht vergessen, wie er mit Hiddle umgesprungen war.

»Und jetzt?«, fragte Sebastian, der beneidenswert furchtlos wirkte. Vielleicht lag es daran, dass er schon Löwen und Menschenfressern ins Auge geblickt hatte. Oder er war ein noch besserer Schauspieler als Lucius.

Granger sah sich um. Sie standen mitten auf einer belebten Straße, und vermutlich rechnete er sich gerade aus, wie lange es dauern würde, bis doch mal eine beherzte Seele eingriff, um den Mann zu stoppen, der hier vier Kinder bedrohte.

»Jetzt kommt ihr neugierigen Bälger erst mal mit«, befahl er. »Dann sehen wir weiter. Und keine Mätzchen! Ich füge Kindern nicht gern Schmerzen zu, aber ich werde es tun, wenn nötig. Es steht zu viel auf dem Spiel.« Wie um seine Worte zu unterstreichen, verstärkte er seinen Griff um Harolds Arm.

»Aua«, jammerte der. Aber immerhin war es ihm zwischenzeitlich gelungen, seinen verhakten Arm aus dem Rucksackgurt zu befreien und die Brille wieder richtig auf die Nase zu setzen. Eines der Gläser wies einen kleinen Sprung auf.

Lucius presste wütend die Lippen aufeinander.

»Sie Schuft«, schimpfte Theodosia.

»Ja, ja, schon gut. Ihr habt ohnehin keine Ahnung, wovon ihr redet.« Granger nickte Sebastian zu. »Dein Messer hätte ich gern. Nicht, dass du auf dumme Gedanken kommst.«

Der blonde Junge verschränkte die Arme. »Nein. Mein Wildnismesser fasst niemand an.«

»Soll ich deinem Freund den Arm brechen, bevor du gehorchst?«, fragte Granger drohend und zerrte an Harolds Arm.

»Au, au, nein, das müssen Sie nicht«, rief der und sah Sebastian flehend an.

»Gib ihm schon das blöde Messer«, forderte Theo ihn auf.

Sebastian presste wütend die Lippen zusammen. Dann griff er an seine Gürtelschnalle und öffnete den Gürtel, um ihn aus der Hose herauszuziehen. Gleichzeitig fasste er nach hinten und hob den unteren Saum der braunen Jacke, die er immer anhatte. Darunter kam eine lederne Scheide zum Vorschein, durch die der Gürtel gezogen war. Sebastian löste sie und hielt sie Granger entgegen. In der Scheide steckte eine offenbar recht breite Klinge, dessen Griff dem Anschein nach mit dem Fell eines Leoparden umwickelt war.

»Heiliger Strohsack«, entfuhr es Lucius, der das Messer noch nie gesehen hatte. »Trägst du dieses Ungetüm immer bei dir?«

»So wie Harold seinen Rucksack und du deine Dietriche«, bestätigte Sebastian ernst. »Es hat mir in der Wildnis schon gute Dienste geleistet.« Während er seinen Gürtel wieder in die Hose fädelte, wandte er sich an Granger. »Das will ich wiederhaben.«

»Wir werden sehen«, sagte dieser, als er die Klinge entgegennahm und in seiner Jackentasche verschwinden ließ. Er deutete mit dem Kopf in Richtung der Straße, aus der sie gekommen waren. »Und jetzt Abmarsch. Zurück zu dem Haus, wo ihr Hiddle und mich belauscht habt. Dort in der Nähe steht meine Dampfdroschke.«

Niedergeschlagen folgten die Freunde der Aufforderung und marschierten vor dem vierschrötigen Assistenten Allan Quatermains her zu der Stelle zurück, wo ihre wilde Flucht wenige Minuten zuvor begonnen hatte. Niemand von ihnen wagte es, einen Passanten um Hilfe zu bitten. Granger hätte es Harold zu spüren gegeben.

»Wenn mein Vater mitbekommt, wie Sie mit uns umgehen«, schimpfte Sebastian mit einem Seitenblick auf Granger, »nimmt der Sie mit seiner Elefantenbüchse aufs Korn.«

»Halt die Klappe, Junge«, erwiderte ihr Häscher barsch.

Er führte sie um das baufällige Gebäude herum, und auf dem winzigen Hof dahinter stand tatsächlich eine Dampfdroschke. Ein Mann lehnte am Führerstand und rauchte. Er war so klein, dass er Lucius an den Liliputaner Baptiste erinnerte, den er im Theater von Paris kennengelernt hatte. Der Mann trug ein schmutzig weißes Hemd, das über dem Bauch spannte, seine Hose wurde von roten Hosenträgern gehalten, und auf dem Kopf saß ein leicht windschiefer Zylinder. Seine Augen verbargen sich unter einer großen Brille mit getönten runden Gläsern und einer Messingfassung. Luftschiffer trugen solche Dinger, wusste Lucius. Droschkenkutscher für gewöhnlich nicht.

»Mister Granger, Sir«, begrüßte er Quatermains Assistenten. Seine Stimme hatte etwas Schmieriges. »Sie bringen Gäste mit?«

»Lässt sich nicht vermeiden«, erwiderte Granger. »Sie haben hier herumgeschnüffelt und dabei etwas zu viel gehört.«

»Was machen wir mit ihnen? Soll ich ihnen die Kehle aufschlitzen?« Der kleine Mann schenkte den vier Freunden ein hyänenartiges Grinsen.

»Du sollst dich in den Führerstand schwingen«, befahl Granger. »Um die Kinder kümmere ich mich.«

Ihr Gegenüber wirkte etwas enttäuscht. »Wie Sie wünschen. Wo geht's denn hin?«

»Zurück zur Villa.«

»Noch so ein fieser Kerl«, raunte Lucius Sebastian zu, als Granger sie in die Kabine einsteigen ließ.

»Kann man wohl sagen«, gab dieser leise zurück.

»Sollte man aber vielleicht besser nicht«, flüsterte Harold. »Wir haben schon genug Scherereien.«

Sie verteilten sich über die zwei Sitzbänke der Dampfdroschkenkabine. Als Letzter stieg Granger ein. Er scheuchte Harold zu Lucius und Sebastian und ließ sich neben Theodosia nieder, die daraufhin ans andere Ende ihrer Bank rutschte. »Und Abfahrt«, rief er ihrem Kutscher zu.

Schüttelnd und mit einem Fauchen setzte sich das Gefährt

in Bewegung. Während die Droschke durch die Straßen von Whitechapel schnaufte, musterte Granger seine Gefangenen. Vor allem Lucius betrachtete er argwöhnisch. »Du hast nicht zufällig auch ein Messer, oder?«

»Nein, Sir«, antwortete Lucius wahrheitsgemäß.

»Hm«, brummte Granger. »Gut so. Wäre verdammt schade, wenn einer von euch auf die Idee käme, den Helden spielen zu müssen.« Er griff in seine Jacke, und Lucius zuckte gegen seinen Willen zusammen, als der Mann einen Revolver hervorholte. Beiläufig legte er ihn auf den rechten Oberschenkel. Die Drohung war nicht misszuverstehen.

»Was?«, fragte Sebastian. »Haben Sie vor, uns umzubringen?«

»Wir wollen es nicht übertreiben«, sagte Granger knurrend. »Sicher hättet ihr eine Tracht Prügel verdient, weil ihr mir nachspioniert habt. Aber ich bin kein Mörder. Letzten Endes entscheide allerdings nicht ich, was aus euch wird, sondern der Boss.«

»Der Boss?«, wiederholte Lucius. Irgendwie ahnte er, dass Granger damit nicht Sebastians Vater meinte.

»So ist es«, gab der vierschrötige Kerl zurück. Dann sagte er nichts mehr, sondern behielt die Freunde bloß mit unfreundlicher Miene im Auge.

Lucius ließ sich diese neue Wendung durch den Kopf gehen. Dass Granger derjenige war, der den Machtkristall aus Umbaks Schädel gestohlen hatte, war schon überraschend genug. Doch er wusste auch, wie man den magischen Gegenstand bediente. Das machte ihn zu einem verdammt gefährlichen Mann. Wie er Hiddle, ohne mit der Wimper zu zucken, manipuliert hatte, jagte Lucius noch immer einen Schauer über den Rücken. Und jetzt stellte sich heraus, dass auch Granger nur ein Helfershelfer von jemand anderem war. Bloß von wem?

Ratlos blickte der Junge zum Fenster der Droschkenkabine hinaus. Draußen zogen die Häuser Londons vorbei, grau und braun. In dieser Gegend waren die Gebäude niedriger und oft aus Ziegelsteinen gemauert. Die Straßen wirkten leerer. Das mochte natürlich auch daran liegen, dass es längst Abend war. Es musste bald Essen bei Mrs Hudson geben. Lucius fragte sich, was passieren würde, wenn Mycroft Holmes oder Professor Cavor ins Rabennest kamen, um sie abzuholen, und niemanden mehr vorfanden. *Mann, stecken wir vielleicht in der Tinte*, dachte er.

»Wohin fahren wir eigentlich?«, wagte Harold zu fragen. »Ist das Hoxton?«

»Geht dich nichts an«, versetzte Granger.

Lucius warf seinem Freund einen Seitenblick zu. »Wo liegt Hoxton?«

»Nördliches London«, antwortete Harold.

»Klappe halten, allesamt«, befahl Granger.

Nach dieser sehr deutlichen Ansage verbrachten sie den Rest der Fahrt schweigend.

Etwa eine Viertelstunde später bog die Dampfdroschke von der Straße ab und durchquerte ein offenes Gittertor in einer hohen Steinmauer. Dahinter erstreckte sich ein Park mit alten Bäumen. In der Mitte stand ein Herrenhaus mit hohen Fenstern, kleinen Balkonen und Säulen, die den Eingang schmückten. Es musste einem wohlhabenden Bürger Londons gehören. Granger war also ganz gewiss nicht der Eigentümer.

Die Dampfdroschke hielt an. »Alle aussteigen«, befahl Quatermains Assistent. Um seine Worte zu unterstreichen, wedelte er mit seinem Revolver.

»Wo hat er uns hingebracht?«, fragte Lucius Harold kaum hörbar.

»Ich weiß es nicht«, flüsterte der. »In der Gegend war ich noch nie.«

Während der bösartige kleine Mann mit der Luftschifferbrille, der die Droschke gesteuert hatte, zurückblieb, führte Granger die vier Freunde zum Haus. Statt das Hauptportal zu nehmen, umrundete er das Gebäude jedoch und klopfte an einen Nebeneingang. Lucius fiel auf, dass vor fast allen Fenstern die Fensterläden geschlossen waren. Wer immer hier drin wohnte, war entweder allergisch gegen Sonnenlicht oder gegen die Blicke neugieriger Nachbarn – auch wenn der nächste Nachbar ein Fernrohr gebraucht hätte, um überhaupt etwas zu erspähen.

»Master Granger«, begrüßte sie ein Automatenbutler jenseits der Schwelle. Im Gegensatz zu James sah dieses Modell aus wie neu. Seine Zahnräder und Kolben glänzten und schnurrten mit dem Klang einer gut geölten Maschine. Große Teile der Verkleidung des Butlers waren schwarz lackiert, was diesem sicher ein edles Auftreten verschaffen sollte, ihn aber auch etwas Furcht einflößend wirken ließ. Die Stimme des Automatenmanns war dunkel und metallisch. »Sie haben Gäste mitgebracht.«

»Ungebetene Gäste«, verbesserte Granger düster. »Sag dem Boss, dass ich ihn sprechen muss. Ich will wissen, was ich mit diesen kleinen Schnüfflern anstellen soll.«

»Ich werde ihn über Ihre Rückkehr unterrichten«, sagte der Butler. »Folgen Sie mir in den Salon.« Mit diesen Worten drehte er sich um und marschierte los.

»Ihr habt's gehört«, schnauzte Granger Lucius und seine Freunde an.

Sie folgten dem finsteren Butler den Korridor hinab und dann eine Treppe hinauf in den ersten Stock. Überall im Haus war es ziemlich dunkel. Nur einige auf schwacher Flamme brennende Gaslampen an den Wänden erhellten eine Einrichtung aus dunklem, schwerem Holz und dichten Teppichen, die jeden Laut schluckten. An den Wänden hingen Bilder in prächtigen Goldrahmen, und in Vitrinen lagen fremdartige Dolche, Masken und Statuetten.

»Wüsste ich es nicht besser, würde ich sagen, wir sind bei diesem Hiddle zu Hause«, flüsterte Lucius Sebastian zu.

»Auf jeden Fall ist es ein Mordsschuppen«, erwiderte sein Freund.

»Muss ich euch eigentlich erst ein paar hinter die Ohren geben, damit ihr still seid?«, fragte Granger gereizt.

»Jetzt hören Sie doch auf, ständig zu schimpfen«, begehrte Theodosia unerwartet auf. Sie blieb stehen, drehte sich um und stemmte die Hände in die Hüften. »Wir machen doch alles, was Sie wollen. Da wird man ja wohl mal einen Satz sagen dürfen.« Das Mädchen sah den vierschrötigen Mann streng an.

Der erwiderte den Blick verblüfft. Offensichtlich war er sprachlos. Dann verzog er die Mundwinkel und brummte nur etwas Unverständliches. »Weiter«, fügte er hinzu.

Sie erreichten einen Raum mit hoher Decke, der vermutlich der Salon war. Mehrere Sessel gruppierten sich um einen großen Kamin, in dem allerdings kein Feuer brannte. In einer Ecke stand ein prächtiger, mindestens zwei Fuß durchmessender Globus, der in einen runden Holztisch mit vier Beinen eingesetzt war. An der gegenüberliegenden Wand befand sich eine Hausbar, die mit zahlreichen, eigentümlich geformten Flaschen gefüllt war.

»Ihr wartet hier«, befahl Granger den Freunden und deutete auf die Sessel. »Und keine Dummheiten. Kelvin ist in zwei Dutzend Arten bewandert, euch in wenigen Sekunden zu töten.« Er deutete auf den Automatenbutler, der neben der Tür zum Salon stehen geblieben war und dort nun schweigsam und irgendwie bedrohlich aufragte.

»Oha«, murmelte Lucius. »Ich wusste gar nicht, dass sich Automaten auch zu Killermaschinen umbauen lassen.«

»Ein guter Erfinder schafft alles«, bemerkte Harold düster. »Aber man sollte nicht alles bauen, was man bauen kann.«

Granger gluckste nur, steckte seinen Revolver zurück in die Jacke und wandte sich der Tür zum Nachbarraum zu. Sie war angelehnt und stand einen Spaltbreit offen. Dahinter herrschte fast völlige Dunkelheit, sodass man nichts erkennen konnte.

Theo, Harold und Lucius setzten sich auf die Sessel, doch Sebastian blieb stehen. »Granger«, rief er ihrem Entführer nach.

Der drehte sich noch einmal um. »Was ist?«, wollte er unwillig wissen.

»Woher wussten Sie es?«, fragte der blonde Junge grimmig.

»Woher wusste ich was?«

»Das mit dem magischen Kristall im Kopf von Umbak dem Beherrscher. Niemand in der ganzen Expedition hatte auch nur die geringste Ahnung davon.«

Sein Gegenüber grinste hämisch. »Tja, *niemand* entspricht nicht ganz der Wahrheit. Aber die Einzelheiten, wie ich von dem Kristall erfuhr, gehen dich wirklich nichts an, Bursche.«

Den Moment hielt Lucius für günstig, um einzugreifen. Er stand wieder auf. »Ach, kommen Sie«, sagte er und schenkte Granger ein gespielt klägliches Grinsen. »Sie haben doch schon auf ganzer Linie gewonnen. Wenigstens das könnten Sie uns verraten.«

Quatermains Assistent verschränkte die Arme vor der mächtigen Brust. »Sagen wir es so: Mir sind in der Vergangenheit ein paar sehr aufschlussreiche Schrifttafeln in die

Hände gefallen. Sie wurden wohl von Feinden der Bewohner Kongaramas verfasst und enthielten eine ziemlich genaue Beschreibung der besonderen Macht einer ganz speziellen Umbak-Statue. Als dein Vater und ich, Sebastian, diese eine Statue dann im Tempel von Umbak in Kongarama fanden, habe ich eins und eins zusammengezählt. Und es kam nicht nur zwei heraus, sondern auch ein wunderschöner Kristall mit ganz außergewöhnlichen Kräften.«

»Was wollen Sie nun damit anstellen?«, mischte auch Theo sich ein. »Wollen Sie die Leute zwingen, Ihnen ihre Geldbörsen auszuhändigen? Wie ein gemeiner Dieb?«

Unvermittelt fing Granger an zu lachen. »Ihr vier seid wirklich eine feine Bande. An Mut mangelt es euch jedenfalls nicht. Aber dafür an Klugheit.«

»He«, warf Harold leise protestierend ein.

Granger beachtete ihn gar nicht. »Geldbörsen ...« Er schüttelte den Kopf. »Da merkt man, wie klein eure Welt noch ist. Dieser Kristall ...« Er griff in die Tasche und holte den magischen Stein hervor. »... ist ein Werkzeug, das absolute Macht verleiht. Wer ihn beherrscht, kann jedem Mann und jeder Frau einfach alles einflüstern. Ich könnte dafür sorgen, dass dein Vater dir eine eigene Elefantenbüchse kauft, Sebastian. Ich könnte den großen Allan Quatermain junior dazu bringen, mir die Leitung der nächsten Expedition zu übertragen.« Grangers Augen fingen an zu glänzen, als sähe er in Gedanken eine goldene Zukunft für sich. »Man kann Reportern vorgeben, was sie in ihren Käseblättern schreiben, und Politiker manipulieren, damit sie bestimmte Gesetze befürworten. Man kann sogar einen rechtschaffenen Mann zum *Mörder* machen! Ihr werdet es noch sehen.«

»Das genügt!«

Lucius zuckte zusammen, als plötzlich eine schneidende Stimme aus dem dunklen Raum nebenan drang. Granger ging es nicht anders. Sofort klappte er den Mund zu und ein schuldbewusster Ausdruck hielt auf seiner Miene Einzug. Er drehte sich um. »Verzeihung, Mister ...«

»Halten Sie den Mund, Granger!«, unterbrach ihn die Stimme herrisch. »Sie haben schon mehr als genug erzählt, denken Sie nicht?«

Eine schattenhafte Gestalt bewegte sich jenseits der Türschwelle. Lucius kniff die Augen zusammen und versuchte, mehr zu erkennen, doch der Mann blieb ein schwarzer Schemen.

»Ja, Sir«, gab Granger zerknirscht zu. Er deutete auf die vier Freunde. »Was machen wir mit denen? Soll Kelvin sie töten?« Er wirkte nicht sehr glücklich über diese Aussicht, aber bereit, sich dem Urteil des geheimnisvollen Mannes im Hintergrund zu beugen.

»So ein Unsinn«, fuhr dieser ihn an. »Wir sind keine Wilden. Wir töten keine Kinder. Außerdem haben wir etwas viel Besseres.«

Granger sah ihn verwirrt an. »Sir?«

»Ich denke«, sagte der Mann und seine Stimme senkte sich zu einem unheilvollen Raunen, »es wäre der richtige Zeitpunkt, herauszufinden, wozu der Kristall wirklich imstande ist ...«

Verblüfft blickte Granger auf den Machtkristall in seiner Hand. Er schien sich zu fragen, warum er nicht selbst auf diesen Gedanken gekommen war. Ein Unheil verheißendes Lächeln trat auf seine kantigen Züge. »Ich verstehe«, sagte er.

Lucius spürte, wie seine Kehle trocken wurde.

Neben ihm riss Harold die Augen auf. »Nein, das können Sie nicht machen. Sie dürfen nicht in unseren Gedanken herumspielen.«

Langsam trat Granger auf sie zu. Von hinten näherte sich ihnen der schwarze Killerautomat Kelvin mit leisem Surren. »Was ich darf und was ich nicht darf«, sagte Quatermains Assistent drohend, »entscheidest ganz bestimmt nicht du.«

Er hob den Kristall.

Lucius sah Sebastian an. Der schien zu überlegen, ob er sich mit bloßen Fäusten auf Granger werfen sollte. *Besser kämpfend untergehen, als in einer Irrenanstalt landen*, dachte Lucius grimmig.

Doch bevor sie die Absicht in die Tat umsetzen konnten, legte sich eine Metallhand auf eine ihrer Schultern. »Bitte nicht bewegen«, meldete sich der Automatenbutler zu Wort.

Der Kristall fing an, golden zu glühen.

»Mein Geist beherrscht eure Gedanken«, flüsterte Granger rau.

»Nein!« Lucius warf einen Blick zu Harold und Theo. Der schmächtige Junge klammerte sich an den Arm des Mädchens. Sein Gesicht war kreidebleich. Theodosia hatte die Augen geschlossen. Es sah aus, als hätte sie sich in ihr unvermeidbares Schicksal ergeben.

Das goldene Glühen wurde stärker, und Lucius fühlte sich auf einmal unbeschreiblich seltsam, so als stünde er neben sich.

»Ihr werdet genau tun, was ich euch befehle«, sagte Granger beschwörend.

»Lucius ...« Sebastians Stimme neben ihm hörte sich schrecklich schläfrig an.

»Hm?«, fragte Lucius, plötzlich unendlich schwach.

»War echt nett mir dir. Wollte ich nur mal gesagt ...«

Dann verwandelte sich das Glühen in ein weißgoldenes Gleißen, das den Raum ausfüllte, Lucius einhüllte und ihn verschlang. Sein Geist versank in Vergessen.

KAPITEL 12:

Rauch und Schatten

Lucius erschrak fürchterlich, als die Hand ihn an der Schulter berührte und schüttelte. Dann öffnete er die Augen.

»Schläft der immer noch!«, schimpfte Mrs Hudson. Die großmütterliche Haushälterin sah ihn tadelnd an. »Hast du mal aus dem Fenster geschaut, Junge? Es ist längst Morgen. Dein Frühstück wird kalt.«

Er blinzelte verwirrt. Traumbilder hingen in seiner Erinnerung – Bilder voller Furcht und Gefahren –, verblassten aber, sowie er sie zu greifen versuchte. Da war ein großes Haus gewesen ... und ein Mann aus Schatten? Er wusste es nicht mehr.

Mrs Hudson runzelte die Stirn. »Hallo? Hörst du mich überhaupt? Aufstehen, du Schlafmütze.«

Stöhnend streckte Lucius die in seinem Lieblingsschlafanzug steckenden Glieder. Er lag rücklings in seinem Bett in der Baker Street, und Mrs Hudson stand am Fußende, die Hände an die breite Hüfte gestemmt. Das Bett war warm und gemütlich, und Lucius hatte absolut keine Lust, es zu verlassen. Was eigenartig war, denn normalerweise war er gar kein Langschläfer. »Schkomme«, nuschelte er – und staunte über den müden Klang seiner Stimme.

»Aber schnell, verstanden? Mister Holmes und Doktor Watson sind bereits fertig und im Kaminzimmer verschwunden.« Mrs Hudson lächelte. »Nur keine Sorge: Ich habe dir ein paar Scones und etwas Marmelade zur Seite gelegt, bevor unser lieber Doktor Nimmersatt die auch noch aufessen konnte.«

Lucius stemmte sich auf die Ellbogen und dankte ihr. Dann gähnte er herzhaft. Als sie das Zimmer verlassen hatte, schwang er die Beine über die Bettkante und schlüpfte in seine bequemen Hausschuhe. Er stand seufzend auf – und setzte sich sofort wieder aufs Bett zurück! Seine Knie fühlten sich so weich an wie Butter, und der ganze Raum drehte sich plötzlich vor seinen Augen. Wieder blinzelte der Junge, schüttelte den Kopf. Was war denn heute los mit ihm?

Beim zweiten Versuch schaffte er es, und der Schwindel verging. Seine Beine, die eben noch gestreikt hatten, trugen ihn nun, wenn auch nur widerwillig, zum Fenster. Mrs Hudson hatte den Vorhang bereits beiseitegeschoben, und Lucius, der sich dazu auf der Fensterbank abstützen musste, sah müde auf die von der warmen Vormittagssonne beschienene Straße hinaus. Schäfchenwolken schwebten am Himmel, eine Dampfdroschke ratterte am Haus vorbei.

Wieder stutzte er. Dampfdroschke. War da nicht etwas gewesen in seinem Traum? Eine Dampfdroschke vor einem dunklen Haus?

Die Erinnerung verschwand so schnell, wie sie gekommen war. Lucius riss sich vom Anblick der Straße los und schlurfte zur Waschschüssel in der Ecke seines Zimmers. Mrs Hudson hatte bereits eine Kanne mit Wasser bereitgestellt. Es erwies sich als eiskalt, aber das war gut so.

Eine Viertelstunde später ging es Lucius schon etwas besser. Gewaschen, gekämmt und umgezogen saß er an dem kleinen Tisch in Mrs Hudsons Küche. Die »paar Scones« erwiesen sich als frisch gebackener Berg, dessen Duft den gesamten Raum erfüllte, und die Marmelade war ebenfalls sehr lecker. Natürlich gab es auch Tee, und als die Haushälterin mal nicht hinsah, schüttete sich Lucius vier Löffel Zucker und einen riesigen Schluck Milch in seine Tasse. So schmeckte das eigenartige Gebräu wenigstens nicht mehr nach feuchtem Gras, sondern nach verwässerter Sahne. Das war zwar nur eine *kleine* Verbesserung, aber immerhin.

»Hat Mister Holmes heute zu tun?«, fragte er. Die eigenartige Stille im Haus hatte ihn neugierig gemacht. Normalerweise spielte der große Detektiv Violine oder stritt sich mit Doktor Watson, weil er keinen Fall hatte, der ihn ablenkte. Nun aber herrschte selige Ruhe.

Mrs Hudson seufzte zufrieden. »Hat er, und dafür sollten wir dankbar sein. Es geht wohl um eine Art Marineabkommen, das irgendjemandem Rätsel aufgibt; aber viel mehr habe ich nicht verstanden, als die beiden vorhin davon sprachen. Jedenfalls erwarten sie heute Morgen einen Zeugen, der ihnen wichtige Informationen mitbringt und ... Ah, das könnte er bereits sein!«

Es hatte an die Haustür geklopft, was sie in der Küche

deutlich hören konnten. Mrs Hudson stand auf, strich sich die geblümte Kittelschürze glatt und verließ den Raum.

Lucius stopfte sich schnell einen weiteren mit köstlichem Fruchtaufstrich versehenen Scone in den Mund, dann beugte er sich vor. Die Küchentür stand offen, und wenn er sich ein klein wenig reckte und streckte, konnte er in den Hausflur und bis zur Schwelle sehen. Mrs Hudson war gerade an die Tür zur Straße getreten, öffnete sie – und wich erstaunt zurück.

»Na, das ist ja eine Überraschung«, hörte er sie ausrufen. Dann trat sie zur Seite und ließ den Besuch ein.

Lucius musste erneut blinzeln, als er die Gestalt auf der Schwelle erkannte. Schlief er schon wieder, oder kam da tatsächlich Theodosia Paddington ins Haus mit der Nummer 221b? »Theo!« Er staunte.

Das Mädchen mit dem bodenlangen, bunten Gewand nickte, kaum dass es, dicht gefolgt von Mrs Hudson, die Küche erreichte. »Morgen, Lucius. Gut geschlafen?«

Abermals war ihm, als stünde er ganz kurz davor, sich an etwas zu erinnern. Etwas Wichtiges, das er unmöglich vergessen konnte und dennoch nicht mehr wusste. Aber das Gefühl verging sofort, und zurück blieb bloß das Erstaunen. »Was ... Was machst du denn hier?«

»Dich abholen«, antwortete Theo und warf Mrs Hudson einen entschuldigenden Blick zu. »Ich hoffe, das ist in Ordnung. Mein Vater und ich sind auf dem Weg in den Diogenes-Club, wissen Sie? Und da habe ich vorgeschlagen, wir halten kurz an und schauen, ob Lucius schon so weit ist. Dann nähmen wir ihn einfach mit.«

Die Miene der Haushälterin hellte sich mit jedem Wort mehr auf. »Ach, das ist aber wirklich ganz reizend von dir, junge Dame. Dein Vater sitzt in der Droschke, die draußen vor unserem Haus hält?«

Theo nickte. »Genau. Und wir müssen auch gleich weiter, fürchte ich. Also, Lucius: Bist du dabei?« Bei dem letzten Satz hatte sie sich ganz und gar ihm zugewandt und ihn so eindringlich angeschaut, als wolle sie ihn mit Blicken aufspießen.

Lucius war so verblüfft, dass er zunächst nichts zu erwidern wusste. Theos Vater wartete vor dem Haus? Und Theo kam extra in der Baker Street vorbei, um Lucius abzuholen? Das klang sehr unglaubwürdig, wohnten die Paddingtons doch im Süden der Stadt. Ihr Weg von Zuhause in den Club führte nicht einmal im Entferntesten an Sherlock Holmes' Bleibe vorbei!

Irgendetwas stimmte hier nicht. Lucius spürte es genau. Doch er begriff auch, was Theos Blicke ihm mitteilen wollten: *Nicht hier. Wir reden später. Komm jetzt.*

»Lucius?«, fragte das Mädchen erneut.

Er wischte sich die klebrigen Marmeladenfinger an seiner Stoffserviette ab, dann stand er auf. »Darf ich, Mrs Hudson? Ich bin nämlich so weit.«

Die Haushälterin lächelte gütig. »Natürlich, Junge. Geh nur mit deiner neuen Freundin. Ich richte Mister Holmes' Bruder aus, dass du schon ohne ihn aufgebrochen bist.«

»Prima.« Theodosia ergriff seine Hand, zog ihn mit sich durch den Flur. »Dann mal los.«

Er konnte nur noch schnell seine Jacke vom Garderobenständer angeln, da war er auch schon im Freien. Tatsächlich parkte ein dunkles Gefährt am Bürgersteig, an dessen Steuer ein stoisch geradeaus blickender Automatenmann schlichterer Bauart saß. Die Kabinenfenster der mit Dampf betriebenen Droschke waren mit dunklen Vorhängen verhangen. Lucius ließ sich von Theo zum Einstieg führen und schluckte trocken. Er würde gleich Theos Vater Colonel Burt Paddington begegnen, einem hochdekorierten Helden der britischen Armee. Irgendwie machte ihn das nervös.

Theo öffnete die Droschkentür und ließ Lucius einsteigen. Dann folgte sie ihm. Das Innere der Kabine war ziemlich finster. Trotzdem merkte der Junge sofort, dass nicht ein Mensch, sondern gleich zwei darin auf ihn warteten – und keiner von ihnen war erwachsen.

»Sebastian?«

Der Schemen auf der rechten Sitzbank zuckte mit den schmalen Schultern. »Frag mich nicht. Ich weiß genauso wenig wie du, was das hier werden soll.«

Demnach musste die zweite Gestalt Harold sein. »Warum sitzt ihr denn hier im Dunkeln?«, wandte sich Lucius an diesen.

Doch es war Theo, die antwortete. »Wegen dir«, sagte sie, stieg auf die Bank und klopfte dreimal gegen die Kabinendecke. Sofort fuhr die Droschke los. »Unter anderem.«

»Entschuldigung, aber ich verstehe kein Wort. Wieso denn wegen mir? Warum treffen wir uns nicht im Nest wie jeden Tag?«

»Gute Frage.« Sebastian seufzte. »Und ich fürchte, die Antwort gefällt dir so wenig wie uns allen.«

Theo setzte sich Lucius gegenüber. Trotz der Beinahefinsternis konnte er ihren besorgten Blick sehen. »Woran erinnerst du dich noch?«, fragte sie. »Von gestern Abend, meine ich. Was kannst du uns über gestern Abend sagen?«

Nun war es an ihm, mit den Schultern zu zucken. »Was ist mit gestern? Da war doch nichts Besonderes.«

»Glaubst *du*«, sagte Harold links von ihm. Er klang ein bisschen wie der Schwertschlucker Giorgio damals in Italien, wann immer er am Vorabend einer Vorstellung zu tief ins Glas geschaut hatte. Nur, dass in Harolds Stimme auch eine gehörige Portion Angst mitschwang.

»Wo warst du gestern Abend?«, fragte Theodosia. »Erzähl's uns, Lucius. Alles, was du noch weißt.«

Was er noch wusste? Für wen hielt Theo ihn denn – für einen alten Großvater, der die einfachsten Sachen vergaß? »Gestern waren wir am Bahnhof«, sagte er, ein wenig grummelig ob der unnötigen Fragerei. »Wir haben auf einer Bank gesessen und den Menschen zugesehen, bis ...« Er stutzte plötzlich. Was war danach geschehen?

»Ja?«, hakte Sebastian nach. »Bis was?«

»Ich ...« Lucius zermarterte sich das Hirn. Wieder und wieder dachte er an Paddington Station und den Zug. Doch wie war es weitergegangen? Überrascht schüttelte er den Kopf und sah Theo an. »Ich kann mich nicht erinnern.«

»Einer mehr.« Harold stöhnte leise.

Theo legte Lucius eine Hand aufs Knie. »Du also auch«, sagte sie niedergeschlagen. »Nichts anderes hatte ich erwartet, aber trotzdem ...«

»Moment mal«, stieß er aus, als sie nicht weitersprach, und ließ seinen Blick über die drei Freunde schweifen. Mit jedem weiteren Wort, das über seine Lippen drang, sprach er schneller, wuchs seine Beunruhigung. »Kann mir vielleicht endlich jemand erklären, was hier los ist?« Er versuchte krampfhaft, seinem Gedächtnis auf die Sprünge zu helfen, aber es war, als stünde hinter seiner Stirn plötzlich eine gewaltige Mauer, und mit jedem neuen Versuch rannte er vergeblich gegen sie.

»Wir sind alle heute aufgewacht«, sagte Sebastian und beugte sich zu ihm vor, »und wussten von nichts mehr. Der gesamte Abend ist eine einzige Lücke in unserer Erinnerung. Frag mich nicht, wo ich war, Lucius – ich habe keinen blassen Schimmer mehr. Ich bin heute wach geworden, und das war alles weg.«

»Genau wie bei mir«, klagte Harold. Erst jetzt sah Lucius, dass er seinen Überlebensrucksack umklammert hielt wie ein Rettungsseil. »Ich habe es nur erst gemerkt, als ich im Rabennest ankam und Theo mich darauf ansprach. Genau wie dich eben.«

Lucius hatte genug. Er griff zum Vorhang in der rechten Tür, riss ihn beiseite und sah durch das kleine, quadratische

Fenster. Sofort begriff er, dass die Droschke keinesfalls gen Diogenes-Club unterwegs sein konnte. »Theo, was passiert hier?«

Sebastian kniff schmerzverzerrt die Augen zu, und Harold wandte sich ab. Die Helligkeit schien ihnen beiden Kopfschmerzen zu bereiten. »Es wird alles wieder gut, Lucius«, antwortete Theo leise. Doch das Lächeln, das sie ihm dazu schenkte, erreichte ihre Augen nicht. »Das muss es einfach.«

Kurze Zeit später stand Lucius vor einem weißbraunen Haus am Cavendish Square, an das er sich ebenfalls nicht erinnerte.

Sebastian sah entschlossen die Fassade aus Sandstein hinauf. »Theo sagt, wir wurden gestern einer Gehirnwäsche unterzogen. Sie meint, wir seien in große Gefahr geraten und Opfer eines magischen Artefakts geworden, das Goldener Machtkristall heißt.«

Das klang fürchterlich, fand Lucius. Und vollkommen absurd. »Magie? Mitten in London?«

»Theo sagt, wir seien einem Dieb auf der Spur«, fuhr Sebastian fort. »Ganz ähnlich wie Mister Holmes, verstehst du? Wie Detektive. Und dieser Dieb hätte uns unsere Erinnerung geraubt, damit wir ihn vergessen.«

»Ein Loch in meinem Verstand«, murmelte Harold an seiner Seite verzweifelt. »Ich bin Erfinder. Ich kann mir doch kein Loch in meinem Verstand erlauben!«

»Kommt ihr jetzt, oder was?«, rief Theo. Sie war bereits an

der Haustür angelangt und sah nun tadelnd zu ihnen. »Dritter Stock.« Dann verschwand sie im Inneren des Gebäudes.

Die Jungs folgten ihr schweigend. Erst auf der letzten Treppenstufe fand Lucius die Sprache wieder. »Ich habe nachgedacht«, wandte er sich an Theo. Sie stand wartend vor der Tür einer Wohnung. »Und so leid es mir tut, diese ganze Sache ergibt für mich keinen Sinn. Würde das mit dieser Gehirnwäsche wirklich stimmen, müssten wir dann nicht alle an ihr leiden? Aber du, Theo, führst uns so zielstrebig durch die Stadt, dass du unmöglich eine Erinnerungslücke haben kannst. Wie soll das angehen, hm?«

Theo klopfte an die Tür. »Glaub mir«, antwortete sie seufzend, »das wüsste ich auch gern.«

Sofort wurden Schritte jenseits der Schwelle laut. Die Tür flog auf, und eine große, schlanke Frau sah staunend auf die vier Kinder hinab. »Theodosia?«, fragte sie. »Na, das ist ja eine Überraschung. Und du hast Freunde mitgebracht. Hallo, Lucius. Schön, dich wiederzusehen!«

Theo drehte sich zu ihm um. Sie schwieg, doch ihr Blick sprach erneut Bände.

Lucius starrte die Frau mit offen stehendem Mund an. »Verzeihen Sie«, sagte er dann, »aber woher kennen Sie mich? Ich ... Ich habe Sie doch noch nie zuvor gesehen ... oder?«

Es gab Brause, Kekse und betretenes Schweigen. Die vier Freunde saßen an Madame Helena Piotrowskas Tisch und sahen die Spiritistin zweifelnd an. Ihre Gastgeberin war vollkommen erschüttert. »Du liebe Güte«, murmelte sie, die Augen weit aufgerissen. »Das ist ja ganz furchtbar.«

»Verstehen Sie, Madame?«, beendete Theodosia ihren Bericht. »Ich konnte einfach nicht anders, als mit ihnen hierher zu kommen. Sie haben uns doch bei unserem letzten Besuch versprochen, uns zu helfen, wenn es Opfer des Machtkristalls gibt.«

»Ich erinnere mich daran«, hauchte Madame Piotrowska. »Aber ich habe nicht damit gerechnet, dass es wirklich zum Schlimmsten kommen würde. Außerdem zweifle ich gerade, ob ich zu helfen vermag, denn dieser Kristall scheint stärker zu sein, als ich dachte. Es ist eine Sache, jemandem den hypnotischen Befehl zu geben, etwas Bestimmtes zu tun. Doch ein Zauber, der in der Lage ist, Menschen sämtliche Erinnerungen an eine Sache zu rauben, ohne ihre übrigen Erinnerungen ebenfalls zu beeinträchtigen, ist wirklich mächtig. So einem Fall bin ich bis heute noch nicht begegnet.«

»Da geht es Ihnen wie uns!« Lucius seufzte. Inzwischen glaubte er – glaubten sie alle –, was Theo ihnen berichtet hatte. Und es machte ihn wütend.

»Sie sind unsere einzige Hoffnung, Madame«, sagte Theo.

Piotrowska nickte, stumm und nachdenklich und entsetzt. Dann hellte sich ihr Blick auf. »Einen Moment mal«, murmelte sie.

»Ja?« Sebastian beugte sich vor. »Haben Sie eine Idee, Madame? Wissen Sie, wie Sie uns helfen können?«

Die Spiritistin hob abwehrend die Hand. »Es ist nur eine Theorie, aber ...« Sie sah zu Theo. »Du, meine Kleine. Ich glaube, du bist der Schlüssel.«

Das Mädchen runzelte die Stirn. »Inwiefern? Ich weiß doch noch nicht einmal, warum Mister Grangers Zauber bei mir nicht gewirkt hat.«

»Ganz genau das ist es ja«, sagte Piotrowska. »Ich bemerkte bereits bei eurem letzten Besuch, wie beeindruckend stark dein magisches Talent ist. Und dieses Talent, so scheint mir, hat dich vor dem Einfluss des Machtkristalls bewahrt.«

»Zumindest halb«, wandte Lucius ein. Laut des Berichts, den Theodosia ihnen soeben gegeben hatte, war auch sie heute früh ohne Erinnerung an den vorherigen Abend aufgewacht und hatte nicht einmal zu sagen vermocht, wie sie nach Hause gelangt war. Doch im Gegensatz zu allen anderen waren ihr die verlorenen Stunden schnell wieder in den Sinn gekommen.

»Mit Verzögerung, das ist richtig«, stimmte die Spiritistin zu. »Aber selbst das ist höchst erstaunlich, wenn man bedenkt, welch unglaublicher Waffe ihr alle ausgesetzt wart.«

»Und wie soll ich jetzt helfen?« Theo sah Madame Piotrowska zweifelnd an. »Ich beherrsche keinerlei Magie. Nicht wissentlich, heißt das. Ich habe einfach nur hin und wieder diese Vorahnungen und so.«

Madame Piotrowska lächelte. »Oh, du hast viel mehr als das, junge Dame«, widersprach sie freundlich. »Du bist der Leuchtturm.«

»Der was?«, fragte Harold. Je länger Theodosias Bericht angedauert hatte, desto blasser war der schmächtige Erfinder geworden. Nun, da es bereits auf Mittag zuging, hatte er zum ersten Mal, seit sie die Wohnung betreten hatten, wieder das Wort ergriffen.

»Ich will versuchen, es euch mit einem Bild verständlicher zu machen«, begann Madame Piotrowska und sah von einem zum anderen. »Ihr Jungs habt wichtige Erinnerungen verloren. Sie wurden euch gestohlen, und jetzt seid ihr gewissermaßen wie Boote, die sich bei Nacht und Nebel auf dem Meer verirrt haben.«

Lucius nickte. So ähnlich kam er sich tatsächlich vor, seit er am Morgen in Theos Droschke gestiegen war. Abermals musste er an das seltsame Gefühl denken, das er beim Aufwachen gehabt hatte. Nun wusste er also, woher es rührte.

»Der Nebel, der euch gewissermaßen einhüllt, ist sehr, sehr tückisch«, sagte die Spiritistin. »Denn es ist magischer Nebel. Versteht ihr? Er gaukelt euch vor, es gäbe gar keinen rettenden Hafen.«

»Die Magie will, dass wir gar nicht merken, dass sie in uns wirkt«, übersetzte Sebastian prompt. »Dass wir keinerlei Verdacht schöpfen.«

»Richtig. Denn dann würdet ihr nicht versuchen, gegen sie vorzugehen. Wer keine Erinnerungen vermisst, dem werden sie auch nie fehlen.«

»Das heißt also, man *kann* gegen sie vorgehen?«, fragte Lucius hoffnungsvoll.

»Vielleicht«, antwortete Madame Piotrowska vorsichtig und legte Theodosia eine schlanke Hand auf die Schulter. »Falls man denn einen Leuchtturm hat. Jemanden, der einen durch den Nebel zum Hafen lotsen kann. Du, Theo, weißt wieder, was euch gestern widerfahren ist. Das ist unser großer Trumpf, hoffe ich. Denn auch ich vermag deinen Freunden kein Wissen zurückzugeben, von dem ich so wenig weiß wie sie. Den Hafen, den ihre Boote vergessen haben, kenne ich nicht. Aber du kennst ihn – und wenn ich Glück habe, bringe ich Sebastian, Harold und Lucius so weit, ihn zu suchen. Und den Leuchtturm im Nebel zu erkennen.«

»Fangen wir an«, sagte das Mädchen, noch bevor einer der Jungs Zweifel oder sogar Unverständnis zu äußern vermochte. »Was sollen wir tun?«

Die Spiritistin erhob sich, trat an einen Schrank und entnahm ihm eine kleine violette Pyramide, die sie in die Tischmitte stellte. Als Nächstes entzündete sie einige Kerzen und Räucherstäbchen. Binnen weniger Sekunden roch es rund um den Tisch nach exotischen Kräutern und würzigem Qualm. Madame Piotrowska setzte sich wieder und nickte Theo zu. »Du weißt, wie es geht. Schau auf den Fokus-Kristall, meine Liebe. Konzentriere dich. Und ihr, junge Herren, schließt bitte die Augen, atmet tief ein und hört nur noch auf meine Worte.«

Lucius gehorchte. Schweigend saß er da und fragte sich, worauf er eigentlich wartete. Minuten vergingen und wurden zu kleinen Ewigkeiten. Die Stille schien absolut.

Dann: »Atmet langsam und gleichmäßig.« Madame Piotrowskas Stimme klang seltsam, fast als käme sie aus weiter Ferne. »Entspannt euch. Lasst alles fallen, was euch hemmt. Lasst alles los, was euch bremst. Entspannt euch.«

Nie zuvor hatte Lucius beruhigendere Worte vernommen! Mit einem Mal kehrte die Müdigkeit zurück, der er erst vor wenigen Stunden so mühsam entkommen war. Seine Glieder schienen zu Blei zu werden, seine Muskeln ihre Kraft zu verlieren. Er saß nicht mehr, er hing in seinem Sitz – jede einzelne Faser seines Körpers war pure Entspannung.

»Ihr habt euch verirrt«, drang die ferne Stimme der Spiritistin dann aufs Neue zu ihm durch. »Ihr treibt im Nebel. Doch es gibt Land, Freunde. Nicht weit von euch entfernt. Seht ihr es?«

Lucius sah gar nichts mehr, und er wollte auch nichts sehen. Die Augen fest geschlossen, atmete er ein und aus, ein und aus, und alles war gut. Endlich hatte er seinen inneren Frieden wieder. Zeit verging. Wie viel? Das war ihm egal. Alles wurde egal.

»Strengt euch an«, tadelte Madame Piotrowska, irgendwo jenseits seiner Lider. »Sucht. Theo, euer Leuchtturm, leuchtet euch.«

Weitere Ewigkeiten verstrichen. Doch mit einem Mal war dem Jungen, als flackere ein kleines Licht in der Schwärze seiner geschlossenen Augen. Aber das war vollkommener Unsinn. Mehr noch: Es störte ihn ganz gewaltig. Er wollte doch seinen Frieden!

»Ja, genau da«, hauchte die ferne Stimme Piotrowskas. »Seht es, Jungs. Seht und geht auf es zu.«

Das Flackern wiederholte sich, wurde schneller. Das Licht wurde größer. Lucius kam es vor, als zöge eine unsichtbare Hand ihn auf es zu. Würziger Rauch juckte ihn plötzlich in der Nase.

Dann war eine zweite Stimme da in der Dunkelheit. Sie musste näher als Piotrowska sein, klang aber gepresst und leidend. Jede Silbe ein Seufzer, jeder Laut ein Kampf. »Ich. Schaffe. Es. Nicht.«

»Doch, Theo«, wehte von irgendwo Madame Piotrowskas sanfter Widerspruch herbei. »Du kannst es, mein tapferes Kind. Gib nicht auf.«

Und das Licht wuchs weiter. Schon nahm es ein Drittel der einstigen Dunkelheit in Beschlag, dann die Hälfte. *Theo?*, schoss es Lucius durch den Kopf. Er wollte die Augen öffnen, nach ihr sehen, doch die Spiritistin hatte es verboten. Und dieser eigenartige Rauch drang immer tiefer in sein Inneres, füllte ihn wie einen Luftballon.

»Nähert euch dem Leuchtturm«, hörte er ihre Gastgeberin wieder. »Nähert euch ... *einander!*«

Dann geschah es: Das Licht wurde zur Explosion, fraß die Schwärze restlos auf. Auch der Rauch wurde unerträglich. Hustend und keuchend riss Lucius die Augen auf und sah, dass es Harold und Sebastian genauso erging.

Und dass Theodosia schweißnass und vor Anstrengung zitternd in Helena Piotrowskas Armen lag.

»Hab ich euch«, flüsterte das Mädchen mit schwachem Lächeln. Dann schloss sie die Augen.

Es war, wie Theo es berichtet hatte: Von einem Moment zum anderen kehrten die Erinnerungen zurück, und niemand vermochte dies wirklich zu begründen. *Weil es mit Logik wenig zu tun hat*, begriff Lucius. *Das hier ist Magie. Nichts, was Sherlock Holmes mit seinen Detektivmethoden ermitteln könnte.* Das dunkle Haus in Hoxton, der unheimliche Automatenmann, Granger und der Kutscher mit der Luftschiffbrille – auf einmal waren all die Bilder wieder da. Und mit ihnen auch das Wissen um die Gefahr, in der sie alle schwebten. *Der Goldene Machtkristall. Wie konnten wir den nur vergessen?*

Fassungslos sahen die Freunde sich an. Sie alle schienen dasselbe zu denken. »Stellt euch mal vor«, murmelte Harold, »Grangers Zauber hätte auch bei Theo so gewirkt wie bei uns.«

Sebastian nickte grimmig. »Dann wären wir vielleicht alle bald verloren«, sagte er. »Dann könnte dieser ehrlose Dieb tun, was immer ihm gefällt.«

»Und was wäre das?«, fragte Theo. »Wie sieht sein Plan denn jetzt aus?«

Sie hatten sich von ihrem magischen Ausflug durch den Nebel allmählich wieder erholt. Selbst dem Mädchen, das Madame Piotrowska völlig zu Recht als Leuchtturm bezeichnet hatte, ging es schon merklich besser, und die alten Kräfte kehrten zurück. Auch deshalb hatten sich die Freunde unter großen Dankesbekundungen von der Spiritistin verabschiedet. Nun saßen sie in ihrer Droschke und ratterten erneut über das Londoner Straßenpflaster. Ihr Ziel war der Diogenes-Club, wo man sie hoffentlich noch nicht vermisste.

»Keine Ahnung.« Lucius seufzte. »Was Granger jetzt vorhat, weiß vermutlich nur sein Auftraggeber. Dieser mysteriöse Mann aus dem Nebenzimmer, wisst ihr noch? Und wir haben keinen Schimmer, wer das ist.«

»Ihr vielleicht nicht«, sagte Sebastian, und Lucius hob die Brauen. »Aber ich.«

»Wie bitte?«, fragte Harold. »Wir konnten den Kerl doch kaum sehen, geschweige denn erkennen. Nur ein dunkler Schemen mit dunkler Stimme.«

»Mhm.« Der Sohn des berühmten Abenteurers nickte. »Aber das genügt mir. Der Kerl kam mir gestern schon eigenartig vertraut vor. Nun jedoch bin ich mir absolut sicher. Freunde, ich weiß, wer über den magischen Kristall verfügt. Ich weiß, für wen Mister Granger, dieser Verräter, ihn gestohlen hat. Für George Walter Bell, den alten Widersacher meines Vaters!«

Den Namen hatte Lucius schon einmal gehört. Auch Harold schien ihn zu kennen. »Etwa *der* Bell, mit dem ihr euch ein Wettrennen nach Kongarama geliefert habt? Der ebenfalls eine Expedition veranstaltet hatte, dem ihr aber zuvorkamt?«

»Ganz genau. Bell ist ein skrupelloser, von Neid zerfressener Wicht, der über Leichen geht, um seine Ziele zu erreichen und seinen Wohlstand zu mehren. Bell hasst meinen Vater, seit Jahrzehnten schon.«

Das saß! Mit einem Mal ergab dieses wahnwitzige Abenteuer einen ebenso klaren wie bösen Sinn: Der Einbruch im Museum, das gestohlene Kristall-Ei – all das war geschehen, weil George Walter Bell seinem alten Gegner Allan Quatermain den verdienten Ruhm nicht gönnte.

Theo wurde blass. »Haltet mich für verrückt, Freunde, aber ich glaube, diesem Bell geht es gar nicht darum, Sebastians Vater die Ausstellung zu verderben. Erinnert ihr euch noch, was Granger gestern gesagt hat? Er sagte, mit dem Kristall könne man selbst rechtschaffene Männer zu *Mördern* machen. Er *versprach* es uns sogar, denn er sagte, wir würden es noch sehen.«

Lucius schluckte trocken. »Und welchen rechtschaffenen Mann mag George Walter Bell am allerwenigsten?«

Sie blickten sich an. »Oje«, murmelte Theo, denn sie alle hatten natürlich den gleichen Gedanken: *Allan Quatermain!*

Harold sah zu Sebastian. »Wo ist dein Vater jetzt gerade?«, fragte er besorgt.

Sebastian zückte seine Taschenuhr. »Im Museum. Die Eröffnung der Ausstellung steht unmittelbar bevor.«

»Verdammt!«, entfuhr es Lucius. Entsetzen breitete sich in seinem Innern aus wie Milch in einem Frühstückstee. »Wisst ihr, was das heißt?«

»Zu so einer Eröffnung sind eine Menge wichtiger Gäste geladen«, erkannte Harold. »Das wäre die perfekte Gelegenheit für Bell zuzuschlagen. Die perfekte Gelegenheit, einen rechtschaffenen Mann zum Mörder zu machen. Wenn dein Vater, Sebastian, die Waffe gegen irgendeinen Lord oder eine Lady erhebt, ist es um seinen guten Ruf geschehen.«

Sebastian wurde bleich. »Freunde, ich glaube, hier geht es nicht um irgendeinen Lord oder eine Lady«, flüsterte er. »Niemand Geringeres als Königin Victoria wird im Museum erwartet, um Dad für seine Erfolge zu ehren.«

»Mein Gott.« Harold riss schreckensweit die Augen auf. »Meinst du ehrlich, dass Bell so weit gehen würde?«

»Ihr kennt ihn nicht wie ich. Ich bin mir sicher.« Sebastian nickte grimmig. »Darum geht es hier. Bell will, dass mein Vater die Königin ermordet – heute! Vor aller Augen! Und dieser schreckliche Kristall gibt ihm die Macht dazu!«

KAPITEL 13:

Tod der Königin!

Ihre Dampfdroschke jagte durch die Straßen von London. Lucius hatte den Automatenmann der Familie Paddington, der das Gefährt auf dem Weg zu Madame Piotrowska gelenkt hatte, kurzerhand vom Fahrersitz verdrängt und sich selbst hinters Steuer geklemmt.

»Kannst du so ein Ding überhaupt fahren?«, hatte Harold entsetzt gefragt.

Lucius hatte nur gegrinst. »Vertrau mir.« Dann hatte er Dampf gegeben.

Seitdem rasten sie die breite Oxford Street hinunter. Sebastian, der neben ihm saß, betätigte die Hupe, während Lucius sich am Steuer festhielt und versuchte, ihr Gefährt auf Kurs zu halten. Harold und Theo saßen in der Passagierkabine und schauten zu den Seitenfenstern hinaus, wobei Harold in einem fort »Vorsicht!« und »Achtung!« schrie, wenn Lucius mal wieder einem Hindernis zu nahe kam.

Links und rechts von ihnen zog sich eine lückenlose Wand aus mehrstöckigen Häusern wie die künstlichen Wände eines Grabens. Auf den Gehwegen drängten sich um diese Uhrzeit die Menschen, und auch zahlreiche Kutschen und Dampfdroschken waren unterwegs. Doch das hielt Lucius nicht auf.

Er war schon in Schanghai Dampfdroschke gefahren. Dagegen war der Londoner Verkehr harmlos.

»Aus dem Weg!«, schrie er Passanten und andere Kutscher an. »Weg da!« Sebastian hupte dazu. Eine Schneise aus schnaubenden Pferden und wütendem Geschrei blieb hinter ihnen zurück. Aber das war Lucius egal. Das Leben der Königin stand auf dem Spiel, und außerdem der gute Ruf von Allan Quatermain.

»Hier links!«, rief Harold hinter ihnen, der sich als Einziger so richtig in London auskannte.

Lucius' Kopf zuckte nach links, doch leider sah er die schmale Gasse zwischen den Häusern zu spät. Er wollte die Droschke herumreißen, aber ein großes Gespann mit vier Pferden kam ihm dazwischen.

»Oh, Mist«, fluchte er.

»Macht nix«, ließ Harold ihn wissen. »Nächste links geht auch noch. Die ist auch etwas breiter. Da vorne. Aufpassen.«

Lucius riss das Lenkrad herum, und die Dampfdroschke schleuderte um die Kurve. Das Heck brach aus, und die mit Eisen beschlagenen Holzräder holperten über das Pflaster. Irgendetwas krachte, aber Lucius verschwendete keine Zeit, sich zu fragen, was nun kaputtgegangen war.

Durch eine Gasse, die kaum breit genug war, um zwei Fuhrwerke aneinander vorbeizulassen, rasten sie weiter. Zu ihrem Glück war der Weg frei. Nur ein paar Fußgänger mussten sich beherzt in Sicherheit bringen, als Lucius hupend und schreiend an ihnen vorbeirauschte.

Am Ende der Gasse war bereits die weiße Fassade des Britischen Museums zu erkennen, ebenso die grünen Bäume, die am Straßenrand davor wuchsen. Und man konnte sehen, dass diese Straße nicht sehr breit war. »Oh, oh«, murmelte Lucius.

»Bremsen!«, schrie Harold.

In voller Geschwindigkeit schossen sie aus der Gasse. Lucius und Sebastian griffen gleichzeitig nach dem Bremshebel zwischen ihnen und rissen ihn nach hinten. Kreischend griffen die Bremsen. Die Dampfdroschke geriet ins Schlingern – und die Bäume kamen immer näher.

»Festhalten!«, brüllte Lucius.

Mit einem Aufschrei ging Theo, die auf der rechten Seite aus der Droschke geschaut hatte, in Deckung. Im letzten Moment! Lucius zog das Lenkrad zur Seite, und mit einem *Rumms* krachte die Kutsche gegen den Baumstamm. Der Ruck hätte Lucius beinahe von der Sitzbank geschleudert. Sebastian erging es ähnlich.

Der Antrieb unter ihnen knallte und fauchte. Rasch kuppelte Lucius ihn aus, um nicht wieder in Fahrt versetzt zu werden. Dann standen sie, halb an einen Baumstamm gelehnt. Das Dach der Passagierkabine war zum Teil aufgesprungen, der Schornstein im Heck, aus dem noch immer Dampf drang, hing schief in der Halterung. Diese Dampfdroschke musste dringend in Reparatur. Aber darüber konnten sie sich später Gedanken machen.

Lucius sprang aus der Fahrerkabine. »Alles aussteigen. Wir sind da.«

Wie zu erwarten, hatte ihre rasante Anfahrt einige Aufmerksamkeit erregt. Menschen liefen zusammen, um sich den Unfall anzuschauen, und vom Eingang des Museums kamen zwei Polizisten angelaufen.

»Dafür haben wir keine Zeit«, entschied Sebastian.

»Harold und ich klären das«, sagte Theo schnell. »Lauft ihr zwei und sucht deinen Vater, Sebastian.«

»In Ordnung.« Sebastian nickte Lucius zu, und die beiden setzten sich in Bewegung.

Sie liefen die Straße hinunter zum Haupteingang des Museums. Überall waren Gespanne und Dampfdroschken abgestellt. Lucius bemerkte sogar zwei elektrifizierte Motorwagen. Das war kein Wunder, schließlich gehörte die Eröffnung der Kongarama-Ausstellung im Britischen Museum zu den wichtigsten gesellschaftlichen Ereignissen, die in diesen Wochen in London stattfanden. Wer Rang und Namen hatte – oder beides haben wollte –, ließ sich hier sehen.

Ab morgen war es allen Bürgern der Stadt erlaubt, sich die Fundstücke von Quatermains jüngster Expedition auf den dunklen Kontinent anzuschauen. Heute hingegen stand das Eingangsportal nur für geladene Gäste offen. Entsprechend tummelten sich auf den Stufen und unter den Säulen im Eingangsbereich ehrwürdige Professoren im schwarzen Frack und wichtige Kaufleute, die mit goldenen Taschenuhren und teurem Zwirn protzten. Dandys stolzierten mit auffälligen Hüten und verzierten Stöcken umher, und ältliche Damen in hochgeschlossenen Kleidern beobachteten sie missbilligend.

»Ich fühle mich, als hätte ich meinen Sonntagsanzug anziehen sollen«, murmelte Lucius, während er mit seinem Freund an den Gästen vorbeieilte.

»Ja«, pflichtete Sebastian ihm bei. »Zu dumm, dass das Ritual bei Madame Piotrowska so lange gedauert hat. Sonst wäre ich vorher noch ins Hotel gegangen.«

»Kommen wir so überhaupt ins Museum rein?« Lucius deutete auf die vier wachsamen Museumswärter, die neben dem Eingang standen. Ein paar Schritte weiter standen zudem weitere Polizisten parat.

Sebastian warf ihm einen grimmigen Blick zu. »Wir müssen es – irgendwie!«

Wie Lucius es befürchtet hatte, verstellte ihnen einer der Wärter, ein dicker Kerl mit Schnauzbart, den Weg, als sie unter die hohen Säulen traten. »Halt«, knurrte er. »Kein Zutritt für Kinder.«

»Wissen Sie nicht, wer ich bin?«, fragte Sebastian und warf sich in die Brust.

»Nein, und es ist mir auch egal«, antwortete der Mann. »Dort drinnen läuft eine wichtige Eröffnungszeremonie. Königin Victoria persönlich ist anwesend. Da lasse ich bestimmt keine zwei dahergelaufenen Jungs in Straßenkleidung ein.«

Sein Nachbar, der kaum halb so viel Pfunde auf die Waage brachte, aber dafür einen Kopf größer war, tippte ihm auf die Schulter. »Rupert, das ist Sebastian Quatermain. Der Sohn vom großen Oberboss. Ich glaube, der darf rein.«

Der schnauzbärtige Wärter musterte Sebastian von oben

bis unten. »Hm«, machte er ungehalten. »Sieht trotzdem aus wie ein Lausebengel.«

»Tut mir leid«, gab Sebastian spitz zurück. »Manche Leute müssen halt praktische Kleidung tragen. Die Löwen in der Savanne würden sich jedenfalls kaputtlachen, wenn ich im Matrosenkostüm herumliefe.«

»Lass es gut sein, Rupert«, meinte sein Kollege.

»Darum bitten wir auch«, fügte Sebastian hinzu. »Wir haben es nämlich echt eilig. Ich darf doch die Eröffnung nicht verpassen.«

»Dann solltet ihr euch wirklich sputen«, riet Rupert. »Die läuft nämlich bereits.«

Sebastian und Lucius ließen sich das nicht zweimal sagen.

Sie eilten durch die Tür und ins Innere des Museum. »Wohin müssen wir?«, fragte Lucius. »Die Ausstellung findet doch nicht im Keller statt, oder?«

Sebastian schüttelte den Kopf. »Nein. Sie haben sie gestern in den großen Lesesaal in der Mitte des Museums verlegt. Mir nach.« Sie durchquerten den Eingangsbereich, der von Säulen geschmückt war und eine hohe Decke hatte. Durch zwei weitere Räume und einen kurzen Korridor erreichten sie gleich darauf ein großes, rechteckiges Bauwerk mit gewaltigem Kuppeldach, das im Innenhof des eigentlichen Museums aufragte. Ein weiteres Mal wurden sie von Museumswärtern angesprochen, und wieder sorgte Sebastians Name dafür, dass sie passieren durften.

Im nächsten Moment betraten sie einen riesigen kreisrunden Raum, der sich direkt unter der imposant aufragenden Kuppel des Gebäudes befand. Obwohl Lucius wirklich andere Dinge im Kopf hatte, gingen ihm für einen Moment die Augen über. Nicht nur das eindrucksvolle, himmelblau gestrichene und mit Gold verzierte Kuppeldach raubte ihm den Atem, vor allem faszinierte ihn die einmal rund um den Raum verlaufende Regalwand, die sich über drei Ebenen erstreckte und über zwei schmale Galerien zu erreichen war. Tausende von Büchern standen in diesen Regalen, vom schmalen Journal bis zum dicken Lexikon. Wer Bücher liebte, dem musste dieser Raum wie das Paradies auf Erden vorkommen. Und selbst Lucius war überwältigt.

Sein Staunen hielt jedoch keine fünf Herzschläge, dann richtete er seine Aufmerksamkeit auf die Menge, die sich in der Bibliothek versammelt hatte. Alle Lesetische und Bänke waren entfernt worden. Stattdessen zogen sich Schaukästen und Podeste in einem weiten Kreis entlang der Wände, in und auf denen die Fundstücke aus Kongarama präsentiert wurden. Museumswärter in frisch gebügelten Uniformen standen dazwischen wie Statuen. Die Messingknöpfe ihrer Jacken waren dem Anlass entsprechend auf Hochglanz poliert.

In der freien Mitte des Raumes saßen auf bereitgestellten Stühlen mindestens zweihundert geladene Gäste beisammen. Verdiente Militärveteranen, britischer Adel und andere Würdenträger hatten sich eingefunden. Sie stellten die erlesene Gemeinschaft dar, die der Eröffnung der Ausstellung durch Königin Victoria beiwohnen durften.

Am hinteren Ende der Bibliothek war ein Podest errichtet worden, vor dem zehn edel gekleidete Leibgardisten der Krone Wache hielten. Oben auf der hölzernen Plattform, die mit Teppich ausgelegt worden war, erhob sich ein kleiner Thron. Daneben standen mehrere Stühle mit hoher Lehne, auf denen ernst dreinblickende Männer saßen, teilweise im dunklen Gehrock, teilweise so schwer mit Orden behängt, dass sie vornüberkippen mussten, wenn sie nicht aufpassten.

Vor dem Thron stand die Königin. Lucius kannte sie bislang nur von einem kleinen Gemälde, das im Flur der Baker Street 221b hing. Auf diesem war Königin Victoria allerdings bestimmt zwanzig Jahre jünger. Die Königin musste mindestens siebzig sein. Gebrechlich wirkte sie deswegen kein bisschen. Sie hatte ein reich verziertes Kleid an und trug eine Art Schleier auf dem Kopf, auf dem ihre Krone saß. Um den Hals hing eine kostbare Kette, auch ihre Finger waren von zahlreichen Ringen geschmückt. Ihr Gesicht wirkte streng, die Miene herrschaftlich. Mit dieser Frau, das erkannte Lucius sofort, legte man sich besser nicht an.

»Und so zeigt sich einmal mehr«, sagte die Königin gerade, »welche Früchte unerschrockener Forschergeist und tapfere Beharrlichkeit tragen können.« Wie es schien, hatte sie ihre Eröffnungsrede schon beinahe beendet. »Männer wie Allan Quatermain junior – mutige, treue, aufrechte Männer – brauchen wir, damit man Großbritannien überall in der Welt mit Respekt und Bewunderung begegnet. Aus diesem Grund ist es uns eine Freude, dem großen Afrikaforscher, der dem

Namen der Familie Quatermain mehr als gerecht wird, heute anlässlich dieser Ausstellungseröffnung eine besondere Ehre zu erweisen. Wir werden ihn an diesem Tag, umgeben von den größten Erfolgen seiner langen Reisen, zum Ritter schlagen.«

Höflicher Applaus erklang aus dem Publikum. Lucius und Sebastian liefen unterdessen am Rand des Raums entlang, weil sie nicht durch den Mittelgang direkt auf die Königin zustürmen wollten. Dabei ließen sie gehetzt den Blick über die Gäste schweifen. Lucius fand Allan Quatermain sofort. Sebastians Vater saß im linken Stuhlblock in der ersten Reihe, das Haar ordentlich gescheitelt. Ausnahmsweise trug er sogar mal Anzug. Seine Miene wirkte etwas angespannt, aber das mochte an dem feierlichen Anlass liegen.

Neben ihm erkannte Lucius auch Granger, den verräterischen Assistenten. Er schwitzte ein wenig, wirkte ansonsten aber ruhig. Von dem Machtkristall war nichts zu sehen.

»Da«, raunte Sebastian und zog Lucius am Ärmel. »Da drüben sitzt George Walter Bell.« Er deutete auf einen Mann, der in der zweiten Reihe des rechten Stuhlblocks ziemlich am Rand saß. Bell wirkte etwas älter als Quatermain, aber noch immer athletisch. Er hatte das graue Haar streng zurückgekämmt, und auf seinen Zügen lag ein grimmiger Ausdruck. Auffällig war eine aus Leder und blank poliertem Metall gefertigte Maske, die sein linkes Auge bedeckte und dazu ein Stück des Schädels und der Wange. Die Teilmaske war wie eine Augenklappe mit einem Lederriemen um den Kopf befestigt, und dort, wo Bells Auge gewesen wäre, ragte eine Optik hervor, die an die Augen von Harolds Automatenbutler James erinnerte.

Eine Prothese, begriff Lucius.

Als hätte Bell bemerkt, dass die Blicke der Jungs auf ihm lagen, drehte er auf einmal ein wenig den Kopf. Seine Optik bewegte sich leicht, fuhr nach vorne und wieder nach hinten, als müsse sie sich scharf stellen. Dann umspielte ein unheilvolles Lächeln seine schmalen Lippen. Wie beiläufig hob er die linke Hand und strich sich mit dem Zeigefinger über die Kehle.

Lucius lief ein Schauer über den Rücken. Auf einmal war er sich ganz sicher. »Verdammt, wir hatten recht«, flüsterte er Sebastian zu. »Er wird es wirklich tun. Er wird deinen Vater die Königin ermorden lassen.«

»Allan Quatermain«, rief die Monarchin Sebastians Vater in diesem Moment auf. »Erheben Sie sich, und kommen Sie zu uns herauf.«

Gehorsam erhob sich Sebastians Vater. In seinem Gesicht zuckte es, als wolle er sich an etwas erinnern, könne es aber nicht. Beinahe mechanisch machte er einen Schritt vor den anderen, ging zu den drei Stufen hinüber, die auf das Podest hochführten. Er griff in die Tasche seines Anzugs. Seine Miene wirkte auf einmal steinern, und die Augen blickten kalt und leer.

»Nein!«, schrie Sebastian in diesem Augenblick und rannte los. »Haltet meinen Vater auf! Er hat eine Waffe!«

Einen Moment lang herrschte völliges Schweigen im Raum, als alle den zwölfjährigen Jungen anstarrten, der in die ehrwürdige Zeremonie geplatzt war.

Dann zog Allan Quatermain den Revolver aus der Jackentasche, und der Aufruhr brach los. Einige Gäste sprangen von ihren Sitzen und riefen aufgeregt durcheinander. Die Königin trat unsicher zwei Schritte vom Rand des Podests zurück. Gleichzeitig sprang die alarmierte Leibwache vor und warf sich auf Sebastians Vater, um ihn zu Boden zu ringen. Der drehte sich zu Königin Victoria um und hob den Arm.

Ein Schuss krachte!

Aber die Kugel schlug in eines der oberen Bücherregale ein, denn einer der Gardisten hatte rechtzeitig die Hand mit dem Revolver nach oben geschlagen. Im Nu waren die Wachleute um Sebastians Vater herum und setzten ihn mit schnellen Schlägen und Griffen außer Gefecht. Eigenartigerweise wehrte er sich überhaupt nicht.

»Ein Skandal!«, schrie jemand im Publikum. »Verräter!«

»Falsch!«, rief Lucius, wobei er auf die Bühne sprang, ganz gleich, was die Leute von ihm denken mochten. Hier oben war er in seinem Element, und er wusste, wie man ein Publikum gefangen nahm. »Nicht Quatermain ist der Verräter«, fuhr er mit lauter Stimme und eindringlichem Blick fort. »Dieser Mann, sein Assistent Mister Granger, steckt hinter dem Anschlag.« Er deutete auf Granger in der ersten Reihe. »Er hat Quatermain hypnotisiert, damit dieser für ihn den Mord durchführt. Wir haben Beweise dafür, denn auch uns wollte er hypnotisieren, damit wir vergessen, dass wir ihm auf die Schliche gekommen sind.«

»Was ist das denn für eine üble Verleumdung?«, rief Granger wütend. »Ich prügle dich windelweich, Bürschchen!«

»Keine Verleumdung!«, antwortete Lucius. »Wir haben alle Fakten. Sebastian Quatermain, der Sohn des großen Forschers, kann sie bezeugen. Und ebenso Sherlock Holmes persönlich, der berühmte Meisterdetektiv, der ebenfalls unterrichtet ist.« Das war natürlich gelogen, aber es saß. Die Augen der Zuhörer wurden immer größer. Zufrieden fuhr Lucius fort.

»Und es kommt noch besser ...« Er richtete den ausgestreckten Zeigefinger auf Bell. »Drahtzieher hinter allem ist George Walter Bell, Quatermains ewiger Konkurrent. Er war zornig, dass Quatermain ihn so oft ausgestochen hat, und wollte ihn demütigen. Deshalb hat er Granger als Spion bei Quatermain eingeschleust – und diesem befohlen, Sebastians Vater zu hypnotisieren. Geholfen hat ihnen dabei ein magischer Stein, den Quatermain in Kongarama gefunden hatte, ohne es zu wissen. Der Stein war in der Statue von Umbak dem Beherrscher versteckt, die, wie wir alle erfahren mussten, vor ein paar Tagen zerstört wurde.«

»Glauben Sie uns«, meldete sich nun auch Sebastian zu Wort, der neben Lucius die Treppen hochgekommen war. »Lassen Sie Granger und Bell durchsuchen. Einer von ihnen hat garantiert den Stein bei sich, einen golden leuchtenden Kristall.«

»Ihr kleinen Kröten!«, schrie Granger. Zu ihrem Glück war er kein guter Lügner oder Falschspieler, der einfach alles abstritt. Stattdessen ließ er sich von seinen Gefühlen übermannen und sprang mit hochrotem Kopf auf. »Ich mach euch fertig!«

Die Unruhe im Raum verstärkte sich. Frauen tuschelten, Männer riefen erstaunt durcheinander.

»Wache, verhaften Sie diesen Mann!«, befahl die Königin hinter Lucius mit scharfer Stimme. »Und nehmen Sie auch Mister Bell zur Befragung in Gewahrsam.«

»Nein!« Als die Gardisten nach Granger griffen, holte der aus und schlug einen von ihnen mit einem herzhaften Schwinger zu Boden. »Das ist eine Verschwörung! Eine Frechheit! Ich lasse mich doch nicht von ein paar Jungs ins Gefängnis bringen. Niemals! Bell?«

Es kam zu einem Gerangel, und ein zweiter Gardist ging zu Boden. Die übrigen eilten ihren Gefährten zu Hilfe.

Unterdessen wurden die Gäste noch unruhiger. Vor allem in den vorderen Reihen wollten sich die Damen nach hinten drängen, während die Herren als Gentlemen sie etwas hilflos zu beschützen versuchten. Dabei standen sie sich gegenseitig im Weg. Das Chaos war perfekt.

»Lucius!«, rief Sebastian und stieß diesen an. »Schau, Bell geht stiften!«

Tatsächlich drängte sich George Walter Bell durch das Durcheinander der Gäste zu einem Seitenausgang der Bibliothek. Seine Absicht war unmissverständlich: Er wollte verschwinden, solange die Gardisten noch mit Granger beschäftigt waren.

Lucius traf seine Entscheidung in Sekundenschnelle. »Hinterher!«, rief er und sprang von der Bühne. »Den schnappen *wir* uns!«

KAPITEL 14:

Hetzjagd durch London

Der Mann mit der Augenprothese floh durch London, und die Freunde folgten ihm. Nachdem Bell aus der Bibliothek entkommen war, stürzte er Hals über Kopf durch den Eingangsbereich des Museums nach draußen. Unter den Säulenpalisaden vor dem Hauptportal stieß er mit einem der herumstolzierenden Gecken zusammen, der daraufhin mit einem überraschten Aufschrei einer molligen Dame in die Arme taumelte. Bell beachtete die beiden gar nicht.

Mit einer Schnelligkeit, die Lucius ihm bei seinem Alter nicht zugetraut hätte, rannte Quatermains Konkurrent über den Vorhof zu den Kutschen und Dampfdroschken, die am Straßenrand parkten.

»Schneller!«, rief Sebastian, der Lucius zwei Schritte voraus war. »Er darf uns nicht entwischen!«

Bell stürmte hinaus auf die Straße und wandte sich nach rechts. Sebastian und Lucius folgten ihm.

»Harold, Theo, kommt!«, schrie Lucius über die Schulter den beiden Freunden zu. Diese standen noch immer bei der gegen einen Baum gesteuerten Dampfdroschke.

Sofort setzten sich die beiden in Bewegung. Die Passanten und die zwei Polizisten, die sich um die Unfallstelle versammelt hatten, ließen sie einfach stehen. »Was macht ihr da?«, fragte Harold von hinten.

»Wir verfolgen Bell«, rief Lucius zurück. »Er wollte tatsächlich Sebastians Vater dazu bringen, die Königin zu erschießen! Mit dem Kristall!«

»Ach du Kacke.«

Bell hatte unterdessen sein Fahrzeug erreicht. Lucius riss die Augen auf. »Heiliger Strohsack!«, entfuhr es ihm. Das Gefährt war eindeutig ein Motorwagen der neusten Generation; keine knallende, rauchende Dampfdroschke, sondern ein schnittiges Fahrzeug mit Vollgummireifen, einem offenen Verdeck und zwei breiten, glänzenden Auspuffrohren, die am Heck nach oben schwangen.

»Haltet den Verbrecher!«, schrie Sebastian den Passanten zu. Doch die meisten schauten nur verwundert drein. Keiner verhinderte, dass Bell einstieg. Röhrend erwachte der Motor unter der lang gezogenen Haube zum Leben.

»Verdammt!«, fluchte Lucius. »Er entwischt uns.«

Und so kam es. Sie waren noch immer mehrere Schritte entfernt, als der Wagen mit einem Satz nach vorne schoss. Bell wendete und brauste dann nach rechts, die Straße hinunter und vom Museum weg.

Sebastian und Lucius blieben stehen. Es war sinnlos, dem Motorwagen nachzulaufen. Sie konnten ihn unmöglich einholen. Sekunden später waren auch Harold und Theo bei ihnen.

»Und was jetzt?«, fragte Harold.

Das Quäken einer Hupe verhinderte, dass einer der Freunde ihm antwortete. Überrascht schauten sie nach links und erblickten eine kleine, dreirädrige Dampfdroschke mit schwarzer Lackierung. Sie sah aus wie ein motorisiertes Fahrrad mit angebauter Frachtkiste und einem kleinen Dampfkessel am Heck. Auf der Kiste stand in großen Lettern »Royal Mail«.

»Braucht ihr Hilfe, Kinder?«, fragte der Fahrer, ein drahtiger alter Bursche mit verschmitztem Gesicht, der eine Lederkappe und eine große Brille trug.

»Wer sind Sie?«, wollte Lucius wissen.

»Captain Jonathan Fitzbroom, Erste Königliche Eilpostbrigade«, stellte sich der Alte vor und tippte sich mit dem behandschuhten Finger an die Kappe. »Steigt ein. Mein Ladebereich ist frei. Den Kameraden kriegen wir noch.« Er nickte dem schnittigen Motorwagen zu, der sich rasch entfernte.

Die Freunde ließen sich nicht zweimal bitten. Schnell stiegen sie in die Kiste hinter Fitzbroom, die durch eine Plane abgedeckt wurde, aber im Moment offen stand.

»Haltet euch fest«, warnte der Captain sie. Dann gab er Dampf. Fauchend schoss das Postfahrzeug los, und binnen Sekunden jagten sie mit irrer Geschwindigkeit dem Flüchtenden nach.

»Danke, dass Sie uns helfen«, rief Lucius ihrem Fahrer zu.

»Keine Ursache«, brüllte dieser gegen den Fahrtwind zurück. »Ich habe soeben gehört, was passiert ist. Und einen Königinnenattentäter zu stellen, ist ja wohl die Pflicht eines jeden guten Briten.«

Sie bogen nach links ab, rauschten über die belebte Oxford Street hinweg und danach in gerader Linie nach Süden. »Sieht so aus, als wolle er zum Fluss«, meldete sich ihr Fahrer, während er ihr Gefährt schlingernd um einige Hindernisse herumsteuerte, immer dem schnittigen Motorwagen nach.

»Vielleicht hat er da ein Schiff«, mutmaßte Theo.

»Besser nicht«, erwiderte Lucius. »Denn wir haben keins.«

Sie erreichten einen kleinen Platz, an dem sich drei Straßen kreuzten, und ihr Fahrer erzeugte ein ordentliches Chaos, als er einfach geradeaus weiterraste, ohne irgendeine Vorfahrt zu beachten. »Eilpost!«, schrie er dabei und hupte. »Aus dem Weg!«

Eine Dampfdroschke konnte nicht schnell genug bremsen und wäre beinahe in sie hineingerauscht. Fitzbroom jedoch riss in letzter Sekunde den Lenker zur Seite und schlängelte sich um das Fahrzeug herum. Trotzdem kam es ihnen so nah, dass Lucius nur den Arm hätte ausstrecken müssen, um dem anderen Fahrer die Hand zu schütteln.

Harold duckte sich hinter die Verkleidung der Frachtkiste. »Oh, Gott, wir werden alle sterben.«

»Keine Sorge«, rief der Captain fröhlich. »Noch ist jede Sendung unversehrt von mir ausgeliefert worden.«

Vor ihnen bog Bell mit seinem Motorwagen nach links in eine breite Straße ein.

»Er ist in den *Strand* gefahren«, bemerkte Fitzbroom von vorne. »Wenn er nicht ins Theater will, sind sicher die Uferpiers sein Ziel.«

»Dann hinterher«, erwiderte Sebastian. »Wir dürfen ihn nicht verlieren.«

»Werden wir nicht«, versprach der Captain. »In diesem Kessel ist noch viel Dampf.«

Lucius hatte schon vom *Strand* gehört. Es war eine Straße in Themsenähe, die bekannt für ihre Theater und andere abendliche Unterhaltungsangebote war. Doktor Watson erzählte stets mit einem Schmunzeln von dieser beliebten Gegend. Sherlock Holmes rümpfte über sie die Nase.

Sie folgten Bell in die breite Straße, doch der bog sofort wieder nach rechts ab und jagte nun in der Tat direkt auf die Flusspromenade zu. Dort angekommen schoss er an einigen Spaziergängern vorbei, die erschrocken aus dem Weg sprangen. Bevor Lucius und die anderen sich's versahen, hatte Bell einen Pier erreicht, an dem ein etwa achtzig Fuß langes Boot mit Metallrumpf vor Anker lag. Es wies erstaunlicherweise weder Segel noch Schornsteine auf. Im vorderen Bereich des schlanken Privatschiffs befand sich ein Ruderhaus, im hinteren gab es einen offenen Sitzbereich, über den ein großes Sonnensegel aufgespannt war.

Mit quietschenden Reifen brachte Bell seinen Wagen zum Stehen, sprang hinaus und floh den Pier hinunter. Dabei wedelte er mit den Armen; offenbar gab er den Matrosen, die an Deck waren, hektisch Befehle.

»Den kriegen wir noch«, rief Fitzbroom und holte das letzte aus seiner Dampfdroschke heraus.

Im nächsten Moment hatten auch sie den Pier erreicht. Der

Captain bremste so scharf, dass die Freunde beinahe aus der Frachtkiste geworfen wurden. Sebastian sprang als Erster über die Verkleidung, Lucius folgte ihm auf dem Fuß.

Unten am Wasser machten die Matrosen die Taue los und warfen sie an Bord. Ein dumpfes Grollen wurde im Rumpf des Metallboots laut, und hinten am Heck stiegen schwarze Qualmwolken aus zwei Rohren, die Lucius erst jetzt bemerkte. »Was ist das?«, entfuhr es ihm staunend.

»Das wüsste ich auch gern«, fügte Harold hinzu. »So was habe ich ja noch nie gesehen!«

»Nicht reden!«, rief Sebastian über die Schulter. »Laufen.«

»Nein«, hielt Theodosia sie auf. »Das schafft ihr nicht. Seht doch.«

Sie hatte recht. Sie hatten kaum die Hälfte des Piers zurückgelegt, als George Walter Bells Metallboot ablegte und sich mit dröhnenden Motoren vom Land entfernte.

Sebastian blieb stehen. »Nein!« Wütend stampfte er mit dem Fuß auf. »Nein! Nein! Und nochmals nein! Ich fasse es nicht, dass er uns entkommt.«

Lucius, der ebenfalls zum Stehen gekommen war, kniff die Augen zusammen. »Eine Möglichkeit haben wir vielleicht noch«, sagte er.

Fragend sah sein Freund ihn an. »Welche?«

Stumm deutete Lucius auf die niedrige Brücke, die etwas flussabwärts die Themse überspannte.

Harold begriff offenbar zuerst. »Du willst die Waterloo Bridge runterspringen? Auf das Schiff? Das ist doch Irrsinn!«

»Das ist machbar«, widersprach Lucius. »Die Brücke ist nicht so hoch. Wir könnten auf dem Sonnensegel im Heck des Kahns landen.«

Fassungslos sah Harold von einem zum anderen. »Theo?«, fragte er das Mädchen. Anscheinend hoffte er, dass wenigstens sie sich gegen den Plan aussprechen würde.

Doch Theodosia lächelte bloß schweigend und nickte.

»Oh, Kacke.«

Sie drehten sich um und eilten zu Captain Fitzbroom zurück, der auf sie wartete. »Und jetzt?«, fragte der Alte mit dem Bleifuß.

»Zur Waterloo Bridge«, befahl Lucius. »Wir springen.«

Fitzbroom pfiff durch die Zähne. »Tapfer. Verrückt. Aber gut. Leider holen wir das Boot nicht mehr ein, bis es die Waterloo Bridge erreicht hat. Seht euch das Ding nur an.« Er nickte zum Wasser, wo das Metallboot in diesem Augenblick die unsichtbaren Motoren aufröhren ließ. Schneller als Lucius es für möglich gehalten hätte, fuhr es die Themse hinunter.

Sebastian warf die Arme in die Luft. »Oh nein, das darf doch nicht wahr sein.«

»Zum Glück«, fuhr Fitzbroom fort und zwinkerte ihnen zu, »gibt es noch die Blackfriars Bridge am Ende der Uferpromenade.«

Sofort hellte sich die Miene des blonden Jungen wieder auf. »Dann schnell dorthin!«

Und wieder brausten sie los. Der alte Eilpostbeamte schien die Angelegenheit mittlerweile persönlich zu nehmen. Er beugte sich tief über den Lenker seines Gefährts, während sie an den jungen Bäumen der Promenade und den alten Gentlemen, die in ihrem Schatten auf Bänken saßen, vorbeischossen.

Bells Boot hatte sich mittlerweile in die Flussmitte bewegt und zog dort mit kräftiger Bug- und Heckwelle durch das braune Themsewasser. Es war etwas langsamer als Fitzbrooms motorisiertes Postfahrrad – aber nicht viel. Wenn es ihnen nicht gelang, das Schiff an der Blackfriars Bridge abzupassen, war diese Verfolgungsjagd endgültig vorbei. Das erkannte Lucius mit erschreckender Klarheit.

Die Waterloo Bridge passierten sie beinahe gleichzeitig. Die Blackfriars Bridge lag eine gute halbe Meile themseabwärts. »Jetzt gilt's«, rief Fitzbroom und drehte an einem Regler an seinem Lenkrad. Eine fauchende Dampfwolke stieg aus dem Kessel hinter den Freunden auf.

Der Fahrtwind schlug ihnen ins Gesicht, und obwohl ihr Gefährt auf der Promenade weitgehend freie Fahrt hatte, klammerten sich die Freunde an die Verkleidung der Frachtkiste. Selbst Lucius, der schon einige Erfahrungen mit rasanten Verfolgungsjagden gemacht hatte, musste zugeben, dass Fitzbroom wie ein lebensmüder Wahnsinniger fuhr.

Schneller als erwartet hatten sie das Ende der Promenade erreicht. Bells Schiff lag nun etwas hinter ihnen, rauschte aber unbarmherzig auf die Brücke zu. Der königliche Eilpostbote jagte eine Auffahrt hoch und hinaus auf die breite Brücke, die aus fünf schmiedeeisernen Bögen bestand und eine gusseiserne Balustrade aufwies. Zahlreiche Fuhrwerke und Dampfdroschken waren auf der Brücke unterwegs, und auch einige Fußgänger überquerten an dieser Stelle die Themse. Im Hintergrund ragten die zwei Türme und die gewaltige Kuppel der St.-Pauls-Kathedrale auf.

In der Mitte der Brücke brachte Fitzbroom sein Gefährt zum Stehen. »Viel Glück, ihr verrückten, tapferen Kinder«, rief er ihnen nach, als Lucius und die anderen ausstiegen.

»Danke«, rief ihm Lucius über die Schulter zurück. »Und wenn Sie uns noch einen Gefallen tun wollen: Alarmieren Sie die Wasserschutzpolizei. Sie soll das Boot verfolgen.«

»Aye, wird gemacht.« Der Alte tippte sich erneut an die Ledermütze.

Für weitere Worte blieb keine Zeit. Schon fuhr Bells Schiff unter die Brücke. Ohne zu zögern, rannten Lucius und Sebastian auf die Balustrade zu. Harold und Theo folgten. Eine Frau, die in einiger Entfernung auf sie zuspaziert kam, schrie und fing an, mit den Armen zu wedeln. »Nicht, Kinder! Ihr bringt euch um!«

Lucius schwang ein Bein über die Balustrade. Er schenkte ihr ein breites Grinsen. »Heute nicht!« Dann richtete er den Blick nach unten, und für einen Moment überkamen ihn Zweifel. Vorhin hatte die Brücke nicht so hoch ausgesehen.

»Theo, bist du ganz sicher, dass uns nichts passiert?«, fragte Harold, der es ihm gleichtat.

»Natürlich bin ich *nicht* sicher«, antwortete das Mädchen gereizt. »Meine Gaben sind keine Wissenschaft.«

Der schmächtige Junge warf ihr einen zweifelnden Blick zu. »Aber glaubst du es wenigstens?«

Unter ihnen tauchte der Bug von Bells Schiff auf. Keine Sekunde später wurde das Ruderhaus sichtbar.

»Ja«, sagte Theo knapp – und sprang. Einfach so.

Lucius schickte ein Stoßgebet zum Himmel und folgte ihrem Beispiel.

»Für die Krone!«, rief Sebastian.

Der Sturz dauerte eine gefühlte Ewigkeit, während das Schiff wie in Zeitlupe unter ihnen hindurchzufahren schien. Jetzt wurde auch das breite Sonnensegel sichtbar. In Wahrheit vergingen keine zwei Sekunden, bevor sie schreiend darauf landeten und der Stoff mit einem Reißen unter ihnen nachgab. Gleich darauf purzelten die vier Freunde über Korbstühle und Bänke, auf denen bunte Kissen lagen.

»Aua«, murmelte Harold. »Ich glaube, ich bin auf meiner Nachtsichtbrille gelandet.« Keuchend rollte er sich herum.

Lucius blieb ein paar Sekunden liegen, um zu überprüfen, ob noch alle Knochen waren, wo sie sein sollten. Es fühlte sich so an. *Das mache ich nie, nie, nie wieder*, schwor er sich in Gedanken. Ächzend rappelte er sich auf. »Alle da? Keiner danebengesprungen?«

Tatsächlich hatten sie, wie es aussah, den Irrsinnssprung alle heil überstanden. Und das laute Dröhnen der Schiffsmotoren schien obendrein verhindert zu haben, dass jemand ihre geräuschvolle Ankunft an Bord mitbekommen hatte. *Kinderspiel*, dachte Lucius.

Als hätte Umbak der Beherrscher – oder ein anderer launischer Gott – den Gedanken mitbekommen, öffnete sich auf einmal die Tür zum Ruderhaus und fünf stämmige Männer strömten daraus hervor. Einer hatte einen Revolver gezogen, zwei hielten Holzknüppel in den Händen, die übrigen zwei begnügten sich damit, bedrohlich auszusehen. Mit ihren kräftigen Armen voller Tätowierungen und Narben gelang ihnen das auch vortrefflich.

Erschrocken drängten sich die Freunde aneinander. Sebastian presste die Lippen zusammen. »Oh, oh«, murmelte Harold.

»Wusste ich's doch, dass uns die Gören über die Promenade verfolgen«, sagte der Revolverträger, ein glatzköpfiger Kerl mit Schiebermütze auf dem Quadratschädel. »Aber wer hätte gedacht, dass sie wirklich von einer Brücke springen, um an Bord zu kommen?«

»Mann, das wird dem Boss mächtig stinken, dass sein Sonnensegel hinüber ist«, warf sein Nachbar mit der heiseren Stimme eines starken Rauchers ein.

»Was machen wir?«, fragte Sebastian leise.

Lucius besah sich ihre Gegner. Sie waren in der Überzahl, bedeutend stärker und zum Teil bewaffnet. Mutlos ließ er die Schultern sinken. »Ich schätze, wir ergeben uns.«

»Das würde ich aber auch sagen«, stimmte der Revolverträger zu. Er wedelte mit seiner Waffe. »Abmarsch. Der Boss soll entscheiden, ob wir euch über Bord werfen oder mitnehmen.«

»Vielleicht sind sie ja noch für ein Lösegeld gut.« Der Heisere lachte.

»Falls wir hier je wieder heil rauskommen«, murmelte Harold düster, »brummt mein Vater mir drei Wochen Werkstattverbot auf. Mindestens!«

Die Männer nahmen die vier Freunde in die Mitte. Während sie Lucius und die anderen durch die Luke in das Ruderhaus führten, rasten Lucius' Gedanken. So durfte es nicht enden. So nicht. Sie waren ganz nah dran, dem wahren Bösewicht in dieser Geschichte das Handwerk zu legen. *Eigentlich sind wir bislang nur auf seinem Schiff,* musste er sich eingestehen. Wie sie Bell festsetzen wollten, darüber hatten Sebastian und er nicht nachgedacht, als sie im Museum zur Verfolgung des Flüchtenden angesetzt hatten. Jetzt schien sich dieser Mangel an Planung zu rächen.

Da traf ihn auf einmal ein Geistesblitz. *Ich habe noch etwas für dich,* hörte er die Stimme seiner Mutter in seiner Erinnerung. *Ein paar Verschwindetricks. Für den Notfall.*

Natürlich!, dachte er. *So können wir sie drankriegen. Mit meinem Zauber und … mit Harolds!* Er wurde ganz aufgeregt, als sein verspäteter Plan rasant Gestalt annahm. Seine Hand glitt in die rechte Tasche seiner Jacke, und zu seiner Erleichterung fand er, worauf er gehofft hatte. Nun musste er nur noch seine Freunde einweihen. Aber wie?

»Leute, erinnert ihr euch noch an das Geschenk, das ich Harold an unserem ersten Tag in der Droschke zum Museum gemacht habe?«, fragte er möglichst arglos in die Runde.

»Maul halten!«, schnauzte ihn der Revolverträger an, der hinter ihnen ging.

Sebastian, Harold und Theo wechselten mit Lucius einen vielsagenden Blick. Harold hatte scheinbar sofort begriffen, denn er nickte. Sebastian wirkte ein wenig verwirrt. Dann hellte sich auch seine Miene auf und er grinste leicht. Theo neigte bloß bedächtig den Kopf.

»Ich habe auch ein Geschenk für Bell«, fuhr Lucius fort. »Es sollte ihn *blendend* unterhalten.«

Sebastians Grinsen verbreiterte sich. »Dann lass uns gute Gäste sein und es ihm geben.«

»Geht klar.«

»Seid ihr wohl still.« Der Mann holte aus und verpasste Lucius einen kräftigen Klaps auf den Hinterkopf.

Sie erreichten den Führerstand des Schiffes. Ein sechster Mann stand am großen Steuerrad, neben ihm lehnte George Walter Bell an der polierten Instrumententafel. Finster blickte er sie aus seinem einen Auge an. »Ihr seid wirklich nervtötend«, begrüßte er sie unwirsch, als Lucius, Sebastian, Harold und Theo in den Raum traten. Es wurde ziemlich eng, weil sich auch noch die fünf Matrosen dazugesellten.

»Da spricht bloß das schlechte Gewissen aus Ihnen«, erwiderte Sebastian trotzig. »Und seien Sie froh, dass nur wir hier sind. Stünde mein Vater vor Ihnen, würde er mehr als nur ihre Nerven töten.«

Ein paar der Männer glucksten. »Ganz schön frech, der Kleine, was?«, fand der Revolverträger.

»In der Tat«, pflichtete Bell ihm unwillig bei.

»Was machen wir jetzt mit den Bälgern?«, wollte der Heisere wissen.

Drohend beugte Bell sich vor. »Das frage ich mich auch. Soll ich euch gleich hier über Bord werfen oder doch lieber erst draußen vor der Küste? Um diese Jahreszeit ist das Schwimmen im Ärmelkanal bestimmt eine wahre *Freude*.« Seine Stimme troff vor Ironie.

Lucius schauderte unwillkürlich. Falls er sie wirklich in der Meerenge zwischen den britischen Inseln und dem Festland in die Fluten warf, würden sie ertrinken. Daran bestand kein Zweifel. Umso sicherer war er sich, dass ihm keine andere Wahl blieb: Er musste seinen Plan durchziehen, wenn er sein eigenes Leben und das seiner Freunde retten wollte.

Hoffen wir, dass es klappt. Er atmete tief durch, wie immer, wenn sein großer Auftritt bevorstand. *Los geht's.*

»Na gut«, sagte er zu Bell. »Sie haben gewonnen.«

»Schön, dass du das auch so siehst, Junge. Leider hast du meinen genialen Plan, Quatermain vom strahlenden Helden zu einem gemeinen Mörder zu verwandeln, zunichte gemacht. Da kann ich nicht so leicht drüber hinwegsehen. Ich bin ein schlechter Verlierer, musst du wissen.«

»Das haben wir schon bemerkt«, murmelte Sebastian.

»Hören Sie«, fuhr Lucius fort, ohne seinen Freund zu beachten. »Kann ich Sie vielleicht milde stimmen? Ich besitze etwas, dass Sie interessieren könnte. Wenn Sie uns laufen lassen, schenke ich es Ihnen.«

»Ein Bestechungsversuch?« Bell wirkte belustigt. »Na dann zeig mal, was du hast.«

Lucius bedachte ihn mit einem unschuldigen Lächeln. »Gern«, sagte er. »Hier ist mein Geschenk.« Er zog die Hand aus der Tasche, presste ganz fest die Augen zu und schleuderte den Inhalt blitzschnell zu Boden. Es gab einen Knall und einen Lichtblitz, der so hell war, dass Lucius ihn selbst durch die geschlossenen Lider erkennen konnte.

Ein vielstimmiges Männergeschrei erhob sich um ihn, und als Lucius wieder hinschaute, rieben sich die Matrosen mit den Händen die Augen. Das gleißende Feuerwerk, mit dem seine Mutter und er schon in Paris von der Theaterbühne geflohen waren, hatte Bells gefährliche Handlanger völlig unvorbereitet getroffen. Dichter Qualm hing im Führerstand und raubte den Erwachsenen beinahe vollständig die Sicht.

»Los, raus hier«, zischte Lucius. »Auf den Gang, schnell.« Er rammte dem Matrosen an der Tür die Schulter in die Magengrube und drängte ihn damit zur Seite. Dann flohen sie in den benachbarten Korridor. Niemand konnte sie stoppen.

»Wir dürfen nicht abhauen!«, wandte Sebastian ein. »Jetzt haben wir die Oberhand.«

»Ich habe nicht vor abzuhauen«, sagte Lucius. Er wandte sich an Harold. »Bitte sag mir, dass du deinen Blitzschocker noch im Überlebensrucksack hast.«

Harold blinzelte überrascht. »Äh ... ja klar.«

»Dann gib ihn mir rasch. Damit halte ich die Burschen in Schach.«

»Aber der hat nur eine einzige ...«, setzte Harold an.

»Ich weiß, ich weiß«, unterbrach ihn Lucius. »Aber *die* wissen das nicht.« Während Harold hektisch in seinem Rucksack wühlte, fuhr Lucius fort: »Sebastian, du hilfst mir, die Kerle zu entwaffnen. Theo, du gehst an Deck und rufst um Hilfe. Harold, such den Maschinenraum. Meinst du, du kannst den Motor lahmlegen?«

Harold grinste schief. »He, ist Miss Sophie eine Schlange? Bin schon unterwegs.« Er reichte Lucius den sperrigen Schocker, und Lucius fing an zu kurbeln, um die Spule aufzuladen.

»Ich schreie dann mal London zusammen«, meinte Theodosia und huschte ebenfalls davon.

Sebastian blieb zurück. Er sah Lucius anerkennend an. »Nicht übel, mein Freund.«

»Noch ist der Tag nicht vorbei. Lob mich erst, wenn wir wieder im Rabennest sitzen und darüber lachen. Und jetzt auf die Bühne zur Abschiedsnummer!«

Im Führerstand war es mittlerweile jemandem gelungen, die Seitenfenster zu öffnen, sodass der Qualm abziehen konnte. Doch als die blinzelnden Matrosen die Orientierung zurückgewannen, sahen sie sich zu ihrem Erstaunen einem Zwölfjährigen gegenüber, der mit einem sehr seltsam aussehenden Revolver mit Metallspitze auf sie zielte. »Ganz ruhig, verstanden?«, befahl Lucius. »Keine falsche Bewegung, oder ich röste euch mit diesem Blitzschocker.«

»Diesem *was*?«, fragte Bell zornig. Obwohl sein gutes Auge tränte, sprühte ein Hass aus ihm, der Lucius Angst einjagte.

Aber er ließ sich nichts anmerken. Nun zahlte sich seine Zeit als Schauspieler aus. »Diesem Blitzschocker, eine Erfindung des berühmten Mister Cavor«, erklärte er selbstbewusst. Das war keine Lüge, auch wenn er natürlich darauf baute, dass Bell ihn missverstand und dachte, *Professor* Cavor habe die Waffe gebaut.

»Das ist doch nur ein Kinderspielzeug«, knurrte der Revolverträger. »Darf ich den Bengel abknallen, Boss?«

»Kinderspielzeug?«, wiederholte Lucius scheinbar erzürnt. Bevor Bell antworten konnte, drückte er ab. Ein blauer Entladungsblitz knallte aus der Mündung und traf den Konkurrenten Allan Quatermains mitten an der Brust. Dieser zuckte heftig zusammen und wirbelte bebend einmal um die eigene Achse. Dann verdrehte er sein gesundes Auge und sackte bewusstlos zu Boden. Über seine Augenprothese tanzten winzige Blitze.

»Heilige Mutter Gottes«, murmelte der Heisere ehrfürchtig.

Scheinbar arglos wedelte Lucius mit der nun entladenen und daher komplett nutzlosen Waffe in der Luft herum. »Noch jemand, der gern eine verpasst haben möchte?« Fragend hob er die Augenbrauen.

Die Matrosen sahen sich unsicher an. Einer von ihnen schluckte hörbar.

»Dann lasst die Waffen fallen und hebt die Flossen!«, befahl Lucius in bester Schurkenmanier.

Zu seiner Erleichterung kamen die sechs Männer der Anordnung nach. Sebastian huschte in den Raum und sammelte den Revolver und die zwei Holzknüppel ein.

»Schau mal nach dem Kristall«, erinnerte Lucius ihn.

»Richtig, da war noch was«, sagte Sebastian und kniete sich neben den umgefallenen Bell. Er durchwühlte seine Taschen und beförderte gleich darauf den Goldenen Machtkristall daraus hervor. »Ich wusste doch, dass Granger oder er ihn bei sich trägt.«

Im gleichen Moment gab es unerwartet einen Schlag aus dem Rumpf des Metallschiffes, und von einer Sekunde zur nächsten war es mit dem Dröhnen der Motoren vorbei. Harold hatte den Antrieb erfolgreich lahmgelegt. Eine eigentümliche Stille setzte ein, während das Schiff schnell an Fahrt verlor und auf dem Wasser in eine leichte Drehbewegung geriet.

»Mist, was ist denn jetzt los?«, entfuhr es einem der Matrosen erschrocken. »Die Maschine ist ausgefallen.«

»Gut bemerkt«, sagte Lucius. Hinter den Männern sah er durch die Fenster des Führerstandes ein größeres Schiff näher kommen, an dessen Bug eine Furcht einflößende Kanone aufragte. »Ich würde sagen«, er grinste triumphierend, »damit ist eure Flucht gescheitert.«

Keine zwei Minuten später ging das Schiff der Wasserschutzpolizei von London längsseits, und Marinesoldaten, die mit Karabinern bewaffnet waren, sprangen an Bord. Rasch verteilten sie sich überall, und sie staunten nicht schlecht, als sie Lucius und Sebastian sahen, die sieben erwachsene Männer in Schach hielten. Der Kommandant der Soldaten, ein stämmiger Mann mit schütterem Haar, aber dichtem Backenbart, schüttelte fassungslos den Kopf. »Ich weiß nicht, ob ich euch die Ohren langziehen oder einen Orden an die Brust heften soll«, bekannte er.

»Nehmen Sie die Männer einfach nur fest«, sagte Sebastian. »Und setzen Sie uns danach irgendwo am Ufer ab. Ich muss dringend zu meinem Vater, Mister Quatermain.«

»Wir haben von dem Vorfall im Museum gehört«, erwiderte der Kommandant nickend. Er wandte sich an die Matrosen. »Also gut, Abmarsch, ihr Spitzbuben.«

Während die Marinesoldaten Bell und seine Helfershelfer einsammelten und das Schiff übernahmen, trafen sich Lucius, Sebastian, Harold und Theo am Heck unter dem zerrissenen Sonnensegel.

»Ende gut, alles gut?«, fragte Harold leise.

»Sieht so aus«, antwortete Lucius.

»Was ist mit ... ihr wisst schon ... Umbaks Geheimnis?«, wollte Theo wissen.

»Ich habe es sicher verwahrt in meiner Tasche«, verriet Sebastian. »Das müssen nicht unbedingt irgendwelche dahergelaufenen Soldaten mitnehmen.«

»Sehe ich auch so«, pflichtete Lucius ihm bei.

Harold kratzte sich am Ohr. »Aber was machen wir nun damit? Sollen wir deinem Vater den Kristall geben, Sebastian?«

»Gute Frage«, sagte der.

Theodosia machte ein ernstes Gesicht. »Ich finde, dass

es das Beste wäre, wenn niemand den Kristall hätte. Er erzeugt doch nur Leid. Das war zu Umbaks Zeiten so, und heute scheint es auch nicht anders zu sein. Also lasst ihn uns einfach in die Themse werfen. Dort soll er im Schlamm versinken und nie mehr gefunden werden.«

Lucius riss die Augen auf. »Das dürfen wir nicht, Theo. Nicht nach all den Mühen, die wir auf uns genommen haben, den Kristall wiederzufinden.«

»Außerdem ist er ein wertvolles Fundstück aus Kongarama«, fügte Sebastian hinzu. »Er gehört in ein Museum.«

»Oder wir schenken ihn Madame Piotrowska«, schlug Harold vor.

»Oder Sherlock Holmes«, meinte Lucius. »Der würde ganz schön staunen, wenn er etwas in die Finger bekäme, das er wissenschaftlich nicht erklären kann.«

»Ich weiß nicht.« Theo wandte den Blick ab und schaute auf die Themse hinaus. »Ich glaube, wir machen einen Fehler, wenn wir ihn nicht wegwerfen.«

Fragend hob Lucius die Brauen. »Sagt dir das eine Vision?«

Das Mädchen schüttelte den Kopf. »Nein. Das war nur meine ganz persönliche Meinung.«

»Tja, in dem Fall würde ich sagen, wir überschlafen die Entscheidung noch mal. Wegwerfen können wir den Kristall immer. Aber ihn aus der Themse herauszufischen, geht später nicht mehr.«

Der Kommandant der Marinesoldaten trat zu ihnen. »Die Schurken sind gut verpackt in unserem Unterdeck. Damit hat die ganze Affäre ja zum Glück ein glimpfliches Ende genommen. Seid ihr bereit, zurück ans Ufer zu fahren? Ich spendiere euch auch eine Tasse Tee und Kekse.«

Die vier Freunde sahen sich an. »Ans Ufer zurück fahren wir gern«, antwortete Lucius für alle. »Aber einen Tee brauchen wir wirklich nicht. Den trinken wir lieber nachher bei uns im Rabennest. Wir haben dort eine Spezialmaschine, müssen Sie wissen. Nicht wahr, Freunde?« Er grinste und legte einen Arm um Harold.

»In der Tat!«, sagte dieser stolz.

KAPITEL 15:

Ein neuer Anfang

Das Patrouillenschiff setzte sie an einem Pier unweit der Waterloo Bridge ab. Schon von Weitem war zu erkennen, dass sich am Themseufer eine große Anzahl Schaulustiger versammelt hatte. Die Neuigkeit, dass Königin Victoria angegriffen worden war, musste sich wie ein Lauffeuer vom Museum aus verbreitet haben.

Als Lucius, Harold, Theo und Sebastian von Bord gingen, vernahmen sie Stimmen aus der Menge.

»Sind sie das? Sind das die Kinder, die die Königin gerettet haben?«

»He da, ihr vier. Kommt doch mal rüber.«

»Kann jemand etwas sehen? Ist Bell noch an Bord des Patrouillenschiffs?«

Überall drängelten die Gaffer und reckten die Hälse, um nur ja nichts von dem unglaublichen Spektakel zu verpassen, das sich in ihrer Stadt ereignete. Uniformierte Polizisten hatten sich ebenfalls bereits eingefunden und mühten sich nun nach Kräften – und zumindest bislang auch erfolgreich –, die Menge in ihre Schranken zu verweisen. Lucius sah Männer, Frauen und Kinder, Leute in teurer und Leute in abgewetzter Kleidung. Normalerweise hätten sie gewiss wenig miteinander gemein, doch die mörderische Verschwörung um Quatermain, Bell und die Königin hatte sie hier am Themsenufer zusammengeführt.

Er seufzte. Sensationslüsternes Gesindel wie dieses gab es überall auf der Welt, das hatten ihn seine vielen Reisen gelehrt. »Einfach wegschauen«, raunte er seinen Freunden zu, just als ein Fotograf vor ihnen auftauchte, um sie ungefragt abzulichten, und prompt von einem Polizisten weggezerrt wurde. »Das Einzige, was gegen die hilft, ist sie nicht zu beachten.«

»Ich hoffe aber doch sehr, dass ihr *mich* beachten werdet«, erklang plötzlich eine weitere Stimme. Ein Mann im graubraunen Tweed trat aus der Menschenmenge und auf die Freunde zu. Er trug eine schwarze Melone auf dem kantigen Kopf, hatte buschige braune Augenbrauen und einen ebenfalls buschigen Schnurrbart. Sein Kinn war stoppelig, sein Hemd zerknittert, und seiner schwarzen Weste fehlte ein Knopf. Dennoch machte er auf Lucius einen sehr herrischen Eindruck; wie jemand, der es gewöhnt war, Befehle zu geben, die befolgt wurden.

Zwei Schritte vor der Rabennest-Bande blieb er stehen und betrachtete die vier streng. »Ich habe nämlich Fragen an euch«, fuhr er knurrend fort. »Viele Fragen.«

»Wir reden mit niemandem«, sagte Sebastian. Er griff nach Theos Hand und versuchte, seitlich an dem Fremden vorbeizugehen.

Doch der Mann trat ihm in den Weg. »Mit mir schon, das

garantiere ich.« Hier zog er ein kleines Lederetui aus der Tasche seines Tweedjacketts und präsentierte den Freunden dessen Inhalt. »Habt ihr so etwas schon mal gesehen?«

Es handelte sich um einen Dienstausweis. Schwarze Schrift auf weißem Grund, dazu einige Wappen und Stempel. Das Ding sah wichtig aus, verhieß Macht und Bedeutung. *Inspektor G. Lestrade*, las Lucius. *Leitende Ermittlungen, Scotland Yard.*

»Was wollen Sie von uns?«, wandte sich Theo an den Inspektor. »Ihre Männer haben den Bösewicht verhaftet. Es ist vorbei.«

Lestrade lächelte kalt. »Aber, aber, Miss Paddington. Nichts ist vorbei, und das weißt du so gut wie ich. Ihr vier seid wichtige Zeugen, und die Polizei braucht eure Aussagen. Außerdem glaubt ihr doch nicht im Ernst, dass ich euch von hier fortlasse, ohne zu wissen, was aus dem Zauberkristall geworden ist.«

Staunend sahen sich die Freunde an.

Lestrade nickte. »Ja, ihr habt richtig gehört: Ich weiß Bescheid. Ich weiß ohnehin viel über euch. Du zum Beispiel«, hier deutete er auf Lucius, »wohnst seit Neuestem bei Sherlock Holmes, richtig? Und du, junger Mann«, er blickte Sebastian an, »wärst heute beinahe zum Sohn eines Mörders geworden. Alles, was ich nicht weiß, werdet ihr mir gleich haarklein erzählen, verstanden?«

Die vier Freunde wechselten ratlose Blicke. Wenn der Inspektor sie auf die Wache schleppte, verhörte und womöglich durchsuchte, fand er ganz sicher den Goldenen Machtkristall. Und was dann geschah, wusste niemand.

Wir hätten ihn doch in den Fluss werfen sollen, dachte Lucius reumütig.

»Ich warte«, sagte der Mann von Scotland Yard ungehalten.

»Ich aber nicht«, sagte da jemand anderes – und diese Stimme erkannte Lucius sofort. Mycroft Holmes trat aus den Schatten der Bäume an der Uferpromenade und auf die Rabennest-Bande zu. »Ich handele lieber. Und ich übernehme ab hier, Inspektor. Sie können gehen.«

Lestrade blinzelte verwirrt. Ungläubig sah er den Neuankömmling an. Mycroft trug einen langen Mantel, einen dunklen Anzug und Schuhe, die so blitzblank waren, als könne der Dreck der Straßen ihnen nichts anhaben. Er stützte sein beachtliches Gewicht auf einen edlen Gehstock mit silbernem Knauf. »Mister Holmes?«, sagte der Inspektor staunend.

»Ganz recht, und ich danke Ihnen für Ihren Einsatz, aber um die Nachbereitung dieses Falls kümmere ich mich dann doch lieber persönlich.«

»Ich verstehe nicht ganz«, murmelte Lestrade. »Normalerweise arbeiten Sie doch nicht außerhalb von ...«

»Normalerweise«, fiel Mycroft ihm ein wenig zu schnell ins Wort, um noch unauffällig zu wirken, »hat es unsere schöne Stadt auch nicht mit Männern zu tun, die verzaubert wurden, um die Königin zu töten. Danke, Inspektor.« Die beiden letzten Worte sagte er besonders laut.

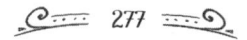

Lucius stutzte. Hinter seiner Stirn überschlugen sich die Gedanken, reihten sich Vermutungen an Beobachtungen und ergaben ein zwar vages, aber doch sehr faszinierendes Bild. Was hatte Doktor Watson noch gleich gesagt? Mycroft arbeite für die Regierung und sei noch klüger als Sherlock Holmes?

Lestrade verstand den Wink, den Mycroft ihm so nachdrücklich gab, endlich. Er schnaubte nur noch kurz, schenkte den Kindern einen grimmigen Blick und machte dann auf dem Absatz kehrt. Nach wenigen Schritten war er in der Menge verschwunden.

Zurück blieben Mycroft und die Freunde. »Hallo, Lucius«, grüßte der große Bruder des Meisterdetektivs aus der Baker Street. »Ich dachte, du wärst im Club.«

»Und ich dachte, Sie wären langweilig«, platzte es aus dem Jungen heraus. Erst danach begriff er, dass er die Worte laut ausgesprochen hatte – und hielt sich erschrocken die Hände vor den ungezogenen Mund.

Doch Mycroft lachte. »Mir scheint, wir hatten beide so unsere Geheimnisse voreinander, nicht wahr?« Dann streckte er den Arm aus und schüttelte erst Theo, danach den Jungs die Hand. »Das war gute Arbeit, Kinder. Wirklich. Gefährliche, aber sehr gute Arbeit. Ihr habt dem ganzen Land einen großen Dienst erwiesen.«

Irgendwie ahnte Lucius, dass Mycroft weit mehr über diese Art von Dienst wusste, als man es ihm ansah. »Was für einen Beruf haben Sie eigentlich?«, fragte der Junge schnell, bevor er den Mut dazu verlor, und sah Mycroft an. »Bei der Regierung, meine ich. Welche Arbeit erledigen Sie für sie? Hat es etwas mit Geheimnissen zu tun?«

Die Mundwinkel des dicken Mannes zuckten amüsiert. »Sherlock sollte sich vor dir in Acht nehmen, Lucius«, sagte er. »Mir scheint, du bist ein so guter Beobachter wie er. Aber es stimmt, was du da vermutest: Ich ... Nun ja, man könnte wohl sagen, dass ich mit Geheimnissen arbeite. Mit großen und wichtigen Geheimnissen, die, würden sie verraten, Folgen für unser Land und viele weitere Länder der Erde hätten. Und ich finde, auch der Machtkristall aus Kongarama sollte besser ein solches Geheimnis werden. Bevor er ein weiteres Mal in die falschen Hände gerät. Meint ihr nicht auch?«

»Wie kommen Sie darauf, dass wir ihn haben?«, fragte Sebastian.

Mycroft schmunzelte erneut. »Nun ja: Granger hatte ihn nicht. Und Bell habt ihr außer Gefecht gesetzt. Ich denke, in diesem Fall braucht es nicht meinen Bruder, um eins und eins zusammenzuzählen.«

Ein Agent!, sah Lucius seine unausgesprochene Vermutung bestätigt. *Sherlock Holmes' Bruder ist tatsächlich ein Agent der Königin!* Er hatte auf seinen Reisen schon oft Geschichten über diese Menschen und ihre spannenden Leben gehört. Sie waren im Grunde wie Soldaten, nur dass ihr Krieg nicht an der Front, sondern im Verborgenen ausgetragen wurde. In den Schatten.

»Sie sind ein ...«, begann Harold, der es ebenfalls zu ahnen schien. Staunen und Bewunderung lagen auf seinen Zügen.

Mycroft hob den Zeigefinger zum Mund und zwinkerte dem jungen Erfinder zu. »Psst«, machte er verschwörerisch und tat kurz so, als sähe er sich nach unliebsamen Zuhörern um.

»Klasse«, murmelte Sebastian. Er klang aufrichtig begeistert.

Theo nickte. »Ich glaube, wir wissen jetzt, was wir mit dem Goldenen Ei anstellen sollten.«

»Finde ich auch«, stimmte Lucius zu.

»Freut mich.« Mycroft streckte nun ebenfalls die Hand aus, und die Freunde zögerten keine Sekunde, ihm den Kristall auszuhändigen. Der verschwiegene Agent würdigte das wertvolle Stück kaum eines Blickes, sondern verstaute es sofort in der Innentasche seines Mantels. »So. Das wäre das. Kann ich euch vier jetzt vielleicht eine Mitfahrgelegenheit anbieten? Zurück in den Diogenes-Club? Ich weiß ja nicht, wie ihr das seht, aber ich hatte mehr als genug Aufregung für einen Tag und sehne mich nach einem bequemen Sessel, einem Glas Sherry und ein, zwei Stunden absoluter Ruhe und Friedens.«

Nur zu gern willigten sie ein. Wenige Minuten später saßen sie in Mycrofts bequemer Droschke; niemand hatte sie am Weggehen gehindert, niemand sie angesprochen. Während sich das Gefährt durch Londons Straßen bewegte, sah Sebastian zu Mycroft.

»Wissen Sie, wie es meinem Vater geht?«, fragte er besorgt. »Ich habe ihn nicht gesehen, seit ...«

Mycroft winkte ab. »Um den mach dir mal keine Sorgen. Es

geht ihm gut, wirklich. Die besten Ärzte der Stadt – und ein Spezialist aus, ähem, meinen Kreisen – kümmern sich gerade um ihn. Ich verspreche dir: Spätestens in ein paar Stunden ist Allan Quatermain den Einfluss dieses bösen Zaubers wieder vollkommen los. Und dank eurer flammenden Ansprache vorhin im Museum haben auch alle mitbekommen, dass er nichts für sein Tun konnte. Die Königin ließ bereits verlauten, sie werde Quatermains Ritterschlag nachholen, sobald dein Vater genesen ist. Übrigens darf sich auch dieser Captain Fitzbroom auf eine Ehrung freuen. Er hat die Polizei verständigt und bereits erzählt, welche rasante Verfolgungsjagd ihr euch mit Bell geliefert habt.«

Beruhigt lehnte sich der Abenteurersohn zurück. Auch Harold und Theo grinsten. George Walter Bells Plan war nicht aufgegangen – dank ihres Einsatzes.

»In der Baker Street geht man mit euren Heldentaten allerdings deutlich weniger entspannt um«, fuhr Mycroft fort und sah zu Lucius. »Mein Bruder lässt dir ausrichten, solange er für deine Sicherheit verantwortlich sei, überließest du die Kriminellen besser ihm und Doktor Watson.« Nun schmunzelte er. »Aber ich glaube, Sherlock ist einfach nur ein bisschen neidisch. Auf ein magisches Verbrechen wäre der große Herr Detektiv nie gekommen.«

Lucius musste grinsen. Je mehr er mit ihm zu tun hatte, desto mehr mochte er diesen Mycroft Holmes.

»Oje«, murmelte Theo amüsiert und sah zu Lucius. »Dann darfst du ab morgen bestimmt nicht mehr vor die Tür.«

Mycroft schüttelte den Kopf. »Keine Sorge, er darf. Dafür werde ich schon sorgen. Sherlock mag der Berühmtere von uns beiden sein, aber ich bin der Ältere, und was ich sage, gilt.«

»Danke«, sagte Lucius. Er begriff, dass er glücklich war. Trotz London. Oder vielleicht sogar wegen London?

»Dank mir nicht zu früh«, warnte sein Gegenüber. »Denn ich handele hier nicht ganz uneigennützig, müsst ihr wissen. Mir hat wirklich gefallen, was ihr heute und in den vergangenen Tagen geleistet habt. Leuten wie Lestrade und sogar Sherlock wäre gar nicht erst in den Sinn gekommen, dass in Umbaks Statue ein magischer Gegenstand versteckt sein könnte. Selbst ich hätte es wahrscheinlich nicht geglaubt.«

»Typisch Erwachsene«, flüsterte Theo.

Mycrofts Augen funkelten. »Umso wichtiger war es, dass ihr aufgepasst habt. Dass ihr einen offenen Geist bewahrt habt. Ich finde, dieses Land braucht auch Leute wie euch.«

Harold stand der Mund offen, und Theo winkte ab. Sebastian schien hingegen um zwei Köpfe zu wachsen. So viel Lob ging ihm offensichtlich runter wie Öl.

»Bedenkt nur mal, was ihr heute geleistet habt«, fuhr Mycroft fort. »Fragt euch mal, was wäre, wenn sich so etwas Ähnliches wiederholt – und erneut niemand von uns Erwachsenen es bemerkt. Wenn die Mumien im Museum zum Leben erwachen, Seeungeheuer aus der Themse aufsteigen, böse Hexen das Parlament verzaubern. Oder so.« Er fuhr sich mit der Hand durch das Haar. »Klingt das weit hergeholt und übertrieben? Gewiss. Sherlock und Doktor Watson würden mich für derartige Fantasien auslachen, das ist klar. Aber bis heute früh hätte ich auch einen Goldenen Machtkristall für undenkbar gehalten. Wer weiß also schon, was die Zukunft als Nächstes für uns bereithält?«

»Alles ist möglich«, sagte Theodosia leise. Lucius musste schmunzeln. Einem Mädchen wie ihr, das so ein feines Gespür fürs Übernatürliche hatte, sprach Mycroft da aus vollster Seele.

Mycroft nickte. »Ganz genau. Mein Bruder mag ja so klug und wachsam sein, dass selbst Königin Viktoria ihn dafür lobt, aber auch Detektive wie er werden hier und da mal etwas übersehen. Findet ihr nicht?« Schweigen. Der Agent ließ den Satz in der Luft schweben, wartete.

Lucius sah zu Sebastian. Der nahm den Köder auf. »Was genau wollen Sie uns damit eigentlich sagen?«, fragte er.

Sein Gegenüber schüttelte den Kopf. »Nichts, nichts«, sagte er, wie man es eben so sagte, wenn man eigentlich das genaue Gegenteil meinte. »Ich könnte mir nur vorstellen, dass ich in Zukunft ... nun ja ... ein Auge auf euch haben werde. Auf die Dinge, die nicht mir und Sherlock, sondern *euch* auffallen. Zur Sicherheit. Versteht ihr?«

Wieder sahen sich die Freunde staunend an. Lucius grinste breit. Mit einem Mal kamen ihm diese Stadt und ihre Bewohner alles andere als trüb und langweilig vor. Mit einem Mal war ihm, als könne er hier – vielleicht – sogar so etwas wie Spaß haben.

EPILOG

Eine knappe Stunde später stand Lucius Adler allein auf dem Balkon des Rabennests und sah auf die Stadt hinaus. Der Abend war über London hereingebrochen, und in den Straßen und Gassen rechts und links der Themse leuchteten die ersten Laternen. Menschen in langen Mänteln eilten von hier nach dort, Kutschen und andere Fahrzeuge ratterten über das Kopfsteinpflaster. Über dem Buckingham Palast schwebte ein Luftschiff, und ein von mehreren Scheinwerfern erhelltes, glänzendes Banner, das man selbst von Weitem noch erkannte, prangte stolz über dem Britischen Museum und bewarb die Kongarama-Ausstellung.

Als hätte die noch Werbung nötig, dachte der Junge schmunzelnd. *Die ganze Stadt spricht doch von nichts anderem.* Sebastians Vater hatte einen vollen Erfolg gelandet.

Und Irene? Er sah über die Dächer hinweg, in die Ferne. Irgendwo dort draußen war auch seine Mutter. Bestimmt nicht in London, vermutlich nicht einmal mehr in England, aber irgendwo. Ob es ihr gut ging? Ob sie hören würde, was er und seine neuen Freunde erreicht hatten? Ob sie wusste, wie gern er sie jetzt bei sich gehabt hätte?

»Ja«, erklang plötzlich Theos Stimme in seinem Rücken und riss ihn aus seinen trüben Gedanken.

Lucius drehte sich erstaunt um. »Ja was?«

Theo lächelte. »Ja zu dem, was du dich gerade gefragt hast. Und zwar zu allem.«

Er hob die Brauen, sah sie fragend an.

»Sie weiß es, Lucius«, erklärte Theo sich genauer. »Ganz bestimmt. Und sie kommt zu dir zurück.«

Obwohl er es nicht wollte, musste er schlucken. »Wie kannst du dir da so sicher sein?«, fragte er und erschrak, als er hörte, wie belegt seine Stimme auf einmal klang.

Theo zuckte mit den Achseln. »Das kann ich nicht«, antwortete sie. »Und doch bin ich es. Irgendwie.«

»Eine neue Vision?« Das war Sebastian. Der junge Abenteurer trat nun ebenfalls aus dem Nest ins Freie. »Ein Blick in die Zukunft?«

»Eine Hoffnung«, widersprach die Freundin sanft. Dann sah sie zu Lucius. »Und eine Ahnung. Du schaffst das, Lucius. Auch allein. Solange es eben nötig ist. Genau wie sie. Darauf kannst du dich verlassen, denn deine Mutter tut es ebenfalls.«

Er nickte.

Sebastian klopfte ihm auf die Schulter, und zu dritt sahen sie der Stadt beim Einschlafen zu. *Ich schaffe das*, wiederholte er Theos Prophezeiung im Geiste, froh um die Gesellschaft seiner neuen Freunde. *Und Mom schafft es auch. Denn obwohl wir uns weit voneinander entfernt und manchmal allein fühlen, sind wir es nicht. Niemals.*

Sie waren schließlich ein Team. Sie alle.

Und was für eins!

Plötzlich wurden hinter ihnen Schritte laut, und ein lautes Rumpeln und Zischen folgte ihnen. Lucius drehte den Kopf und fand Harold in der offenen Balkontür stehen. Der junge

Erfinder hatte einen Ausdruck vollkommenen Erstaunens auf dem blassen Gesicht. »Ihr werdet das jetzt nicht glauben«, murmelte er fassungslos, »aber ...«

»Aber was?«, fragte Sebastian. Er klang besorgt.

Auch Lucius merkte auf. Gab es etwa schon wieder ein Problem? Ein neues Abenteuer zu bestehen?

Harold schluckte, leckte sich nervös über die Lippen. Er strengte sich sichtlich an, doch was immer er ihnen mitzuteilen hatte, schien so bedeutsam, dass er es einfach nicht aussprechen konnte.

Zum Glück stand James, der Automatenmann, gleich hinter ihm. »Master Harold freut sich Ihnen mitzuteilen«, sagte der Butler, und weiße Dampfwölkchen stieben aus seinen undichten Schweißnähten, »dass seine Spezialteemaschine soeben fertig wurde und jetzt vollkommen fehlerfrei arbeitet. Ich war bereits so frei, eine Kanne Apfeltee aufzusetzen.«

»Sie ist absolut perfekt!«, rief Harold und riss begeistert die Arme in die Höhe. Der Knoten, der ihn eben noch ausgebremst hatte, schien endlich geplatzt. »Ein Geniestreich. Wir werden alle reich und berühmt, Freunde!«

Lucius, Theodosia und Sebastian lachten. Dann gratulierten sie ihm und gingen zurück in ihren Clubraum. Tatsächlich erwarteten sie dort auf dem Tisch vier dampfend volle Tassen. Die Freunde setzten sich. Theo nahm Miss Sophie auf ihren Schoß, während James die Balkontür schloss und begann, die Werkbank aufzuräumen.

»Auf uns«, sagte Sebastian und hob seine Tasse.

»Auf uns«, stimmten Lucius und Theo ein. Danach probierten sie.

Harold beobachtete sie aufgeregt. »Und? Und? Schmeckt er euch?«

Lucius brauchte einen Moment, die Flüssigkeit in seinem Mund herunterzuschlucken. »Sagen wir's mal so«, antwortete er dann und sah aus den Augenwinkeln zu seinen zwei Sitznachbarn. »Wenn wir Sherlock Holmes *wirklich* wirklich ärgern wollen, sollten wir ihn das nächste Mal zu uns zum Tee einladen und nicht umgekehrt. Oder, Freunde?«

Harold starrte ihn entsetzt an – bis Sebastian, Theo und Lucius in ein schallendes Gelächter ausbrachen, in das auch er erleichtert einfiel.

James hob freudig beide Arme. »So muss ein Abenteuer enden. Darauf ein: Hipp, hipp ...« Ein Dampfwölkchen puffte aus seinem Brustkorb. »Hoppla ... und hurra!«

Dieses Abenteuer ist total abgefahren
Besser als Dumbledore
zu retten

James Riley

Weltenspringer

384 Seiten · Gebunden
ISBN 978-3-522-50497-3

Das Leben wäre totlangweilig, wenn es keine coolen Bücher gäbe. Noch besser wäre es allerdings, wenn man der Held aus seiner absoluten Lieblingsreihe sein könnte, über die wirklich jeder spricht. Das weiß niemand besser als Owen. Denn als er nach einem zum Gähnen langweiligen Schultag beobachtet, wie seine Mitschülerin Bethany aus einem Buch klettert – ja, richtig, AUS EINEM BUCH –, bringt er sie dazu, ihn auf ihre nächste Reise mitzunehmen. Dabei vergisst Owen allerdings die wichtigste Regel überhaupt: Greif nie in die Geschichte ein!

www.planet-verlag.de